古典文獻研究輯刊

二七編

第 10 冊

趙杏根學術文選

趙杏根 著

國家圖書館出版品預行編目資料

趙杏根學術文選／趙杏根 著 -- 初版 -- 新北市：花木蘭文化事業有限公司，2023〔民112〕

序 2+ 目 2+204 面；19×26 公分

（古典文學研究輯刊 二七編；第10 冊）

ISBN 978-626-344-256-6（精裝）

1.CST：中國文學 2.CST：文學評論 3.CST：文集

820.8　　　　　　　　　　　　　　　　　111021984

ISBN-978-626-344-256-6

9 786263 442566

古典文學研究輯刊
二七編 第十冊　　　　　　ISBN：978-626-344-256-6

趙杏根學術文選

作　　者　趙杏根
總 編 輯　杜潔祥
副總編輯　楊嘉樂
編輯主任　許郁翎
編　　輯　張雅淋、潘玟靜　美術編輯　陳逸婷
出　　版　花木蘭文化事業有限公司
發 行 人　高小娟
聯絡地址　235 新北市中和區中安街七二號十三樓
　　　　　電話：02-2923-1455／傳真：02-2923-1452
網　　址　http://www.huamulan.tw 信箱 service@huamulans.com
印　　刷　普羅文化出版廣告事業
初　　版　2023 年 3 月
定　　價　二七編 11 冊（精裝）新台幣 28,000 元

趙杏根學術文選

趙杏根　著

作者簡介

趙杏根，江蘇江陰人。文學博士，英國愛丁堡大學博士後，蘇州大學中文系教授，博士研究生導師。曾為美國阿帕拉契亞州立大學客座教授一年，兩度為臺北東吳大學客座教授各半年。已經出版的主要著作有《乾嘉代表詩人研究》《佛教與文學的交會》《江蘇民間故事研究》《論語新解》《孟子講讀》《老子教讀》和《中國古代生態思想史》《實用中國民俗學》等多部。

提　要

　　本書所收論文，主要研究關漢卿、白樸、馬致遠、高明等元代名家所作經典戲劇，顧炎武、歸莊、吳兆騫、江湜等清代著名詩人的詩歌，桐城派大家梅曾亮的散文，姚瑩等清代詩人的行事，禪宗文獻《歷傳祖圖敘贊》、姚瑩著述等清代文獻，以及現代學者顧頡剛的民俗學研究，當代學者李興盛的流人學研究等，涉及文學、史學、民俗學、佛學、文獻學等學術領域。通過這些論文，讀者可以瞭解趙杏根對相關作家作品的解讀，對戲劇、詩文乃至人文學術的獨到見解，以及在清代文獻研究方面所達到的高度。這些論文，都沒有融入到趙杏根其他的學術著述中，《中國知網》等電子學術期刊中無法檢索到。末附錄趙杏根退休之前主要著述目錄。

序　言

　　我退休在即，故整理此前所寫各類文字，將其中尚可觀的部分，編纂成冊，以合適的方式行世。

　　這個文選，選錄本人的若干單篇學術論文。同時符合以下四個標準的論文，方能入選：一、內容沒有融入到本人其他的學術著述中；二、在《中國知網》等電子學術期刊中無法檢索到全文；三、以會議論文、多作者論文集、集體撰寫的著述等形式發表的文章，或者是未刊稿；四、內容尚未被他人後發表的成果所覆蓋。例如，本人在二十世紀八十年代初期所作《姚梅伯年譜簡編》，被收錄進《明清詩文研究資料輯叢》，吉林文史出版社 1990 年出版。可是，中國社會科學出版社於 2011 年出版的汪超宏所著《姚燮年譜》，已經基本覆蓋了我的《簡編》，因此，《簡編》就未被收入本文選。

　　這些論文涉及的內容比較雜，大致有元代戲曲研究（多為講課的講稿，都是經典戲劇解讀）、清代詩文研究、清代文獻研究和當代學者學術研究之研究等，涉及文學、史學、民俗學、文獻學等學術領域。編排上大致連類相從，同類之中，略以所論對象時間先後為次。

　　在古典戲劇文學的研究方面，我沒有專著行世。我對古典戲劇文學作品的研究，僅僅見之於拙著《佛教與文學的交會》中對佛教戲劇的研究，《江蘇民間故事研究》中關於古典戲劇與民間文學關係的多個個案研究，以及電子學術網絡上可以查到的我研究《拜月亭》《趙氏孤兒》等的論文。本書之中，大約三分之一是研究元代戲劇的論文，且全部不見於《佛教與文學的交會》《江蘇民間故事研究》和電子學術網絡，因此，此書也就在一定程度上，彌補了我研究元代戲劇的不少成果未獲較廣傳播這樣一個缺憾。

　　顧頡剛和李興盛，他們的學術成就卓著，治學特色鮮明，他們的學術精神，令我非常欽佩。因此，本書最後兩篇論文，儘管是對他們學術研究之研究，甚至就是學術評論，但實際上，也是我自己學術理想的體現。

　　本書中有些論文，寫作年代較早，當時還沒有用電腦，因此，一直是以紙質的形式保存著。及門張亞瓊女士、李奕揚女士各將若干紙質論文的照片轉換成文字，並作校對，本人在此深表感謝。

　　四十年來，我的全部工作，就是教書和寫書，我也一向以工作勤奮自負。因此，儘管我的研究領域比較廣，但是，用在研究其中某一個領域的時間和精力，還是不少的，且研究領域廣了，研究某一個領域的時候，往往有左右逢源的感覺。此書末所附我在退休前的著述目錄，可以反映我這四十年的研究成果和所涉及的領域。

　　今年3月，我就要進入退休教師的行列，不過，我的身體還是一如既往，還可以教書和寫書。退休後，我還會繼續寫書，至於教書，那是需要機會的。我非常希望能再有機會在國外的大學用英語講中國文化和文學，同時和那裡的同行切磋。

趙杏根，2022年初退休前夕

序　言

目次

簡論國學的當代價值

　　多年來，社會上流行「國學熱」，連不少大學也辦起了「國學院」或者類似的學院或者書院之類，社會上大大小小的掛「國學」牌子的教育機構，就更加多了。一些重要報刊，也出現了「國學研究」或者相關的欄目。可是，人們對國學的態度，卻相差很大，爭論不少。打著「國學」旗號的某些文化現象，更加令人憂慮。筆者覺得，對國學的當代價值作一番評估，是很有必要的，因此，草就此文，旨在拋磚引玉。

一、國學的概念及其基本特徵

　　國外的中國研究，被稱之為「中國學」，也叫「漢學」。這門學問，包容廣泛，對中國古今社會、歷史、文學、思想、經濟、政治、民俗、地理、氣象等等的研究，只要是關於中國的內容，都屬於這個學科範疇。我們所說的國學，和「中國學」或「漢學」是不同的。

　　國學研究的對象，有廣義和狹義之分。廣義的國學，其研究的對象，是我國的傳統文化；狹義的國學，其研究的對象，就是我國的經史子集。傳統文化，有歷史的維度在，我們可以將這個歷史界限的下線定在清王朝滅亡，也就是我國封建社會在形式上特別是在政治上結束。在此之前的文化，遺存下來的，我們稱之為傳統文化，當然，經史子集是包括在其中的。

　　那麼，我們為什麼要分別廣義國學和狹義國學呢？首先，它們的研究對象，是有很大的本質區別的。我把社會文化粗略地分成精英文化、大眾文化兩個部分，儘管其間也沒有鴻溝之殊，但區別是明顯的，前者是雅文化，是主流文化，而後者是俗文化，是非主流文化。前者的負載者是士大夫，後者的負載

者是人民大眾。士大夫「以先知覺後知，以先覺覺後覺」。從總體上說，主流文化引領大眾文化，最能夠代表傳統文化的本質和特點。

　　大眾文化，主要包括通俗文化和民俗文化。當然，這二者之間，也是沒有鴻溝之殊的，但大致的邊界還是有的，本質特徵也有不同。通俗文化，主要包括戲劇、白話小說、曲藝等等，其本質特點是商品性或者商業性，通俗文化作家和其他相關的從業者，一般都是要考慮到直接為自己謀取物質利益的。抓住了這一本質特徵，通俗文化中的許多現象，就不難理解了。例如，通俗文化作品，例如戲曲、白話小說中，為什麼模式化和類型化特別多？模仿乃至改編等特別多？作者有限的創造力無法滿足其對利益的無限追求，這「有限」與「無限」的矛盾，就是這些現象的根本原因。民俗文化的本質特徵，是原生態，自然和率真，甚至粗糙和愚昧，也摻雜其中。不過，民間文化作品，是沒有商品性的。例如，鄉下老人在給晚輩講故事，別人去聽，老人不會收錢的。節日人家放焰火，絕沒有向看焰火的人收錢的道理。經史子集，作者寫作這些文字，不是為了賣錢的，又是精緻的，即使某些部分也粗糙和愚昧，和民間文化相比，程度也是有很大不同的。總之，較之於大眾文化，經史子集的文化，其深度、廣度和高度，以及在社會發展中起的作用，都是大眾文化所無法企及的，且對大眾文化，具有引領的作用。因此，我們把狹義國學的研究對象，劃定為經史子集。

　　古代經史子集中，對此前的經史子集的傳播、接受、研究，是不是國學研究呢？當然是的。是不是我們今天國學研究的對象呢？當然也是的。一門學問，什麼「學」，和它的研究對象之間，概念很容易混淆的，在具體的語言運用中，尤其如此。國學也是如此，我們講國學，是指它的研究對象經史子集呢，還是指對經史子集的研究呢？英語中有個單詞，叫 FOLKLORE，它有兩個意思，一是「民俗」，是民俗學這門學問的研究對象，二是「民俗學」這門學問。根據這個例子，我們「國學」這個概念，也可以這樣處理：一是「國學」研究的對象，經史子集，或者是傳統文化，二是「國學」這樣一門學問，即關於經史子集或者關於傳統文化的研究。換一種說法，廣義的國學，是我國傳統文化及其研究，狹義的國學，是經史子集及其研究。下文論述的國學，專指狹義的國學。

　　國學所研究的對象，也就是經史子集，最為基本的特點，是多元化和主旋律的高度統一。國學研究的對象，不僅僅是文學，也不僅僅是儒家的學說，墨

家、法家、道家、兵家、農家、陰陽家、名家以及種種科技，都是屬於國學，都在衝蕩和融合中發展變化，這就是多元化。國學的多元化，也是和它的開放性緊密聯繫在一起的。例如，佛學是外來的學說，後來就成了國學的一部分。如果說徐光啟、吳歷等對基督教的接受，影響還不夠顯著，那麼，近代以來，魏源、譚嗣同、康有為、梁啟超、張謇等吸收外來文化所取得的成就，就有目共睹的了。「修身齊家治國平天下」，一向都是國學的主旋律。即使是曾被視為「出世」的道家、佛家的思想文化，不都是為解決「修身齊家治國平天下」過程中產生的問題而產生、而傳播、而存在的嗎？在全球信息傳播高度發達的今天，如何面對外來文化乃至異質文化？國學的這一基本特點，可以為我們提供有益的經驗。

二、國學與當代文化建設

　　全盤否定國學，甚至連國學的研究價值也徹底否定的人，儘管還是有一些的，但不會太多。國學研究、教育和傳播的價值到底如何？對這樣的問題，見仁見智，人們的意見會有這樣那樣的不同。我在這裡說說我的看法。

　　首先，我們現在的社會文化中，有國學的大量成分。文化不是貨幣。廢除舊幣，通行新幣，新舊貨幣之間，可以毫無關係，但文化是無法這樣更新的。大致說來，在我國封建社會中，在清王朝滅亡之前，我國的主流文化，是經史子集，清王朝滅亡以後，社會的主流文化，就不再是那樣的經史子集了。可是，今天主流文化中許多重要的部分，明顯來自經史子集。且不說文字和語言，那麼多歷史故事、文學典故、詩詞歌賦中的名篇和名句，許多先哲的思想和名言，那麼多概念和範疇，乃至這樣那樣的許多思想觀念，難道不是我們當下的主流文化的重要部分嗎？更加重要的是，今天的主流文化，其主旋律仍然是「修身齊家治國平天下」，儘管內涵有所改變，但這個主旋律的精神並沒有改變。任何一個中國人，誰能徹底擺脫這些而形成自己良好的文化品格？因此，即使僅僅從這樣的角度來看，國學研究、國學教育和國學傳播的價值，也是客觀存在，是無法否認的。

　　其次，我們進行文化建設，需要對國學的研究和傳播。我把當代社會的文化，也簡略地分成主流文化和大眾文化，當然，這兩種文化之間，也是沒有鴻溝之殊的，我只是為了論述的方便而姑且這樣來分。我說的當代的主流文化，是包括官方媒體傳播的文化、學校傳授的文化在內的主流知識分子的文化。我們

的主流文化有沒有缺陷？當然是有的，不可能盡善盡美，否則，我們也就沒有必要進行文化創新和文化建設了。例如，僅僅就當代的主流文化和國學的關係看，前者在繼承國學遺產的時候，應該拋棄的沒有拋棄，不應該拋棄的拋棄了，不應該忽視的忽視了，這些現象都是存在的。如何彌補這些缺陷？離開國學，當然不是明智的選擇。再說，主流文化要不要發展？當然是要的。如何發展？這個問題很大，但發展肯定是需要資源的，發展主流文化，資源有哪些？這也是要我們思考的。無論如何，國學也應該是主流文化發展所需的重要文化資源。

再看當代的大眾文化。對今天的大眾文化，我可以大膽地表達不樂觀甚至憂慮。當代主流文化對大眾的浸潤，還是遠遠不夠的。當然，我們可以舉出很多事實，例如電視、智慧手機等的普及度，義務教育的普及度等等，以及技術的進步給大眾生活帶來的改善等。可是，如果深入到大眾之中，特別是農村，去細緻地瞭解大眾的精神面貌、文化狀態，我們很難樂觀起來。主流文化對他們的影響，恐怕遠遠不及傳統的民間文化對他們的影響大。別的不說，如果作一個農村調查，調查某個鄉鎮沒有到政府有關部門進行登記並且得到批准的各種廟宇寺觀有多少？打著宗教旗號的不倫不類的法事有多活躍？婚喪喜慶的產業鏈是如何發達？命相、占卜、風水、巫術之類現象存在的情況如何？在「賽先生」大旗高揚了一百多年後的今天，此類現象還在社會上大行其道，而主流文化階層對此基本上無所作為，甚至還推波助瀾。長此以往，如果沒有其他的力量相助，主流文化還能有效地在文化方面引領人民大眾嗎？這實在是值得我們深思的。

大眾中至今還存在的某些落後的文化現象，即使是在封建社會，也絕不屬於主流文化，甚至是被主流文化所鄙棄的。國學中，就有不少抨擊種種迷信等非理性文化的內容。因此，在大眾中傳播國學中健康的內容，一方面可以豐富大眾的心靈，另一方面，可以對治這樣那樣的落後的文化，來提升大眾的文化品格。

因此，不管是主流文化，還是大眾文化，當代的文化批判、文化改造、文化創新和文化建設，都需要國學這樣的文化資源。

有人會說，經史子集產生於封建時代，現在社會狀況已經完全不同，那些「老古董」，除了觀賞價值還，還有什麼用處呢？我認為，當然是有用的。要知道，經史子集中，有些內容具有很強的普適性，適用於當時，也適用於現在，甚至適用於將來，例如《論語》《孟子》《老子》《莊子》中的大量內容，就是

如此，一直在社會中發揮著重要的作用，並且還會繼續下去。有些內容，則在當時具有很強的超前性，儘管產生在封建社會，但是，很可能不被當時所重視，或者不被當時所用，沒有在當時發揮作用，乃至在當時和後來相當長一段歷史時期被排斥，但是，今天看來，仍然熠熠生輝，例如，黃宗羲的《明夷待訪錄》等著作，就是如此。這一部分內容，其實是不少的，等我們去努力發掘。

三、國學與我國核心價值體系

我們要進行文化建設，實現文化創新，必須明白，種種文化現象中，文化的諸要素中，什麼是最為重要的部分？是核心的部分，是決定文化性質的部分？我認為，是文化所蘊含的價值觀。不僅如此，我們從具體的文化現象中跳出來，看整個社會，文化實踐以外的種種實踐活動，包括政治、經濟、科學等等的實踐活動，其中確實有價值觀體系在。這個體系，就體現了該社會的性質。因此，國家提出核心價值體系，是非常英明的。

提出核心價值體系，到在我們全社會的各種實踐中充分地體現這些核心價值，當然還有漫長的路要走。在這個過程中，我們必須利用種種文化資源。毫無疑問，國學就是我們在社會實踐中，按照國家提出的目標，建設核心價值體系的重要資源。

在國學中，特別是社會成員個人的價值準則，愛國、敬業、誠信、友善等思想文化資源，國學中非常豐富。對國家富強、社會和諧等的追求，可以說幾乎貫穿了中華民族的整個歷史，經史子集中，相關的思想文化資源同樣是很豐富的。

在我國核心價值體系中，有的價值觀，看起來似乎是國學中所缺乏的，但實際上並非如此，例如「法治」就是。經史子集的「子部」，就有法家。實際上，法家也是我國封建社會中的顯學，實際地位並不在儒家之下。法治的思想文化，在封建社會中，同樣是發展得蓬蓬勃勃的，這是事實，無須多說。筆者想強調的是，即使是儒家，同樣也講究法治的。我一貫認為，「法從禮出」。儒法兩家，並非水火。孔子的再傳弟子，如李悝等，就是先秦法家先驅人物，如果仔細研讀歷史，我們可以發現，具有儒家學術血緣的法家人物，是不少的。先秦法家思想的集大成者韓非子，先秦法家思想最為成功的實踐者李斯，這兩個法家鉅子，都出於荀子之門，而荀子是先秦僅次於孔孟的儒家大師。儒家的《禮記》《儀禮》和《周禮》之中，不少「禮」，實際上就是「法」。例如，《周

禮》中關於中央和地方政府的行政設計，各官位的執掌等等，許多是屬於法律的內容。《儀禮》中的婚禮，實際上起著法律的作用。古代，沒有結婚登記的制度，判定一對男女是不是合法夫妻，標準是什麼？當然就是是否行過婚禮。因此，婚禮儘管是禮，但是，實際上，也是法。金庸武俠小說《倚天屠龍記》中，張無忌和周芷若的婚禮，沒有完成「拜天地」這個關鍵環節，所以，即使他們宴請了賓客，他們還不是夫妻。《禮記》中大量關於保護動物資源的規定，實際上就相當於我們今天野生動物保護法中的許多內容。我們的「法治」價值觀念，其淵源如此，那麼，就多了些許人性化的內容，多了些許人情味，也多了些許文采，比起某些國家法律和執法都是那麼冷冰冰的，甚至執法人員濫用暴力的「法治」來，當然要文明得多。可見同樣是「法治」，作為我國核心價值觀的「法治」，和某些國家的「法治」，是有很大不同的。

「民主」，是國家層面的價值目標。在國學中，關於民主的思想文化，似乎是缺乏的。可是，國學中，民本思想，是非常豐富的。「民為貴，社稷次之，君為輕」，這就是孟子著名的「民貴君輕」的思想。民本也好，民貴也好，其核心就是充分考慮到人民的根本利益。那麼，民主的核心，不也就是充分考慮到人民大眾的根本利益嗎？

國學中的思想文化資源，對我們全面認識國家核心價值觀中的某些部分，是有幫助的。例如，對社會層面的價值取向「和諧」的理解，就是如此。國學中關於「和諧」的思想資源，是非常豐富的，特別是儒家，相關的論述很多。「和為貴」幾乎是婦孺皆知的。既然是「和為貴」，孔子、孟子，為什麼又要抨擊以老好人面目出現的「鄉愿」，甚至說「鄉愿，德之賊也」？孔子又為什麼要和「三桓」作鬥爭，為什麼要請魯國當局討伐弒君的田常？孔孟為什麼都「好辯」，為什麼要抨擊異端邪說？

我們看看，《論語‧學而》說的「和為貴」，原來是是這麼回事：「有子曰：『禮之用，和為貴。先王之道斯為美，小大由之。有所不行：知和而和，不以禮節之，亦不可行也。』」〔註1〕讀了這段文字，我們就知道了「和為貴」的本義，其真正的含義。「和為貴」，不是什麼情況下都「以和為貴」的意思。上了點年紀的人，應該還記得上個世紀七十年代的「評法批儒」，那個時候批儒家的「和為貴」，批判者大多沒有弄明白這話的意思。遺憾的是，許多報刊上，現實中，還常常看到這樣的用法，勸告人家不要相爭，往往就搬出「和為貴」

〔註1〕朱熹《四書集注》，中華書局2012年版，第51頁。

來，甚至巨幅公益廣告也這樣寫著。

儒家和其他學派相比，有個鮮明的外在特徵，就是非常注重禮。在儒家看來，禮有這樣那樣的功用，例如文飾作用等等。在禮的這些功用中，創造和諧這一個功用，是最為可貴的，所以說：「禮之用，和為貴」。和諧社會，正是大家所希望的。但是，如何實現社會的和諧？種種事情，要以禮節之、以法節之。「小大由之」，就是說，大大小小的事情，都要遵循禮來辦。我們不能為了和諧而放棄禮、放棄法，孔子也說得很明確：「有所不行：知和而和，不以禮節之，亦不可行也。」為了維持和諧而放棄禮法，是「不可行」的！和諧不以禮法而成、而維持，遲早會維持不下去的！

我見到過這樣的觀點：法律是為維護秩序服務的，當執行法律要以犧牲秩序為代價的時候，那麼，就應該放棄法律，以維持社會秩序的穩定。對這樣的觀點，我無法苟同！喪失了禮法規範的社會秩序，能夠維持多久？在這樣的秩序下，社會成員能夠享受到真正的權利和幸福嗎？社會秩序的和諧和安定，是通過禮制和法制達到的，而不是無條件的，更加不是苟且！

總之，國學是我們實踐我國核心價值體系的重要的思想文化資源，我們應該加以盡可能充分的發掘與利用。

四、「國學熱」中的若干問題

「國學熱」中，有不少問題，不僅影響了我們對國學遺產的開發和利用，而且，對我們社會的健康發展，也是不利的。因此，有必要對這些問題作些剖析。筆者在此僅僅列舉其中比較顯著的幾個問題論之。

（一）復古

有些人念念不忘我國漢唐時代，認為那些時代，我們的國家最為強盛，社會最為安定，文化最為繁榮，人民最為幸福，因此提倡恢復當時的文化。這無異於癡人說夢。

流行一陣唐裝漢服，有一些人喜愛穿唐裝漢服，這也可以是社會的一道風景線，可是，要求大多數人穿唐裝漢服，顯然是不可能的，更莫說要人們都來寫文言文、舊體詩，以及跪拜如儀之類了。社會已經大變，世界已經大變，文化還回得去嗎？再說，漢唐社會，真的是那麼好嗎？看看古籍中的記載，不就知道了？因此，真正讀明白了一些古書的人，如果不是別有用心，是決不會提倡復古的。

國學研究、國學教育和國學傳播,目的並不是要復古。在漫長的歷史中,國學一直是主流文化。事實已經早就證明,這樣的主流文化早就已經嚴重阻礙了我國社會的發展了。社會已經發展到今天了,如果誰想再奉這樣的文化作為主流文化,那麼,他要把我們的社會帶往何處?再說,這樣的可能性,在實踐中,也早就不存在了。

(二)封閉

有些人認為,國學中儘管也有糟粕,或者是不適合當今社會的內容,但是,如果把國學改造一番,把其中對當今社會有用的部分提煉出來,加以整合,不必利用別的思想文化資源,就可以創造適合於我們當今社會的主流文化。因此,他們極力推崇國學,獨尊國學,竭力排斥國學以外的其他思想文化資源。人們提到某個觀點或者文化現象的時候,有些人就馬上到國學中去找資料,以證明「我們也有」。連學習外語也覺得沒有必要,這樣的人,也頗為常見。他們表述這樣的觀點的時候,往往振振有詞,理直氣壯,似乎佔據了「愛國」的制高點,而且儼然是「國學」的代表者,甚至是「國學」的大家。

把國學中的精華提煉出來,加以整合,是否足以建設我們當今的文化?建設國家的核心價值體系?我的回答是否定的。原因非常明顯,國學產生在封建社會,甚至產生在小農經濟社會,我們今天看來,有些重要的部分,是嚴重缺乏的。例如,在當今社會,「平等」是何等的重要,國家提倡的社會核心價值觀中,就有「平等」一條,可是,在國學中,平等的思想資源,是非常貧乏的。佛教有豐富的平等思想,但是,傳入我國後,這樣的思想,就被閹割了。我有《平等花》詩云:「移得菩提處處載,千年寂寞等花開。花開朵朵從頭數,不見此花心獨哀。」

除了「平等」外,還有「民主」等,也是這樣。有的所謂「國學大師」認為,我國古代君主制度是「假獨裁,真民主」,理由是有大臣準備了棺材上奏章。這樣的奇談怪論,明顯就是別有用心的,連最為起碼的事實和邏輯都不要了。大臣上奏章前要為自己準備好棺材,大臣且如此,百姓又如何?民主在哪裏?這樣的社會,怎麼可能是「真民主」社會?可是,這樣的「國學大師」竟然還受到了追捧,原因究竟在哪裏?

因此,我們建設社會核心價值觀,構建適合當今社會的文化,無論是主流文化還是大眾文化,必須廣泛利用更加多元的文化資源,以海納百川的氣度和格局,進行創造性的構建,才能實現。

（三）貌襲

某些國學教育機構，讓孩子仿照古人讀經，穿古裝，行古禮。莫說這些做法，幾乎都是來自於影視作品，連依樣畫葫蘆的程度都沒有達到，就是真的完全有充分的文獻依據，又有什麼意義？再說，真能夠模仿得到位嗎？是模仿哪個歷史階段的讀書人呢？即使是模仿清代的，那麼，家具擺設呢？設備呢？如果不是演戲，那就是宗教式的儀式。如果是演戲，把國學當演戲，效果會如何？如果是宗教儀式，把國學當宗教，效果又是如何？甚至某些教授都熱衷於這些，此真是我所不解。

誠然，儒家的思想文化，是國學的最為重要的部分，甚至是主要的部分，在先秦諸學派中，尚禮是儒家最為顯著的外在特點，別的學派不是這樣的。可是，《論語》中，孔子屢次表述過，和人的思想、行為等本質相比，禮是第二位的。《論語・雍也》中，孔子告誡子夏：「女為君子儒，無為小人儒。」〔註2〕儒家極重禮文。「克己復禮為仁」，禮文乃行仁之手段，或云形式，仁才是核心內容。隆禮而行仁，是為君子儒；襲禮而棄仁，是為小人儒。「仁者，愛人」。隆禮愛人而不謀私利，是為君子儒；襲禮不愛人而謀私利，是為小人儒。子夏列於孔門文學科，文章學博，自有可觀者，隆禮好文，蓋其所長。孔子懼其昧於本末之辨，專務隆禮好文而忽視行仁義之實，以致墮入私欲而成為小人之儒，故以此警戒之。國學教育和國學傳播，如果引導人們把重點放在種種「禮」上，即使達到了這樣的目的，那麼，不是買櫝還珠，就是造成種種「小人儒」，對社會有什麼好處呢？更不用說那些似是而非的所謂「禮」了。

（四）嗜痂

國學內容駁雜，有精華，更有糟粕。有些人出於利益考慮，或者是見識不高，熱衷於國學中的某些糟粕。例如，有些人以我國古代主流思想中「男尊女卑」為依據，提倡婦女「回歸家庭」；有些人秉承古代的門第觀念，推崇「高貴」「顯赫」的門第等等。國學中那些宣傳迷信的部分，明顯是糟粕，卻被不少人追捧。農村地區，種種迷信活動沉滓泛起，甚至愈演愈烈，某些地方，此類活動實際上已經發展為產業，而主流階層對這些現象，幾乎無所作為，甚至還作為「傳統文化」「文化遺產」來對待。以「國學」的旗號算命、占卜的，往往有之。誠然，經史子集中，有「術數」一類，方術也在其中。可是，即使

〔註2〕朱熹《四書集注》，中華書局 2012 年版，第 88 頁。

是在封建社會中，這些也是屬於不入流的部分，被一般的士大夫所鄙視的部分，被視為旁門左道的部分。《論語》中說：「子不語怪力亂神。」孔子又說：「祭如在，祭神如神在。」既然是「如神在」，那麼，「神」當然是不在的了。孟子也沒有過相信鬼神的論述。至於荀子，則是明確主張無神論的。儒家經典中，超現實的內容是不多的。《左傳》中有一些，是作為「紀異」的，「紀異」是史書的任務之一。把儒家經典神秘化，是秦漢以後的事情了，那是有另外的原因的，未必是神秘化者確實是認為鬼神存在。先秦諸子中，墨子是唯一明確認為有鬼神存在的。其實他也並非真的認為有鬼神存在，而是另有深意的。當時，社會政治失序，重要的學派，都有恢復政治秩序的設想。儒家提出「君君臣臣，父父子子」，法家強調君主的權威，墨家提倡「尚同」，也就是下級服從上級，維護君主的權威。那麼，君主如果為非作歹，誰去制約他？君主之上，還有「天」。在他的政治倫理框架中，墨子試圖以「天」來制約君主，所以，「天」就被神化了。佛教和道教，當然都是有宣揚超自然內容的，可是，在國學中，它們都不是主流，韓愈不就「攘斥佛老，不遺餘力」嗎？再說，佛教和道教的精華部分，全不在超現實的內容之中。如果讓國學中的糟粕部分再死灰復燃，這肯定是社會的災難，因此，我們必須提高警惕，制止此類現象。

就是「國學」中的主流部分而言，糟粕也是明顯的。例如「君為臣綱」之類，和現代社會早已格格不入了，早就應該被徹底拋棄了。即使這些思想在當代社會的殘餘，我們也應該設法清除，怎麼還能夠提倡呢？

結語

總之，站在當今的思想文化高度，對國學先作一番必要的鑒別，區分精華和糟粕，取前者作為我們今天進行文化建設、價值觀體系建設的資源，而毫不猶豫地拋棄後者並且清除其殘餘。僅僅憑國學，我們無法建設現代文化，也無法建設國家的核心價值體系，因為國學畢竟產生在封建社會，因此，我們必須廣泛地利用一切可以利用的思想文化資源，為建設當代文化、建設當代社會核心價值體系服務。

這是為本人所編選《國學讀本》系列寫的序言。此書尚未出版。

吳地文學概觀

　　吳地歷來是我國地理、氣候等自然條件最好、經濟最為發達的地區之一。這為吳地文學的發展提供了優越的條件。

　　先秦諸子中，沒有吳人。可是，先秦吳地人物中，至少有兩位是以文化著名的。一個是言偃。言偃，字子游，常熟人。他不僅是孔子的七十二弟子之一，也是孔門「十哲」之一，在「四科」之中，他正是以「文學」擅長的。當然，這「文學」的概念比我們今天的「文學」概念寬泛，是「文章博學」的意思。他在孔門學習後，留在魯國，在武城當過行政長官。他的為政特點，正是以禮樂教化百姓，注重精神文明。他儘管沒有著作傳於世，但是，他對「文學」的擅長和為政注重文教，一直是古代士人學習的榜樣。另一個是吳國公子季札，他在魯國觀樂時對《詩經》和其他樂歌的評論，至今仍然是經典的文藝評論。

　　當然，不可否認，在古代，早先的文化話語權在北方，北方文化領先於南方文化。也正因為如此，直到東漢，吳地的文學，還是稱不上發達的。三國戰亂，推動了人才和文化的流動，吳地的文學，逐漸加快發展起來。「吳下阿蒙」那「士別三日，即更刮目相待」的典故，[註1] 儘管是呂蒙的個案，但看成吳地人士作為一個整體，在那個時期文化方面的進步，也無不可。到東吳政權覆亡時，吳地就已經有陸機、陸雲等以文學著名的人物，他們的文學水平，已經足以與北方名家相抗衡，「二陸入洛，三張減價」之說，就足以證明這一點。後來，晉室南渡，大批北方文士甚至文化家族南渡長江，是為繼泰伯奔吳之後的北方文化的第二次大規模南遷，推動了吳地文學前所未有地發展。此後，直

〔註1〕陳壽撰《三國志》卷五十四《吳書》之《呂蒙傳》，裴松之注引《江表傳》，武漢，崇文書局 2009 年版，第 569 頁。

到隋朝以前，吳地文學，從總體上說，在這一時期，是遠遠領先於北方文學的。

我國古代的文章中，哪些是文學作品，沒有明確的界定。曹丕的《典論‧論文》中說：「文章者，經國之大業，不朽之盛事」，也沒有解決這個問題。南朝梁朝蕭子顯《南齊書‧文學傳論》，云：「文章者，蓋性情之風標，神明之律呂也。」文學作品「事出神思，感召無象，變化不窮，」故「若無新變，不能代雄」，批評「疏慢闡緩，膏肓之病，典正可採，酷不入情」「全借古語，用申今情，崎嶇牽引，直為偶說」「發唱驚挺，操調險急，雕藻淫豔，傾炫心魄」這三種不良的創作風氣。〔註2〕蕭統《文選序》為一篇重要的文學理論論文，明確了文學概念，云「蓋踵其事而增華，變其本而加厲，物既有之，文亦宜然」，「事出於沉思，義歸乎翰藻」。〔註3〕他們強調文學作品美的特質，強調藝術加工、個性化和創造性，使文學從理論上進入了自覺的時代。這一理論飛躍，正是吳地文學家實現的。此後，吳地許多文學家，在創作文學作品的同時，也喜歡作理論方面的思考，在詩文理論、小說理論和戲曲理論方面，都有可觀的貢獻。

唐代實行科舉制度，此後，這一制度延續到清末。吳地文化發達，士人隊伍不斷壯大，越來越多的士人進入國家管理階層。相比較而言，唐朝時還不多，但是，宋朝就多起來了，明清就更多了。只要翻翻《明清進士題名碑錄》，就可以知道吳地士人在當時進士人數中，占不小的比例。別的不說，明清吳地狀元的數量，就超過任何一個州府。於是，與此有極大關係的是，吳地文學作品中，對國家、社會的關注，就形成了在內容方面的特點。詩文、小說、戲劇，無不如此。「先天下之憂而憂，後天下之樂而樂」，是吳地文士的傳統，也是吳地文學的傳統。

吳地山水秀美，草木繁茂。「暮春三月，江南草長，雜花生樹，群鶯亂飛」，這是最為經典的描繪。吳人感情細膩、豐富、敏感。與此相應，也像吳地其他藝術形式一樣，吳地文學在藝術上最為顯著的特點是繁縟、柔美和細膩。詩文、小說、戲劇，無不如此。

吳地文學家，群體化是其顯著的特點。群體化常常表現為宗族化或家族化。蕭道成（427～482），祖籍東海蘭陵（今山東棗莊東南），南渡遷居南蘭陵

〔註2〕蕭子顯撰《南齊書》卷五十二，嶽麓書社1998年版，第478～479頁。
〔註3〕蕭統選、李善注《文選李善注》，1911年上海會文堂書局影印宋淳熙本重雕鄱陽胡氏藏版，頁面不連貫。

（今常州西北），在南朝劉宋時曾擔任禁衛軍將領，殺後廢帝，立順帝，後代劉宋自立，史稱齊高帝。他博通經史，工詩文，亦工草隸。文化和文學修養，可稱一流。他的後代和族中後輩，幾乎活躍在整個南朝文壇，前後人數達 30 多，如蕭子良、蕭衍、蕭子顯、蕭統、蕭綱、蕭繹等，即是其中的佼佼者。此外，如明代吳江的沈氏家族、葉氏家族，明清太倉的王氏家族，清代蘇州的潘氏家族等。

另一類群體是某一地區的若干友人，他們常在一起切磋文學技藝，討論文學問題，形成文學團體或類似文學團體的並稱、流派，如「吳江派」「吳中四傑」「北郭十友」「吳中四才子」「太倉十子」「陽羨詞派」「常州詞派」「陽湖派」等。我國歷史上最大的文學社團南社，第一次雅集就在蘇州，其中骨幹大多是吳地人，這絕不是偶然的。這些群體及其活動，無疑大大促進了吳地文學的發展。

以下按照文體，對吳地文學作分述。

先說詩文詞。《詩經》中沒有《吳歌》，這不是說那時候吳地沒有詩歌，而是那時的政治文化中心在黃河流域，遠離吳地，由於交通和傳播的不發達，吳地詩歌沒有得到有效的收集和整理。南朝樂府民歌，幾乎都是吳地的作品，已經達到非常高的水平。如果吳地民歌沒有足夠長的歷史，是不可能在南朝達到這樣高的水平的。

從晉朝開始，吳地作家的詩文創作，開始進入全國最高水平的行列，陸機、陸雲，正是西晉重要作家「三張二陸兩潘一左」中的「二陸」。此後，全國第一流的詩文作家和詞人，開文壇新風氣或領導文壇新潮流的作家，在吳地歷代有之，甚至以群體出現。例如，范成大與尤袤，就是南宋「中興四大詩人」中的兩位；「明初四傑」都是蘇州人，所以也稱「吳中四傑」；唐順之、歸有光，是唐宋派的中堅；王世貞是後七子的領袖；清初「江左三大家」中的錢謙益和吳偉業，是當時執文壇牛耳的人物；汪琬是清初散文「三大家」之一；陳維崧為領袖的「陽羨詞派」是與朱彝尊為首的「浙西詞派」相併稱的當時全國兩大詞派；陳維崧的駢文獨步清初，而洪亮吉則為清代中葉駢文文壇四大臺柱之一。沈德潛是乾隆年間全國的文壇領袖；趙翼是「乾嘉三大家」之一；乾嘉間，全國沒有一個府擁有像常州那麼多的有全國性影響的作家；常州詞派是當時唯一有全國影響的詞派；陽湖派是當時僅次於桐城派的文學流派；金天羽是晚清「世界革命」在江蘇的一面旗幟；柳亞子、陳去病、黃人、龐樹柏等，

都是南社的創始人和巨擘。「五四」新文學運動中，劉半農是著名的幹將。瞿秋白、陳衡哲的散文，宗白華的詩歌，都是新文學運動中最早的優秀作品。錢仲聯的詩歌，則幾乎是古典詩歌的臨去秋波。

吳地作家的詩文和詞，總體上最大的特點是華美、繁縟、細膩和精緻，這與蘇州文化的總體特色是一致的。這樣的特點，在陸機詩文中，就體現得非常明顯。吳偉業的「梅村體」詩歌，把這樣的特點體現得淋漓盡致。清初以後，吳地許多詩人與李商隱有緣分。以錢謙益為開創者的清代虞山詩派，其主要特點就是學習李商隱，而李商隱詩歌的特點，正是華美、繁縟、細膩和精緻，因此，虞山詩派詩人的創作，也以此見長。蘇州人曹元忠、汪榮寶，則是晚清「西崑派」或「義山派」的代表作家。黃景仁詩歌明顯受李商隱的影響。畢沅、楊芳燦的詩歌，風華旖旎，幾乎華美、繁縟、細膩和精緻到了極致。陽羨詞派雖然以豪放著稱，但他們也不乏華美、繁縟、細膩和精緻之作，其領袖陳維崧的駢文，則充分體現了華美、繁縟、細膩和精緻。常州詞派高唱「寄託」，同樣體現了華美、繁縟、細膩和精緻。陽湖派領袖張惠言，也寫過辭藻絕麗的駢文。

再說小說。儘管典型的小說，在吳地出現得比較晚，但是，從廣義的小說來看，干將、莫邪的傳說，情節自足，形象鮮明，主題明確，其實也是小說。《吳越春秋》中，其中有很明顯的小說情節和小說因素。唐代之前，我國小說，大多是經部、子部和史部的附庸，或是以叢殘小語，記錄一些街談巷議而已。魯迅認為，到了唐代，人們開始「有意為小說」。吳人蔣防的《霍小玉傳》，就是唐人「有意為小說」的名篇。

明代中葉以後，通俗小說大行。此後，一直到二十世紀三十年代，吳地的小說及其相關的批評、整理等，一直走在全國的前列。明末通俗文化大師馮夢龍，正是蘇州人。他在通俗文化方面的貢獻是多方面的，通俗小說只是其中的一個方面。他的《喻世明言》（一名《古今小說》）《警世通言》《醒世恒言》這三部短篇白話小說集，合稱「三言」，正是古代短篇白話小說的經典，至今仍然具有很大的影響。清初金聖歎對《水滸傳》等小說的評點，毛宗崗對《三國演義》的增刪和整理，清中葉程偉元對《紅樓夢》的修補，都是中國小說史上的大事。

更加值得稱道的是，從晚清到二十世紀三十年代，上海以白話小說為主的通俗文學極為繁榮，遠遠走在全國其他地方之前，而其時上海通俗文學作家中的

主力，正是吳地作家。清末「四大譴責小說」中的兩部，乃出於吳地作家之手。被稱為「現代通俗文學的無冕之王」的包天笑，就是蘇州人。蘇州、常州、無錫、常熟的許多作家，創作了言情、偵探、掌故、科幻、歷史、會黨等題材的大量小說，在上海發表，為中國文學史寫下了濃墨重彩的一章。完全可以這樣說，沒有吳地作家的參與，就不可能有近現代上海通俗文學的繁榮和輝煌。

同時，以北京和上海為主要陣地的新文學運動中，也活躍著吳地作家矯健的身影。吳人劉半農、錢玄同都是《新青年》的中堅人物，在新文學運動中衝鋒陷陣，作出了重要貢獻。葉聖陶則是上海「文學研究會」中創作成就最高的作家之一。

為讓中華民族擺脫深重的災難，吳地兒女也離開有「天堂」之稱的故鄉，奔向更加廣闊的社會，投身火熱的鬥爭。作家孔厥和袁靜，就是如此。他們合作創作的《新兒女英雄傳》，取得了很大的成功，為二十世紀上半葉吳地文學寫下了光輝的最後一頁。

二十世紀下半葉，特別是七十年代末以後，吳地產生了多位有全國影響的小說作家，陸文夫和高曉聲，就是其中最為突出的兩位。陸文夫雖然不是出生在蘇州，但是整個二十世紀下半葉一直生活在蘇州，直到 2005 年去世。他擅長寫蘇州市民題材，而高曉聲則擅長寫蘇南農村題材，他們堪稱二十世紀下半葉吳地文學中的雙子星座，在我國文學星空中，發出奪目的光芒。

最後講戲劇文學。我國元代戲曲，鬱鬱為盛，而其時吳地戲劇文學，聲聞寂寂。究其原因，在於語言與樂曲。元代戲曲，主要是雜劇，屬於北曲，吳人不習聞，很難接受，便難流行。後傳奇興起，用南曲，吳地戲曲文學，方勃然興起。李日華將王實甫《西廂記》改為《南西廂記》傳奇三十六出，再根據傳奇改編本加以增補為三十八折，這就可以說明其間緣故。

戲劇創作，明代就有「文采」「格律」之爭。前者重戲劇的文學性質，後者重戲劇的表演性質。以沈璟為首的吳江派，重格律，推崇本色語言。這似乎和吳文化華美、繁縟、細膩和精緻的總體風格不一致。可是，他們正是從戲劇表演藝術著眼的，重格律，這是另一個方面的精緻，不經過精心的打造，如何能使戲劇語言符合格律而適合演唱？本色也只是語言的本色，與整個舞臺表演的風格並不必定一致：語言即使本色，表演、音樂、布景等仍然不妨華美、繁縟、細膩和精緻。更何況，戲劇語言富有文采的作品，甚至兼有「文采」「格律」之長的戲劇文學作品，在吳地戲劇文學中，也有不少。

吳地戲劇作家中，擅長戲劇理論與戲劇批評的，也有多位，沈璟而外，魏良輔、徐復祚、沈寵綏、沈自晉、朱素臣、張大復等即是，吳梅則是當時舉世無雙的戲劇大師。至於精通音律的戲劇作家，那就更多了。這些，無疑與吳人重藝術、多才藝的整體氛圍和傳統有密切的關係。

此文載王健、唐茂松主編《江蘇吳文化志》，
江蘇科技出版社 2013 年版，南京。

元代經典戲曲選講

引言：元代通俗文學興盛的原因

　　元代社會，種族歧視與種族壓迫嚴重，元太宗九年（1237）至仁宗延佑二年（1315）之間，科舉考試未舉行，故文人地位下降。這些，前人都反覆言之，此不贅。

　　與以上兩種情況相應，傳統文化地位下降。下降之原因有二。一是政治主流派的傳統文化水平低下。二是異質文化的大量進入。蒙古族等少數民族文化進入，當局又開疆拓土，外來文化大量進入。此二者，也是當時明顯的事實，毋庸多說。

　　和我國古代其他各朝代的文學相比，元代文學最大的特點，是通俗文學的繁榮。戲曲、白話小說都是通俗文學作品，為《四庫全書》所不收。王國維《宋元戲曲考序》中，把元曲與楚騷、漢賦、唐詩、宋詞並稱為「一代之文學」，又云：「獨元人之曲，為時既近，話體稍卑，故兩朝史志與《四庫》集部，均不著於錄。後世固儒，皆鄙棄不復道。而為此學者，大率不學之徒。即有一二學子，以餘力及此，亦未有能觀其會通、窺其奧窔者。遂使一代文獻，鬱湮沈晦者，且數百年。」[註1] 因此，以戲曲和白話小說為主的通俗文學，被元明清研究者冷落，這是不爭的事實。

　　有元一代，文學與人民大眾關係之密切，文學之普及，前無古人。此前詩詞等文學樣式，儘管皆起自民間，但逐漸遠離民間而去，成為文人的專利。元代戲曲，特別是前期，與民眾之關係，尤為密切。

―――――――――――――――

〔註1〕王國維《宋元戲曲考》，朝華出版社，2018 年版。

　　文學在大眾中普及，或云在社會普及，是要有條件的。這些條件，就是元代文學普及度增長的原因。

　　普及的文學只能是通俗文學，即使在文化教育高度普及的現代社會，也是如此，何況文化教育落後的古代。通俗文學中，論普及度之高，又首先是以表演藝術傳播的文學。文化的普及固然有賴於經濟等，但不僅與經濟有關，其因素非常複雜，有一個比一個更難跨越的門檻。不管經濟、科技、文化如何發展，大眾的文化程度，在達到一定的程度後，很難有大的飛躍，這和人類的接受能力等基本能力的限度相關。即使在普及大學教育後，要大部分社會成員能夠順利閱讀用文言文寫成的詩詞歌賦，並且使這樣的閱讀成為習慣，成為自覺，成為他們生活的一部分，如看電影或電視劇那樣，這也是不可能的。因此，大眾的文學，普及的文學，只能是通俗文學。

　　通俗文學最為基本的本質特點，在於它的商品性。這一點，即使是再通俗的詩歌，白居易所說老嫗也能懂得的詩歌，也是不具有的。因此，我們可以從這個本質特點，來討論通俗文學。商品是通過市場交易，而實現它的價值的。賣方與買方，是構成市場最為基本的要素。

　　我們先看當時的買方市場。無論什麼年代，在什麼社會，百姓只要生活粗安，就要追求精神、文化生活。在元朝，特別是元代前期，當時的官員，特別是高官，就總體而言，漢文化程度不高，能夠且喜歡吟詩作賦者不多，遠遠不足以在官場或社會形成風氣。絕大多數官員，只能欣賞通俗文學，於是，官場就形成了好通俗文藝之風氣，上行下效，社會上此風益盛。至於一般的老百姓，他們沒有能力欣賞詩詞歌賦，當然只能欣賞通俗文學作品了，且他們也喜歡欣賞通俗文學作品。這樣，社會對通俗文學作品的需求，例如對劇本、說書腳本的需求，就旺盛了。

　　我們再看賣方市場。至少在古代社會，中國讀書人的第一選擇，是當官，既施展自己經國濟民、治國平天下的抱負，又得到富貴，至少是解決了生活問題。當官是要途徑的，隋唐以後，最為普通的途徑，也是最為正常的途徑，就是參加科舉考試。

　　可是，元代前期，沒有了科舉考試，讀書人如何解決生活問題，又如何實現個人價值？以文學作品發表對社會、歷史、人生的見解，以推行教化，影響社會，這是傳統士人自覺的社會使命，是他們實現人生價值最為常見的途徑之一。可是，傳統的詩文詞等作品，不具備商品性，無法賣錢，僅僅寫詩文詞，

當然無法解決生活問題。

通俗文藝作品具有商品性。人們看戲、聽書，欣賞各種賣藝表演，都是要出錢的，是文化消費。戲劇腳本、說書腳本哪裏來，當然是讀書人寫的。劇團演出某讀書人寫的戲劇腳本，說書先生說某讀書人寫的小說腳本，都是要給作者錢的，除非這作者是古人，現在還是如此。這樣，元代讀書人就可以通過寫作以戲劇、通俗小說為主的通俗文藝作品，利用這些作品的商品性，來解決生活問題，同時承擔上文說的社會使命，還滿足了當時社會的旺盛需求。

通俗文藝的商品性，直接和受眾相關。一部作品，既然是商品，那麼，正如作者所期望的那樣，獲利要盡可能地豐盛，正因為如此，這作品的受眾就要盡可能地多。這和現代社會電影的票房價值，道理完全相同。因此，通俗文藝作品預設的受眾，是人民大眾，其內容和形式，也要為人民大眾所喜聞樂見，他們是文化消費者，是「上帝」。作者寫作作為商品的通俗文學作品，想要取得盡可能豐盛的經濟回報，就要使作品為最為廣泛的人民大眾所喜聞樂見。通俗文學作品創作，這樣的特點，和傳統的古典詩歌創作相比，就更為突出了。例如，李商隱的很多詩歌，很難看懂，「詩家總愛西崑好，獨是無人作鄭箋」。我們看不懂，這就對了。這些詩歌，李商隱不是寫給別人看的，他預設的讀者，僅僅是某個人或者是某些人，甚至只是他的情人！只要他預設的讀者能夠看懂，就好了。他預設的讀者，不是其他人，不是大眾，不是我們。通俗文學作品，是決不會這樣來寫的，否則，它的商品性如何實現？作者如何賺錢？

當時通俗文藝（包括通俗文學）的許多作家，他們與人民大眾聯繫之密切，超過歷史上任何一個朝代的讀書人。他們中的許多人，如上所說，社會地位不高，也沒有其他的謀生手段，既不貴也不富，就生活在下層社會。當時的「書會才人」，亦即通俗文藝作家聯合會的會員們，他們是「在生活中體驗生活」，而不是像某個歷史階段的作家那樣，生活優裕的他們，只是為了創作文藝作品而到人民大眾中去「體驗生活」。當時的「書會才人」及其同類作家，瞭解人民大眾，他們的許多利益關係與人民大眾是一致的。其實，他們就是人民大眾的一部分，可是，他們又比普通百姓有文化，有見識，有修養，甚至有抱負、有胸襟，所以，他們的通俗文藝作品，能空前地反映人民的觀點與願望，為人民大眾所喜聞樂見，比此前任何時代的文人作品更具人民性。

賣方市場還牽涉到演員和藝人。演員等藝人，古已有之，而有些條件，古代尚未具備，如劇本作者、社會對戲劇等的需求等等，沒有大量出現。在古代

社會，妓女與藝術，往往是結合在一起的。「色藝具佳」「色藝雙絕」，往往是對妓女的高度評價。就妓女而言，藝者，歌舞音樂與表演藝術也。元代妓女多。《馬可波羅遊記》第十一章《汗八里附近建築的大都新城》云：「新城和舊都近郊公開賣淫為生的娼妓達二萬五千餘人。」〔註2〕此書第七十六章《雄偉壯麗的京師杭州》云杭州：「在其他街上有妓女，人數之多，簡直使我不便冒昧報告出來。她們麇集在方形市場附近——這是妓女們平時居住的地方——而且，在城裏的每一個角落，都有她們寄跡的行蹤。她們濃妝豔服，香氣襲人，住在陳設華麗的住所，還有許多女僕跟隨左右。」〔註3〕元人夏庭芝《青樓集》中所記100餘個妓女，都才藝出眾，其中精通雜劇表演的就有近40人。其中有不少紅極一時。如關漢卿的至交珠簾秀，白樸之友人天然秀等即是。一些女演員也被官員納為側室。

以前的文化積累，也是元通俗文學繁榮的一大原因。戲曲腳本和話本小說，既然具有商品性，作者創作這些作品，有明顯的經濟目的在，他們當然希望自己能夠通過創作這些作品，賺到盡可能多的錢。如何能夠賺到盡可能多的錢呢？除了這些作品在文化市場暢銷、價格高之外，還有一條路，就是這些作品的產量高，也就是他們寫得多。就絕大多數人而言，對金錢的追求，幾乎是無限的，可是，作為個體或團體，人的創造力，卻是有限的。無論如何，對金錢的欲望總是遠遠勝過創造力的，通俗文學作家，也是如此。因此，和傳統的詩詞歌賦相比較，戲劇和白話小說的原創性，是遠遠遜色的。就題材而言，戲劇與白話小說這些通俗文學作品，移植、改編既有的歷史敘事或敘事文學作品的特別多。元代戲劇與白話小說，取寫作素材於史書、傳奇者極多。我國的史書，在世界各國中，是最為發達的，文言小說也非常豐富。這些，為元代戲劇和白話小說的繁榮，提供了充分的養料。例如，白話小說不論《三國》還是《水滸》，還有《西遊記》等，都是積累型的，有前代遺存的基礎。至於戲劇中，歷史題材的作品特別多。此其一。

其二，就藝術上而論，戲劇、白話小說也得益於前代不少。詩歌藝術，就算從《詩經》開始，到唐代發展到成熟且豐富，至少用了一千好幾百年。散文藝術，從《尚書》開始，到《史記》成熟，至少也在八百年以上吧？詞呢，就

〔註2〕馬可·波羅口述，魯思梯謙筆錄，陳丹俊等譯《馬可波羅遊記》，福建科學技術出版社，1981年版，第97頁。

〔註3〕馬可·波羅口述，魯思梯謙筆錄，陳丹俊等譯《馬可波羅遊記》，福建科學技術出版社，1981年版，第117頁。

算從盛唐開始，到北宋大盛，也用了三百多年。可是，戲曲呢，從現存最早的戲曲，到元代戲曲之大盛，儘管這很難計算，但是，最多也不到兩百年吧？戲曲似乎是剛出現就成熟的文藝樣式。無論如何，比起詩詞、散文等來，戲曲成熟的速度是明顯快得多的。

原因很簡單，戲曲在發展中，大量借鑒甚至移植了其他藝術樣式的表現方法。就劇本而言，戲曲不出敘事、抒情之結合，而在當時，我國史書、文學的敘事藝術和詩詞等的抒情藝術，早已完全成熟，非常豐富，這些藝術，為戲曲所大量借鑒。正因為如此，元代戲曲，在很短的時期內，藝術上就臻於成熟，以其可以借鑒、移植的資源，既優質、又豐富也。當然，元代的各種白話小說，也大量借鑒了史書、文言小說特別是傳奇的不少藝術手法，因此，也能很快地走向藝術上的成熟。

此為未刊稿。

以下講元代雜劇中的若干經典作品。大家不僅可以瞭解這些作品，還可以學到戲劇文學批評的若干方法。

一、關漢卿《感天動地竇娥冤》

這是一個經典悲劇。落魄書生竇天章因欠蔡婆婆二十兩銀子，連利息為四十兩，無力償還，遂將七歲的女兒端雲給蔡婆婆當童養媳。蔡應允之，又給他四十兩銀子，天章遂赴京應試。竇娥十七歲結婚，不到二年，丈夫去世。此後，她與婆婆二人生活。一日，蔡婆婆前去向醫生賽盧醫討賽所欠高利貸，賽欲將蔡勒死以免還債，流氓張驢兒和其父見之，救下蔡婆婆。張家父子以此為藉口，入住蔡家，又欲雙雙入贅蔡家，分別配蔡婆婆和竇娥，遭到竇娥激烈反抗。張家父子雖未能如願，但住在蔡家不走。張驢兒想毒死蔡婆婆，嫁禍竇娥，以逼其就範，不料毒死張父。張驢兒以此要挾，欲娶竇娥，竇娥不從，致對簿公堂。太守桃杌嚴刑逼供，胡亂判案，竇娥被問成死罪且被斬。竇娥臨刑前，發下六月雪等三樁誓願，後竟一一應驗。竇天章為兩淮提刑肅政廉訪使，出巡至楚州，經歷種種曲折，為竇娥平反。〔註4〕

什麼是悲劇？悲劇就是美被毀滅的過程。竇娥美在何處？是什麼導致了

〔註4〕王季思主編《中國十大古典悲劇集》，上海文藝出版社，1982 年版，第 7～30 頁。

她的毀滅？循著這樣的思路，我們可以找到此劇的主題。

竇娥有太多的不幸。早年喪母，被迫離開父親當童養媳；青春喪夫，與婆婆雙雙守寡。這些無疑都是很大的不幸。她生活中值得慶幸的，只有兩點。一是蔡家家境尚好，衣食無憂，尚有餘款可以出借；二是她與婆婆關係甚好、感情甚深。但是，不幸的也罷，值得慶幸的也罷，都是導致她悲劇的因素。

如果有父親、兄弟、公公或丈夫在，有強有力的家庭或家族、宗族力量的支撐，她的悲劇，也許就不會發生。如果蔡家生活貧困，不放高利貸，竇娥也許就不會嫁到蔡家，蔡家也不會將錢借給賽盧醫，賽盧醫謀殺蔡婆婆的事，也就不會發生，張驢兒和他的父親也就難以纏上蔡氏婆媳。如果竇娥與婆婆關係不好，她也就不會因婆婆而輕易讓步和屈服，冤案也不會如此容易地形成。這樣的情節設計，既很可能是寫實，也顯示出作者在設計情節方面的高明。

竇娥，這個不幸的女子，有哪些美的品格？首先，當然是孝。她與蔡婆婆，名為婆媳，情同母女。婆婆生病，她盡心服侍。公堂上，酷刑下，她堅決拒絕承認下毒，但當蔡婆婆將要受刑時，她為了讓婆婆免於受刑，只得屈招，以自己的名譽和性命，來保護婆婆。赴刑場時，為了免使婆婆見了更加的傷心，她求從後街走，以避開婆婆。臨死之前，其孝心仍然如此。其次，她忠於死去丈夫。「我一馬難將兩鞍韝，想男兒在日，曾兩年匹配，卻教我改嫁別人，其實做不得。」〔註5〕

孝順、忠於愛情的女子形象，在我國此前的文學作品中，也早已有之。竇娥形象最主要的特點，是她為維護自己獨立的人格而所作的對黑暗社會的不屈不撓的反抗。這一點，她區別於此前中國文學作品中的其他的女性形象。

是什麼導致了竇娥的毀滅？就劇中來看，很明顯，是賽盧醫、張家父子這些地痞惡棍、流氓無賴，是桃杌這樣的貪官污吏！他們是黑暗社會的具體的代表。這些惡勢力向長著一副「瘦弱身子」的竇娥壓來，強弱之勢是非常懸殊的。正因為如此，弱者竇娥的反抗，才更令人欽佩，才更顯出不凡！也才更動人！請看，張驢兒父子欲強行入贅蔡家，蔡婆婆屈服了，竇娥卻堅決不屈服；張驢兒毒死他父親後，誣陷竇娥，以「官休」相要挾，迫竇娥就範，婆婆也勸她隨順，而竇娥還是不屈服；公堂上，太守桃杌施酷刑，也無法使竇娥屈服。只是為了婆婆免受酷刑，竇娥才被迫屈招下毒。但是，即使如此，她心裏仍然沒有屈服，在赴刑場的路上，她唱道：「有日月朝暮懸，有鬼神掌著生死權。

〔註5〕王季思主編《中國十大古典悲劇集》，上海文藝出版社，1982年版，第16頁。

天地也,只合把清濁分辨,可怎生糊突了盜跖顏淵!為善的受貧窮更命短,造惡的享富貴又壽延。天地也,做得個怕硬欺軟,卻原來也這般順水推船。地也,你也不分好歹何為地;天也,你錯勘賢愚枉做天!哎,只落得兩淚漣漣!」〔註6〕這是對黑暗社會的控訴!臨刑前,她發下三樁誓願:血不沾地,飛上白練;六月飛雪;三年亢旱。三願一一實現後,而作為鬼魂的她,還要向惡勢力抗爭!她不懼門神、戶尉,入官署顯靈陳情,終於使冤獄平反,使惡勢力受到懲罰。這既體現了人們的美好願望,又將竇娥不屈不撓的反抗精神,表現得淋漓盡致!

以地痞流氓、貪官污吏為代表的惡勢力,哪一個朝代沒有?因此,冤假錯案,哪一個朝代沒有?但是,總是有多少之別。多少決定於什麼?決定於社會政治的清明程度。當時的社會政治如何?單憑賽盧醫、張家父子、太守桃杌,還無法判定。但是,我們再看竇天章,就可以略窺一二了。

第四折是寫竇娥顯靈陳情,竇天章為她平反冤獄。竇天章自稱「廉能清正,節操堅剛」,深受朝廷重用。但是,他在竇娥顯靈陳情之前,處理竇娥一案,是何等的草率!面對案卷,他竟說:「這是問結了的文書,不看也罷。」根本不想審閱。如果不是竇娥的冤魂不屈不撓地堅持抗爭,她的沉冤哪裏還能得到昭雪?「廉能清正,節操堅剛」如竇天章這樣的官員,人們怎能指望他手下不出或少出冤案,怎能指望他平反冤案?竇天章如此,不如竇天章的官員就越發不可問了。當時社會政治之黑暗,也就可以想見了。因此,歸根到底,是當時黑暗的社會政治造成了竇娥的悲劇,毀滅了竇娥。

就此劇的結構來看,到第三折結束,竇娥被斬,六月飛雪,此劇就已經是個完整的悲劇了,情節完全自足了。以悲劇的標準來衡量,第四折在結構、情節上說,似乎可有可無,最多算是個悲劇的尾聲。但是,從以上的分析中,我們可以得出這樣的結論:第四折決不是可有可無的,決不只是尾聲,而是相當重要的。

誠然,從情節和結構上說,此劇到第三折結束,確實已經是個完整的悲劇了。但是,一篇敘事文學作品,除了情節、結構完整以外,還有兩個很重要的方面,這就是人物形象的豐滿和主題的深刻。第四折的作用正是體現在這兩個方面:竇娥成了鬼魂,她還要不屈不撓地反抗,於是,她的形象就更加豐滿了,性格就更加鮮明突出;「廉能清正,節操堅剛」而又深負重任的竇天章審查人

〔註6〕王季思主編《中國十大古典悲劇集》,上海文藝出版社,1982年版,第19頁。

命案卷，竟是如此的草率，這凸現出竇娥悲劇的原因，在於社會政治的黑暗，此劇的主題得到了深化。此外，第四折平反冤案，也體現了人們的美好願望。因此，第四折在此劇中是相當重要的。

此劇的情節，與《後漢書·于定國傳》、干寶《搜神記》所載《東海孝婦》周青的故事有相似之處，《搜神記》卷十一云：

> 漢時，東海孝婦養姑甚謹。姑曰：「婦養我勤苦。我已老，何惜餘年久累年少？」遂自縊死。其女告官云：「婦殺我母。」官收案之，拷掠毒治。孝婦不堪苦楚，自誣服之。時于公（定國）為獄史，曰：「此婦養姑十餘年，以孝聞徹，必不殺也。」太守不聽。于公爭不得理，抱其獄詞，哭於府而去。自後郡中枯旱，三年不雨。後太守至，于公曰：「孝婦不當死，前太守枉殺之，咎當在此。」太守即時身祭孝婦冢，因表其墓。天立雨，歲大熟。長老傳云，孝婦名周青。青將死，車載十丈竹竿，以懸五幡，立誓於眾曰：「青若有罪，願殺，血當順下；青若枉死，血當逆流。」既行刑已，其血青黃，緣幡竹而上，極標，又緣幡而下云。〔註7〕

《竇娥冤》與《東海孝婦》，除了情節外，還有兩大不同。一是主題不同。《東海孝婦》旨在表現于定國治獄之精明負責，因此被寫入其傳中。《竇娥冤》，則是揭露社會政治的黑暗，歌頌弱者的反抗，社會意義的深廣，是《東海孝婦》所無法比擬的。第二，周青之冤，起於其小姑的誤會，竇娥之冤，則是出於地痞惡棍、貪官污吏的有意誣陷，因此，後者更冤，社會意義就更加重大，因而也就更加動人。

還有值得一提的是：此劇始而寫實，結尾則用超自然之筆，這正是元代雜劇「始正末奇」的典型結構。這樣的結構，有受民間文學作品影響的痕跡。我們將元雜劇定位於大眾文化，「始正末奇」也是一個依據。

此為未刊稿。

二、關漢卿《關大王獨赴單刀會》

劇情概要：赤壁之戰前，劉備、孫權聯合抵抗曹操。劉備有軍隊而無地盤，孫權遂將荊州借給劉備，作為養軍之資。赤壁之戰，孫劉聯軍大獲全勝，

〔註 7〕干寶《搜神記》，嶽麓書社，2015 年版，第 104 頁。

但「江東所費鉅萬，又折了首將黃蓋。」（第四折）劉備佔據荊州不還，且由大將關羽鎮守。此劇寫東吳大臣魯肅，欲向關羽索還荊州，遂定下三計，請關羽赴宴，謀取荊州：一是以禮索取荊州；二是禁止江上船隻來往，使關羽無法返回，「淹留日久，自知中計，默然有悔，誠心獻還」；三是以伏兵於席間擒住關羽，作為人質，讓劉備以荊州交換，否則以武力取荊州。關羽從容單刀赴會，挫敗魯肅計謀，安然全身而退。〔註8〕

敘事文學作品，或側重於故事情節之豐富複雜，以引人入勝；或側重於人物形象之豐滿深刻，動人以情，啟人以理。《單刀會》的情節，非常簡單，然而對關羽這一形象的刻畫，則堪稱豐滿、深刻。

作為該劇的第一號人物，關羽遲至第三折方才登場，但是，他始終是該劇的中心。第一折魯肅一上場，就開門見山，將關羽作為焦點人物。魯肅定下三計，徵求東吳老將喬國老的意見。劇中以二人問答方式，通過正末所扮的喬公演唱，敘述關羽的英雄事蹟和非凡的威猛。喬公力勸魯肅停止此等舉動。喬公唱《鵲踏枝》：「他誅文醜逞粗躁，刺顏良顯英豪。他去那百萬軍中，他將那首級輕梟。」《金盞兒》：「他上陣處赤力力三絡美髯飄，雄赳赳一丈虎軀搖，恰便似六丁神簇捧定一個活神道。那敵軍若是見了，嚇的他七魄散、五魂消。你若和他廝殺呵，你則索多披上幾副甲，剩穿上幾層袍。便有百萬軍，擋不住他不剌剌千里追風騎；你便有千員將，閃不過明明偃月三停刀。」〔註9〕

第二折為魯肅前去請關羽故人司馬徽陪席。正末所扮司馬徽，以關羽故人的身份，渲染關羽性烈如火，武藝高強，認為魯肅若在席間索取荊州，會當場發生流血事件。《滾繡球》：「他尊前有一句言，筵前帶二分酒。他酒性躁不中撩鬥，你則綻口兒休提著索荊州。他聽的你索取荊州呵，他圓睜開丹鳳眸，輕舒出提將手，他將那臥蠶眉緊皺，五蘊山烈火難收。他若是玉山低趄，你安排著走。他若是寶劍離匣，你則準備著頭！枉送了你那八十一座軍州！」因此，司馬徽拒絕前往陪席，怕遭池魚之殃。〔註10〕

以上兩折，都是側面表現關羽。喬公是東吳老臣，司馬徽是草庵道士而又是關羽故人，身份不同，因此，二人渲染關羽之英勇暴烈，還是各有側重的，前者較多從魏、蜀、吳政治、軍事著眼，後者較多從關羽性格著眼，然強調關

〔註8〕張月中、王綱主編《全元曲》，中州古籍出版社，1996年版，第81～90頁。
〔註9〕張月中、王綱主編《全元曲》，中州古籍出版社，1996年版，第82～83頁。
〔註10〕張月中、王綱主編《全元曲》，中州古籍出版社，1996年版，第85頁。

羽及蜀國之不可戰勝則一。

側面描寫，儘管有其長處，但也有其短處。因此，側面描寫是無法取代正面描寫的。側面描寫，寫別人對該事物或人物的認識，其深刻、全面與否，就「別人」而異，這就不能沒有侷限。就關羽而言，他的英雄事蹟，威猛神勇，暴烈的性格，高強的武藝，這些，都宜於用側面描寫，因為側面描寫與正面描寫相比，更適合誇張渲染。表現人物的外在特點，宜於用側面描寫；表現人物的內在品格、思想境界等，如果純用側面描寫，就容易有不夠真切之患。

此劇的第三、第四折，為正面描寫關羽，正末也都是關羽。關羽之威猛神勇，前二折早已渲染得淋漓盡致。第三折，除了繼續表現其勇外，更深一層，表現其智。關羽一接到魯肅赴宴的邀請，就知道對方的意圖。《石榴花》：「安排筵宴不尋常，休想道畫堂別是風光，那裡有鳳凰杯滿捧瓊花釀，他安排著巴豆砒霜！玳筵前擺列著英雄將，休想肯開宴出紅妝。」《鬥鵪鶉》：「安排下打鳳牢籠，準備著天羅地網，也不是待客筵席，則是個殺人、殺人的戰場！」他早就做好了對策：「我一隻手揪住寶帶，臂展猿猱，劍掣秋霜。他那裡暗暗的藏，我須索緊緊的防。」《蔓菁菜》：「他便有快對付，能征將，排戈戟，列旗槍，對仗，我是三國英雄漢雲長，端的是豪氣有三千丈！」〔註11〕他與關平安排停當，便從從容容地單刀赴會。可知其智勇非凡，絕非尋常莽夫可比。

第四折是全劇的高潮。席間，魯肅向關羽索及荊州，唇槍舌劍、最為精彩。若就事論事，劉備政權向東吳政權暫借荊州，既然是借，就應當還。劉備政權借荊州不還，自然於理有虧，故魯肅責關羽失信。這樣說來，魯肅就佔了上風。如果無辭以對，只是恃一身之勇動武，即使取得勝利，其行為也與無賴無異。關羽則云：《沉醉東風》：「想著俺漢高皇圖王霸業，漢光武秉正除邪，漢王允將董卓誅，漢皇叔把溫侯滅，俺哥哥合情受漢家基業。則你這東吳國的孫權，和俺劉家卻是甚枝葉！」〔註12〕劉備承受漢家基業，連整個天下，包括東吳之地，都是他的，更何況一個荊州，怎能例外？當然也就不存在還與不還的問題。

這決不是關羽為了駁倒魯肅而臨時想出來的詭辯之說，而是他所信奉並為之奮鬥的觀念——王朝正統觀念。這一觀念，正是他的靈魂，其智其勇，都是為這一觀念所用，都是為王朝正統服務的。

王朝正統觀念認為，在數個政權並存的情況下，與上一個大一統王朝王室

〔註11〕張月中、王綱主編《全元曲》，中州古籍出版社，1996年版，第87頁。
〔註12〕張月中、王綱主編《全元曲》，中州古籍出版社，1996年版，第89頁。

血緣關係最近的人領導的政權，才是正統的。當時魏、蜀、吳三者中，魏、吳領導人，與漢王朝沒有血緣關係，唯蜀地的首腦劉備，自稱是西漢中山靖王劉勝之後代，有漢王朝王室的血緣，故在關羽看來，只有蜀政權才是正統的。因此，他以他非凡的智勇，為劉備蜀政權效忠盡力。

以這樣的王朝正統觀念看來，魯肅自然不僅理虧，見識上大大低於關羽，荊州固然取不成，甚至連東吳政權的合法性都被否定了。如果這時魯肅恃眾動武，即便勝得了關羽，其行徑也就形同無賴，更何況，關羽的神勇威猛又懾倒魯肅，魯肅不敢輕舉妄動。於是，在理、威兩個方面，關羽大獲全勝，從容全身而腿推，何等風光！

在第四折的正面描寫中，還有一點值得一提，這就是主人公借景抒情。關羽渡江赴宴，在江水中流，唱道：「水湧山疊，年少周郎何處也？不覺的灰飛煙滅，可憐黃蓋轉傷嗟。破曹的檣櫓一時絕，鏖兵的江水猶然熱，好教我情慘切！這不是江水，二十年流不盡的英雄血！」〔註13〕長江壯美之象，加入歷史壯烈之事，助雲長悲壯之情，使關羽的形象更加豐滿。他智勇雙全，戰功赫赫，威震敵膽，但他並不是好鬥嗜殺的戰爭狂人！那麼，他為什麼要以其超凡智勇，用於紛爭殺戮？引人思索。這一問題，下文作出了回答：維護正統王朝！王朝正統觀念，是他的信仰！

《單刀會》中的關羽形象，超凡智勇，固然是其重要特點，但其主要特點，是他的王朝正統觀念以及為之效忠盡力、奮不顧身的精神。正是因為這一點，關羽與一般智勇雙全的戰將形象相比，就更加豐滿，更加高大，更加深刻，更加令人欽佩，也更加動人。當然，這樣的王朝正統觀念，在今天看來，是非常落後和腐朽的，也早已為我們拋棄了。不過，在當時，這樣的觀念，還是被人們認可的。

此為未刊稿。

三、關漢卿《趙盼兒風月救風塵》

此為關漢卿的重要代表作之一。劇情概要：鄭州周同知之子周舍，與洛陽窮秀才安秀實，都欲娶汴梁城中歌妓宋引章為妻。宋引章選擇了周舍。她對同行姐妹趙盼兒說，因為周舍「一年四季，夏天我好的一覺晌睡，他替你妹子打

〔註13〕張月中、王綱主編《全元曲》，中州古籍出版社，1996年版，第88頁。

著扇，冬天替你妹子溫的鋪蓋兒暖了，著你妹子歇息。但你妹子那裡人情去，穿的那一套衣服，戴的那一副頭面，替你妹子提領係，整釵環。只為他這等知重你妹子，因此上一心兒要嫁他」。可是，如果她嫁了安秀實，則「一對兒好打蓮花落去」。不料引章嫁給周舍後，一進門就被打了五十殺威棒。此後，周舍將她「朝打暮打」，百般虐待。引章提出離婚，周舍說：「則有打死的，無有買休的。」引章打熬不過，寫信請母親求趙盼兒前來救她。盼兒趕到鄭州，利用周舍好色之心，以自己許嫁他為誘餌，騙得周舍寫休書休棄了引章，自己機智脫身。周舍告官，鄭州太守李公弼審查此案，周舍被打六十，與百姓一體當差。引章嫁安秀實為妻，趙盼兒等無事。〔註14〕

　　此戲的情節並不複雜，但跌宕起伏，戲劇衝突迭起。周舍欲娶引章，引章母不同意。他們終於爭取她的同意，準備婚事，而安秀實又請趙盼兒作媒，欲娶引章，盼兒與引章說媒，希望引章能嫁安秀實，引出二女之間一大段關於婚姻觀念的交鋒，盼兒終於未能勸住。周舍、引章衝破各種阻力結婚後，周舍又虐待引章。盼兒來到鄭州救引章，周舍見了，為盼兒當初反對引章嫁他而問罪。盼兒云，因她自己愛周舍，想嫁他，才反對引章嫁他。此時，引章見周舍與盼兒親熱，矛盾衝突又起：引章痛罵周舍、盼兒，周舍威脅引章，盼兒則硬怪周舍指使引章來罵她。周舍對盼兒發下毒誓，總算讓盼兒相信並非如此。盼兒遂以周舍休棄引章為條件，答應嫁給周舍。周舍要盼兒發誓遵守諾言，盼兒遂發重誓。周舍回家休棄引章，又是一番衝突。周舍休棄了引章，欲到旅館娶盼兒，但被告知盼兒已走。周舍欲騎馬追趕，但被告知正好馬「揣駒了」，不能騎；他又欲騎騾子追趕，但被告知「騾子漏蹄」，不能騎。於是他只得步行追趕。他追上盼兒，引章亦在，便以無賴手段，騙取引章所持休書撕碎，又轉而把矛頭對準盼兒，云他已與盼兒行定婚禮，按照禮俗和法律，盼兒必須嫁給他。盼兒云訂婚所用酒、羊、大紅羅，都是她自己的，並未費周舍分毫，因此這婚約是無效的。周舍又以盼兒所發重誓相迫，盼兒則云發誓對妓女來說算不了什麼。周舍知中盼兒之計，想休書已撕，盼兒無法娶到，引章尚能保住，遂轉而迫引章回周家，不料剛剛他所撕休書是假的。盼兒早就料到此著，故早將真的藏下。於是周舍兩頭落空，便去告官，卻又以失敗告終。情節簡單而又充滿戲劇衝突，只有經驗豐富的劇作家才能做到這一點，而此劇正是如此。

〔註14〕王季思主編《中國十大古典喜劇集》，上海文藝出版社，1982年版，第7～23頁。

此劇是個有名的古典喜劇，這一點是無疑的。此劇的主角當然是趙盼兒。這是個很有深度的戲劇人物。第一折戲中她唱的七支曲子，道盡了妓女的辛酸以及她對自己、對環境、對前途的清醒認識，通過這些，我們可以看到她的清醒、悲涼與絕望。她的形象無疑具有濃重的悲劇性。古今中外，有沒有以悲劇人物為主角的喜劇？當然是有的，但在寫法上，一般總以黑色幽默取勝。此劇無疑是喜劇，也以悲劇人物為主角，而又不以黑色幽默取勝，這正是該劇的一個重要特點。

趙盼兒的俠義和智慧，都是非常明顯的。先說俠義。她是引章八拜交的姐姐，見引章欲嫁周舍，苦心相勸，引章不聽，她警告道：「妹子，久以後你受苦呵，休來告我！」而引章竟然說：「我便有那該死的罪，我也不來央告你。」〔註15〕跡同絕交。然而，當知道引章遭虐待求救時，盼兒便云：「你做的個見死不救，可不羞殺桃園中殺白馬、宰烏牛。」〔註16〕慨然準備行囊，趕赴鄭州，冒險相救。

趙盼兒的智慧，表現在兩個方面。一是頭腦清醒，目光敏銳，料事如神。引章欲嫁周舍，她不以為然，認為不會有好結果。《勝葫蘆》云：「你道這子弟情腸甜似蜜，但娶到他家裏，多無半載周年相棄擲。早努牙突嘴，拳椎腳踢，打的你哭啼啼。」《么篇》云：「恁時節船到江心補漏遲，煩惱怨他誰？事要前思免後悔。我也勸你不得，有朝一日，準備著搭救你塊望夫石！」〔註17〕此後的事情，正如其所言。

二是機智。趙盼兒的機智，是此劇最為精彩的部分，也是構成此劇喜劇色彩的精華部分。這種機智是趙盼兒式的，而不是別人的，是與她的個性、身份和所處環境相一致的。這種機智體現了當時下層社會特有的道德觀念。例如，以色相為誘，在傳統的正統文化中，總是不那麼光明正大，正人君子很少用此類計策，絕不會讓良家女子去做誘餌。以色相誘的力度，也大有講究。

且看趙盼兒準備如何以色相誘：「那廝愛女娘的心，見的便似驢共狗，賣弄他玲瓏剔透。我到那裡，三言兩句，肯寫休書，萬事俱休；若是不肯寫休書，我將他招一招，拈一拈，摟一摟，抱一抱，著那廝通身酥，遍體麻。將他鼻凹兒抹上一塊砂糖，著那廝舔又舔不著，吃又吃不著。賺得那廝寫了休書，

〔註15〕王季思主編《中國十大古典喜劇集》，上海文藝出版社，1982年版，第11頁。
〔註16〕王季思主編《中國十大古典喜劇集》，上海文藝出版社，1982年版，第13頁。
〔註17〕王季思主編《中國十大古典喜劇集》，上海文藝出版社，1982年版，第10頁。

引章將的休書來，淹的撇了。我這裡出了門兒，可不是一場風月，我著那漢一時休！」﹝註18﹞當然，在舞臺上，趙盼兒沒有表現到這一步。一是沒有等表現到這一步，周舍就就範了；二是如果真的在舞臺上表現，也有傷風化。但是，這樣的手段、這樣準備，是良家女子無論如何也不會幹的，甚至連想都不會去想。趙盼兒與周舍行訂婚禮，以賺取休棄引章的文書，而所用酒羊等，是盼兒自己準備的，這為否定婚約埋下了伏筆，但即使是這樣的假訂婚，良家女子會幹麼？不會。可是，這假訂婚無疑是這戲中關鍵的一場，也是一個不小的亮點。

對周舍，趙盼兒發愛情重誓：「你若休了媳婦，我不嫁你呵，我著堂子裏馬踏殺，燈草打折賺兒骨。」﹝註19﹞後來她又置此誓於不顧，這是與正統的「誠信」相違的。可是，在當時社會，混跡於江湖的人中，違背所發誓言，是普遍的現象，妓院中的雙方尤其如此。「那一個不嘗可可道橫死亡？那一個不實丕丕拔了短籌？則你這亞仙子母老實頭。普天下愛女娘的子弟口，奶奶，不則周舍說謊也，那一個不指皇天各般說咒？恰似秋風過耳早休休！」﹝註20﹞當周舍指責她不守誓言的時候，她說：「俺須是賣空虛，憑著那說來的言咒誓為活路，怕你不信呵，遍花街請到娼家女，那一個不對著明香寶燭，那一個不指著皇天后土？那一個不賭著鬼戮神誅？若信這咒盟言，早死的絕門戶！」﹝註21﹞這就是「我是妓女我怕誰」了。

劇名《趙盼兒風月救風塵》，趙盼兒以機智救引章，而其機智是與風月結合在一起的，假訂婚、發愛情重誓等，即是風月。良家女子怎敢如此風月？風月場中女子，若無俠義之心，無膽識，無機智，無手腕，空有風月，也是斷斷救不得宋引章的。上文已經說過，趙盼兒自己，是個具有濃重悲劇色彩的人物，她很清楚，作為妓女，她已經與家庭、婚姻、愛情等幸福無緣，因而也不刻意追求，但又不惜以分明高危的手段救人於危難，成全別人的這些幸福。此劇以悲劇人物為喜劇主人公而不是以黑色幽默取勝，奧妙就在此處，別具一種悲壯，別具一種淒涼，其之所以動人，之所以有深度，也在於此。這一形象可謂前無古人，後亦幾乎不見來者，就是曹禺《日出》中的陳白露，也尚未達到這樣的深度和廣度。

﹝註18﹞王季思主編《中國十大古典喜劇集》，上海文藝出版社，1982年版，第15頁。
﹝註19﹞王季思主編《中國十大古典喜劇集》，上海文藝出版社，1982年版，第19頁。
﹝註20﹞王季思主編《中國十大古典喜劇集》，上海文藝出版社，1982年版，第14頁。
﹝註21﹞王季思主編《中國十大古典喜劇集》，上海文藝出版社，1982年版，第21頁。

　　趙盼兒的觀念和做法，明顯與傳統道德不相合，但是，她無疑是個正面形象。這是為什麼呢？

　　這一形象，雖不合傳統道德，但未必不合江湖道德。當時的雜劇作者，身處江湖社會，熟悉江湖道德，甚至他們自身也多多少少具有江湖道德，在作品中表現出江湖道德，既是作者自身江湖道德的體現，也是為了適合江湖，適合下層民眾的欣賞口味。這是戲劇、白話小說這些通俗文學樣式與傳統的詩文等文學樣式的一個顯著的不同，也是精英文化與大眾文化的一個顯著不同。《趙盼兒風月救風塵》，就鮮明地體現了這種不同，特別是在趙盼兒這個形象上，這樣的不同尤其鮮明。

　　　　　　　　　　　　　　　　　　　　　　　此為未刊稿。

四、關漢卿《望江亭中秋切膾》

　　劇情概要：譚記兒為學士李希顏之妻，希顏卒，記兒由白道姑說合，嫁給白的侄兒、喪妻不久的白士中。士中攜記兒赴潭州為官。楊衙內早就想娶記兒為小夫人，知此，為能娶記兒，乃在皇帝面前誣陷士中。皇帝信之，派楊攜金牌勢劍和文書，前往潭州殺士中。記兒知之，智取楊衙內之金牌、勢劍文書。楊至潭州，反為士中所制。朝廷又派官員前來調查，一切真相大白，楊衙內受到懲罰。〔註22〕

　　譚記兒無疑是作者歌頌的人物。劇中人物，包括楊衙內在內，都對她同致贊詞。在她身上，體現了作者的婦女觀。這種婦女觀，頗與傳統的婦女觀不同。

　　按照宋代以下的傳統觀念，寡婦應該「身如槁木，心如死灰」，應該堅定不移地「守節」，決不能有一絲一毫「非分」的念頭。王實甫《西廂記》中的老夫人對女兒崔鶯鶯道：「俺家無犯法之男、再婚之女，怎捨得你獻與賊漢，卻不辱沒了俺家譜！」〔註23〕元代其他戲曲作品中，還有類似的話。可見，在當時，至少在上層社會，改嫁被視為恥辱，這已經成為一種比較普遍的觀念。

　　譚記兒作為一個年輕守寡的學士夫人，卻大膽地表露守寡的艱難和對愛情的渴望，對自己守節，毫無信心：「我想著香閨少女，但生的嫩色嬌顏，都只愛朝雲暮雨，那個肯鳳只鸞單？這愁煩恰便似海來深，可兀的無邊岸。怎守

〔註22〕張月中、王綱主編《全元曲》，中州古籍出版社 1996 年版，第 32～42 頁。
〔註23〕張月中、王綱主編《全元曲》，中州古籍出版社 1996 年版，第 560 頁。

得三貞九烈，敢早著了鑽懶幫閒。」她早作了改嫁的準備，並明確地向人表白：「這終身之事，我也曾想來，若有似俺男兒知重我的，便嫁他去罷。」〔註24〕丈夫死了，她準備改嫁，但是，她還是想著他對她的「知重」，可知在她看來，再嫁並不是對已故丈夫的背叛，而是對幸福和愛情的正當追求。

身為寡婦的她，儘管不準備為丈夫守節，但是，她對愛情和婚姻的態度是非常嚴肅的。忠於愛情，這一點，在我國文學中的女性形象畫廊中，算不上什麼特色，但是，一個對故夫懷有深厚感情而準備再嫁的寡婦，表示以後一定會忠於新的丈夫，且結婚後確實如此，這就不能不說是很新穎的了。不僅如此，她也要求對方忠於愛情。她答應嫁給白士中，唯一的要求就是這一條。她當著白道姑和白士中的面道：「芳槿無終日，貞松耐歲寒。姑姑也，非是我要拿班，只怕他將咱輕慢。」「只願他肯、肯、肯做一心人，不轉關，我和他守、守、守白頭吟，非浪侃。」〔註25〕楊衙內將到潭州殺白士中，士中收到老家的報警信，憂心忡忡，怕記兒知道了擔憂，故意不讓她知道。記兒以為是士中老家妻子寫來的信，並以此責問士中。士中云：「我若無這些公事呵，與夫人白頭相守，小官之心，唯天可表。」記兒猶是不信，非要看信不可，士中不予，記兒竟然以死相向：「直等的恩斷意絕，眉南面北，恁時節水盡鵝飛！」〔註26〕這清楚地表明，在她看來，在愛情和婚姻方面，男子和女子應該是完全平等的，雙方都應該忠於愛情。在我國傳統觀念中，男子可以三妻四妾，女子則應當恪守所謂的「女德」，而「女德」包括對丈夫的姬妾不妒忌！記兒這樣的觀念和行為，明顯與傳統的婚姻觀念和所謂的「女德」大大相悖！

不必為已故的丈夫守節，勇敢地追求自己幸福的愛情與婚姻，但嚴肅地對待婚姻，堅定地忠於愛情，並且要求對方也是如此，譚記兒的這種婚姻和愛情觀念，在當時確實是反傳統的，新穎的，在今天看來，也仍然是正確的。

此劇熱烈地頌揚了譚記兒非凡的膽識與才能，這是它所表現的新的婦女觀的另一個主要方面。在我國傳統觀念中，「女子無才便是德」。我國文學作品中，以膽識和才能著稱的女子形象，寥寥無幾，唯花木蘭、薛紅線、聶隱娘、謝小娥數人而已。花木蘭面對的是敵軍，薛紅線和聶隱娘有高超的武功，擅長於暗殺軍閥，謝小娥的對手是強盜。譚記兒所面對的，是持有皇帝所賜金

〔註24〕張月中、王綱主編《全元曲》，中州古籍出版社，1996 年版，第 33 頁。
〔註25〕張月中、王綱主編《全元曲》，中州古籍出版社，1996 年版，第 34 頁。
〔註26〕張月中、王綱主編《全元曲》，中州古籍出版社，1996 年版，第 36 頁。

牌、勢劍的朝廷命官！在我國封建社會裏，皇權至上！連到身為男子、職居州官的白士中都毫無辦法。因此，記兒要戰勝這樣的對手，需要有比她的前輩們更大的勇氣！

可貴的是，她確實有這樣的勇氣。不僅如此，她還對戰勝這樣有來頭的對手充滿了必勝的信心。白士中怕楊衙內這個「花花太歲」，當他知道記兒決定親身前往對付楊時，力勸記兒還是不要去冒這個險，但記兒云：「你道他是花花太歲，要強逼的我步步相隨。我呵，怕甚麼天翻地覆，就順著他雨約雲期。這樁事，你只睜著眼兒覷著，看怎生的發付他賴骨頑皮！」「著那廝得便宜翻做了落便宜，著那廝滿船空載月明歸！」〔註27〕她扮為漁婦，中秋之夜，到楊衙內賞月飲酒的望江亭賣魚，並為楊衙內切鱠，利用對方好色的弱點，將對方玩弄於掌股之上。見對方的勢劍，她說「借與我拿去治三日好魚那」；見金牌，說是「與我打戒指兒罷」；見了文書，說「這個便是買賣的合同」。〔註28〕終於將楊衙內恃以置白士中於死地的這三大法寶統統騙到手，然後從容離去，使楊衙內最終反受制於白士中。代表皇權的勢劍、金牌和聖旨，竟然被譚記兒如此肆意調侃。

楊衙內在白士中衙門見到譚記兒，雖然「又無那八棒十枷罪，止不過三交兩句言，」卻「唬的他半晌只茫然」！〔註29〕這個由皇權護身而不可一世的人物，遇到譚記兒，竟然如此的不堪一擊！她非凡的膽識才能，於此可見！譚記兒敢於蔑視至高無上的皇權，將象徵皇權的金牌、勢劍和文書如此戲弄，因此，讚揚她非凡的膽識與才能，不僅是超越了傳統的婦女觀，而且又有否定皇權至上的意義在。這種進步意義，是不容忽視的。

總之，此劇通過譚記兒這一形象，表現了一種新的婦女觀，此外，還有反對皇權至上、宣傳男女在婚姻和愛情方面平等的意義在。

此為《元代戲劇四種新解》之一，
發表於韓國大丘大學《人文雜誌》，2003 年第 26 期。

五、關漢卿《鄧夫人苦痛哭存孝》

此乃歷史劇，事本《舊五代史》卷五十三和《新五代史》卷三十六之《李存孝傳》。兩史皆云：李存孝原名安思敬，後為李克用收為養子，戰功卓著。

〔註27〕張月中、王綱主編《全元曲》，中州古籍出版社，1996 年版，第 36 頁。
〔註28〕張月中、王綱主編《全元曲》，中州古籍出版社，1996 年版，第 40 頁。
〔註29〕張月中、王綱主編《全元曲》，中州古籍出版社，1996 年版，第 41 頁。

李克用的另一養子李存信妒忌存孝，便在李克用面前進讒言詆諦存孝，云存孝在作戰時「望風退衄，無心擊賊，恐有私盟也。」〔註30〕（《舊五代史》本傳）「存孝有二心，常避趙不擊。」〔註31〕（《新五代史》本傳）存孝不自安，乃公開反叛李克用。李克用命康君立率部討之，存孝請自明，李克用派其夫人劉氏前往。存孝隨劉氏出見李克用，被擒而處以車裂之極刑。李克用極愛其才，故後殺了和李存信一起妒忌李存孝的康君立。

《哭存孝》劇中，李克用的兩個養子李存信和康君立因在爭奪鎮守州郡問題上，與李存孝發生矛盾。他們雖然獲得了勝利，但是使得他們與李存孝之間的關係更加緊張。兩人便設陰謀，挑撥李克用與李存孝的關係，使李存孝遭冤枉而慘死。

劇中，李存信和康君立所設陰謀，乃是在姓氏問題上做文章。姓氏是父系血緣的標誌。養父和養子之間沒有血緣關係，他們相同的姓氏，只是標誌一種虛擬的血緣關係。正因為如此，他們對姓氏問題及其實質血緣問題，最為敏感，李存信和康君立深知這一點。果然，李克用和李存孝都輕易上當了。

劇中，李存信和康君立到存孝處，假傳李克用的命令，說是所有養子，都要恢復本來的姓氏。存孝聽了，有一種功成後被拋棄的感覺。在李克用的養子中，他功勞最大，為李克用成就基業，起了關鍵的作用。他認為，現在，李克用基業已成，就用不到他了，就要拋棄他了，叫他恢復本來的姓氏，這就是一個信號。養子是如此容易地被養父拋棄，正是他們之間沒有血緣關係的緣故。這時，恰巧有兩人前來告狀，他們也是養父和養子。養父沒有基業、沒有兒子時，領養了這個兒子。此子辛勤勞作，為養父創基業。養父有了基業，也有了親生兒子，就要將養子趕走。養子不願意走，就來告狀。存孝因此更加傷感：「這小的和我則一般，當日用著他時便做兒，今日有了兒，就不要他做兒。」〔註32〕李存孝心裏的誤會和抱怨如此。

再看李克用方面。李存信和康君立騙得存孝恢復本來的姓氏後，又到李克用處，說存孝忘恩負義，竟然擅自恢復了本來的姓氏，並且還要率領部下攻打李克用。李克用一聽，大怒，就要發兵征討。

李克用妻子劉夫人，頭腦比較清醒，她對李存孝還是信任的。當李克用將

〔註30〕薛居正《舊五代史》，吉林人民出版社，1995 年版，第 453 頁。
〔註31〕歐陽修《新五代史》，吉林人民出版社，1995 年版，第 220 頁。
〔註32〕張月中、王綱主編《全元曲》，中州古籍出版社，1996 年版，第 75 頁。

要發兵征討存孝時，她出來阻攔，並親自往存孝處察看實際情形，又帶著存孝到李克用處辯白。這一情節，與兩部《五代史》所載她入圍城與已經反叛的存孝會面，並帶存孝出城向李克用請罪，有某些相似之處。

劇中，劉夫人帶著存孝將進門見李克用，正要辯白清楚之際，李存信謊報，說是她的親生兒子亞子，打圍落馬受傷。劉夫人馬上就要去看望亞子。存孝大驚，請她為自己辯白了幾句再走，劉夫人說：「存孝無分曉，親兒落馬撞殺了。親娘如何不疼？可不道『腸裏出來腸裏熱』。我也顧不得的。我看孩兒去也。」竟然來不及為存孝說上一句話就走了。她所著眼的，還是血緣關係。存孝感慨更深，哭道：「亞子落馬痛關情，子母牽腸割肚疼。忽見二事在心上，義兒親子假和真。亞子終是親骨肉，我是四海與他人。腸裏出來腸裏熱，阿者，親的原來則是親！」〔註33〕劉夫人走後，存孝不得入門見李克用，李存信和康君立得以利用李克用酒醉之機，說存孝「背義忘恩」，並故意誤解李克用所說「五裂蔑迭」的意思，將存孝車裂。

在李存孝被誣陷至死的過程中，劇中幾乎所有的人，都極為看重血緣關係。李存信和康君立利用血緣觀念來設置陰謀，李克用與李存孝之間由血緣觀念所產生的不信任，再在陰謀的催化下，形成很深的誤解。劉夫人以血緣關係為重，顧不上為李存孝說上一句話就趕忙去看她受傷的親生兒子，失去了消除這一誤解的機會，最終導致了李存孝被車裂的悲劇。

因此，歸根到底，是血緣觀念，造成了李存孝的悲劇。當然，小人的構陷，不同民族文化之間的差異，也是促成悲劇的因素，例如，李克用酒醉時用民族語言所說「五裂蔑迭」（意思是「我醉了。」）被曲解成「五車車裂」即是。

此戲所演，與史實相比，其所異之大者，主要有四。一是李存信之離間李存孝與李克用的關係，所用手法，乃是在姓氏上做文章，並不是作政治上的誣陷，而姓氏乃父系血緣的標誌，其本質正是血緣。二是存信和康君立利用李克用喝醉酒的機會，故意曲解李克用「五裂蔑迭」的意思，將存孝用五車裂之。三是李克用知道李存孝被枉殺後，表彰存孝而殺存信、君立。四是極力渲染存孝的戰功，為他被殺鳴冤叫屈，存孝夫人鄧氏的哭唱之詞，尤其如此。

李克用與存孝之間，並不存在血緣關係，只是養父與養子的關係。關漢卿選擇讓李存信和康君立在這一個方面做文章，向李克用進讒言誣陷存孝，當然也是合情合理的。

〔註33〕張月中、王綱主編《全元曲》，中州古籍出版社，1996 年版，第 76 頁。

現在的問題是，關漢卿為什麼要將一個政治悲劇改寫成血緣觀念悲劇？因為，這一血緣觀念悲劇，有它的現實意義在。事實上，種族觀念就是血緣觀念的擴展，其本質也是血緣觀念。有元一代，是我國歷史上種族觀念最為強烈的朝代，人以種族分等級，就是一個證明。漢人和南人，不被統治者信任。許多有才能的漢人和南人為政府作出了貢獻，但還是得不到應有的酬勞，得不到大用，有的還遭到統治者的種種迫害，甚至虐殺。再加上小人的構陷，因民族文化差異引起的種種誤解，漢人和南人的命運，就更加不可言了。《哭存孝》正是為此而作。血緣觀念導致了李存孝的悲劇，由血緣觀念擴展成的種族觀念，正在造成許多人的悲劇，甚至是社會的悲劇，社會的發展進程由此被延緩了。因此，人們應該淡化種族觀念，不同種族的人應該相互信任，同心同德，這樣才能有效地避免因種族觀念造成的種種悲劇。這就是《哭存孝》這一血緣悲劇在當時的現實意義所在。

當然，就受眾而言，政治複雜，且難以理解，血緣觀念，則相對而言簡單得多，容易理解，而和血緣觀念相關的事件和矛盾，在社會上特別是在普通百姓的生活中，也是不少見的，因此，把歷史上的政治悲劇，改編為血緣悲劇，也是有利於傳播和接受。

血緣觀念，具有明顯的狹隘性，由此產生的矛盾乃至悲劇，在古今社會，都不是罕見的，因此，即使就超越種族壓迫的層面而言，這樣的血緣悲劇，也是具有明顯的積極意義的。可歎的是，即使是當今社會，在很多人的頭腦中，血緣觀念還是根深蒂固的存在，並且發揮著並非積極的作用。讀者如果不信，隨便看看長期流行不衰的肥皂劇，多少愛恨情仇，多少鬥爭乃至殺戮，是因血緣而成！

此為《元代戲劇四種新解》之一，

發表於韓國大丘大學《人文雜誌》，2003 年第 26 期。

六、關漢卿《錢大尹智勘緋衣夢》

關漢卿《錢大尹智勘緋衣夢》是一個公案劇。一般認為，此劇的主題，在於揭露封建衙門的黑暗。竊以為，揭露封建衙門的黑暗，還不足以概括此劇的主題。此劇的主題，應該是對病態金錢觀念的批判。

此劇儘管以大團圓結局，但實際上是一個悲劇：梅香被殺，李安慶遭受了牢獄之災。這悲劇的根源何在？也就是說，形成這個案件和冤獄的根源是什

麼？正是世風的澆薄和官場的腐敗！而世風澆薄，官場腐敗，正是人們以金錢
為取捨的道德觀念和價值觀念所造成的！

案件起於兩件事。一是王員外因嫌貧愛富而悔婚。財主李榮祖，外號李十
萬。王員外亦為財主，外號王半州。王家女兒王閏香，許配給李家兒子李安慶。
兩人成年時，李家早已破產。王員外認為：「他當初有錢時，我便和他做親家；
他如今消乏了也，都喚他做叫化李家，我怎生與他做親家？」在他看來，悔婚
是非常自然的事。就是王家的老女傭也認為：「老員外，咱如今有萬貫家財，
小姐又生的如花似玉，年方二八，怎生與這等人家做親，不教旁人笑話也？」
〔註34〕閏香知道悔婚之事，約安慶夜間來花園中，派梅香前往送金銀珠寶，欲
予安慶作婚禮費用。二是王員外依仗財勢欺人而激怒無賴裴炎。裴炎到王家所
開設的當鋪去當綿團襖，王員外不讓當，爭執起來，王員外道：「這廝好大膽
也，我跟前我來你去的。你不知道我的行止，我大衙門中告下你來，拷下你那
下半截來！」〔註35〕裴炎乃夜間潛入王家花園，欲殺王員外全家以洩憤，正遇
上攜金銀珠寶等待安慶的梅香，裴炎乃殺之而奪金銀珠寶。案件由此而成。

冤案之成，在於衙門之腐敗。王員外見梅香被殺，認為是安慶所為，告到
衙門。理刑賈虛，既貪且酷。他見王員外是個財主，藉口人命大事，命人將身
為原告的王員外用刑。王員外怕打，伸出三個指頭。賈虛見了，猶不滿足：
「那兩個指頭瘸？」王員外只得將其餘兩個指頭伸出。伸出的指頭的數目，自
然是賄賂銀子的數目。王員外的指控，安慶確實到過現場的事實，賈虛的濫
用酷刑，鑄成了安慶的冤案。

病態的金錢觀念，使王員外悔婚、欺人，裴炎殺人，出了人命案件；病態
的金錢觀念，又使賈虛鑄成冤案，李安慶橫遭酷刑！

病態的金錢觀念，決不只是極少數人有，而是在當時很流行。安慶道：
「如今人有錢的相看好，無錢的人小看。」〔註36〕可見大大小小的王員外，當
時還真不少，連王家的老女傭都不例外。世風之澆薄可知。

在病態的金錢觀念流行的社會裏，還會產生某些相關的病態心理。在清
官錢大尹的審理下，案情大白，安慶的冤案得到了平反，安慶無罪釋放。李榮
祖以「告人徒得徒，告人死得死」的規定，追究王員外的誣告之罪，必欲將王

〔註34〕張月中、王綱主編《全元曲》，中州古籍出版社，1996年版，第99頁。
〔註35〕張月中、王綱主編《全元曲》，中州古籍出版社，1996年版，第102頁。
〔註36〕張月中、王綱主編《全元曲》，中州古籍出版社，1996年版，第101頁。

員外置於死地而後快，王員外百般討饒，並同意將女兒嫁給李家，還許以倒賠三千貫，李榮祖就是不答應。王閏香以兒媳婦的身份來勸說，李仍是不答應。可見他的報復心理，是何等的強烈！這種心理的背後，正是破產後長期被人稱為「叫化李家」並因此而被歧視、被欺凌的生活。由此亦可以推知當時世風之澆薄。世風的澆薄，和官場的腐敗，二者之間，正是互助互長的。

整頓官場，挽回世風，一是靠清正廉潔、精明強幹的官員，二是靠年輕的一代。就此劇來看，重用錢大尹式的官員，清除賈虛式的官員，整頓好官場大有希望。王員外們，甚至包括王家的老女傭們，這上了年紀的一代，固然許多人有病態的金錢觀念，但是，劇中年輕的一代，李安慶、王閏香，還有梅香，都對人充滿了同情心。資助安慶的想法，就是梅香提出來的，而王閏香早有此心。在父親必欲置王員外於死地、王閏香等勸說無效的情況下，李安慶捐棄前嫌，勸說父親寬恕了王員外，使全劇以大團圓結局。人們可以透過這病態金錢觀念流行的社會，看到希望。這就是此劇的「光明的尾巴」。

此為未刊稿。

七、白樸《裴少俊牆頭馬上》

《牆頭馬上》之情節，源自白居易新樂府詩《井底引銀瓶》而變化之。在白樸之前，已有人據白居易此詩而編為劇本。宋官本雜劇有《裴少俊伊州》（見《武林舊事》卷十），金院本有《鴛鴦簡》《牆頭馬上》各本（見〈輟耕錄〉卷二十五）。《京本通俗小說》卷十二南宋話本《西山一窟鬼》中有「如撚青梅窺小俊，似騎紅杏出牆頭」之句。〔註37〕但是，這些劇本都已經失傳，我們無法知道它們的具體情節了。

白樸此劇的大致情節是：唐工部尚書裴行儉之子裴少俊，代父為朝廷前往洛陽「選揀奇花異卉」「買花栽子」。洛陽總管、宗室李世傑之女李千金，於三月上巳節在後花園中遊賞。千金倚牆頭，在園內向外張望，少俊騎馬上，在園外向園內張望，故云「牆頭馬上」。二人由此相見生情，當時就傳詩達意，相約幽會。

當夜幽會之時，其事被李家嬤嬤發現。嬤嬤被說服，不僅未向千金父母告發，而且主動為少俊、千金畫二策：少俊先去求官，再來迎娶；二人一起私

〔註37〕佚名《京本通俗小說》，上海古籍出版社，1988年版，第33頁。

奔。二人選擇了後者，並行私奔。這些情節，乃本於白居易《井底引銀瓶》詩：
「笑隨戲伴後園中，此時與君未相識。妾弄青梅憑短牆，君騎白馬傍垂楊。牆
頭馬上遙相顧，一見知君即斷腸。知君斷腸共君語，君指南山松柏樹。感君松
柏化為心，暗合雙鬟從君去。」〔註38〕至於裴少俊、李千金等姓名，當然是白
居易詩中所沒有的。

　　少俊帶千金回家，將她安頓在後花園中，不讓父母發現。七年後，他們
的兒子端端已六歲，女兒已四歲。一日，千金及其兒女，俱被裴父發現。事
發，裴父逼少俊休棄千金，千金回娘家，而兒女留在裴家。這些，也都從白
居易詩變化而來，白詩云：「到君家舍五六年，君家大人頻有言：聘則為妻奔
則妾，不堪主祀奉蘋蘩。終知君家不可往，其奈出門無去處。豈無父母在高
堂，亦有親情滿故鄉。潛來更不通消息，今日悲羞歸不得。」〔註39〕當然，
此劇與白詩相比，有很大的不同。白詩中的女主人公無法回娘家，而李千金
則回到了娘家。

　　可是，此時千金的父母已亡故，她乃守著家產，過著富足的生活。但她的
心中，一直牽掛著少俊和一雙兒女。少俊狀元及第，任洛陽縣尹，前去迎接李
千金團圓。退休了的裴父亦前往。千金對裴家父子冷嘲熱諷，拒絕回裴家。後
兩兒女前往苦求，千金才許回裴家。劇終於以大團圓結局。這些，都是白詩中
所沒有的。

　　此劇最主要的人物，當然是李千金。作為旦本戲，正旦一唱到底，而正旦
所扮演的，則始終是李千金。這種安排，顯然是為了突出李千金，表明李千金
是作者著意描繪的人物。

　　關於李千金這一人物形象，有兩點是值得我們注意的。第一，她是經過作
者平民化了的大家閨秀。劇中的李千金與裴少俊一見鍾情，馬上就以詩贈答，
訂當夜後花園之約，又就在當夜，對少俊以身相許，並雙雙私奔。前後不過十
餘個小時，甚至更短。就她的家庭教養、修養、身份來說，這是完全不可能
的。白居易《井中引銀瓶》中的女主人公，雖未必是貧窮人家的女兒，但也不
可能出身於高門大戶。因此，此劇中的李千金，雖然是出身於高門大戶，但明
顯被作者平民化了。

〔註38〕白居易著、朱金城箋校《白居易集箋校》，上海古籍出版社，1988年版，第245
　　　　　～246頁。
〔註39〕白居易著、朱金城箋校《白居易集箋校》，上海古籍出版社，1988年版，第246
　　　　　頁。

那麼，作者為什麼要這樣做呢？其實，文學作品中將達官貴人、帝王將相及其眷屬平民化，在通俗文學中是普遍的現象，可以說，自從通俗文學作品中有達官貴人、帝王將相及其眷屬的形象，對他們平民化也就產生了。這種平民化有兩個原因是很明顯的。就作者而言，或許他不熟悉達官貴人、帝王將相及其眷屬，在作品中描繪他們的形象，就免不了不同程度的平民化。就接受者而言，通俗文學的接受者，大多是平民，作者在描繪達官貴人、帝王將相及其眷屬的形象時，為了適合接受者的狀況，有意地將描寫對象平民化，以利作品的接受和傳播。白樸對李千金的平民化，主要是出於後者。

第二，李千金是我國文學作品中第一個就婚姻、愛情問題與封建家長作面對面交鋒的女子形象。在婚姻、愛情問題上，與傳統勢力作鬥爭的青年形象，此前文學作品中已有多位。但是，與傳統的勢力代表作正面交鋒的，還沒有，更不用說正面的觀念交鋒了。有之，從李千金始。

李千金在裴家後園，被裴父發現，守園僕人院公欲掩蓋真相，說千金乃偶而入園採花的別家女子，叫她走，並勸裴父放過她。如果李千金接受院公的暗示，裝成鄰家女子入園採花，應對裴父，或主動出園，真相就很容易掩蓋，她至少暫時還能在後園中藏下去。李千金儘管領會了院公的暗示，但她不願這樣做，而是直面裴父，如實坦然相告：「妾身是少俊的妻室。」她已在後園七年了，早知終有此日，不願如此苟且下去，因此，她顯然早已有準備，與裴父交鋒。她向裴父說話，以少俊的妻室自居，這不啻是向裴父挑戰，其不畏裴父可知。

且看她與裴父的交鋒。裴父云：「婦人家共人淫奔，私情往來，這罪過逢赦不赦。送與官司問去，打下你下半截來。」李千金《沽美酒》唱道：「本是好人家女豔冶，便待要興詞訟，發文牒，送到官司遭痛快。人心非鐵，逢赦不該赦？」《太平令》：「隨漢走怎說三貞九烈，勘姦情八棒十挾。誰識他歌臺舞榭，甚的是茶房酒舍！相公便把賤妾、拷折、下截，並不是風塵煙月！」她堅決否定自己是「淫奔」。裴父罵她敗壞風俗，「做的個男遊九郡，女嫁三夫」，而她針鋒相對，云：「我則是裴少俊一個。」裴父云：「聘則為妻，奔則為妾。」她就說：「這姻緣也是天賜的。」〔註40〕姻緣天賜，當然也就不需要什麼「聘」「告父母」等一系列儀式。因此也就無所謂「奔」，也就不是妾而是妻了。

裴父無奈，只好與千金賭誓，命她「將玉簪向石上磨做了針兒一般細，不

〔註40〕王季思主編《中國十大古典喜劇集》，上海文藝出版社，1982年版，第47～48頁。

折了，便是天賜姻緣，若折了，便歸家去也」！結果可想而知，但千金仍不肯離去。裴父又云：「再取一個銀壺瓶來，將著遊絲兒繫住，至金井內汲水，不斷了便是夫妻，瓶墜簪折，便歸家去。」結果也是可想而知的。裴父於是命少俊休棄千金。千金仍不服：「那犯七出的應拚舍」，而「這守三從的誰似妾！」〔註41〕在封建社會中，丈夫休棄妻子是要有條件的，這就是妻子至少犯了「七出」之一，而千金恪守婦道，未犯「七出」中任何一項，裴家無休妻之理。裴父和千金的這兩項賭誓，出自於白居易的《井底引銀瓶》：「井底引銀瓶，銀瓶欲上絲繩絕；石上磨玉簪，玉簪欲成中央折。瓶沉簪折知奈何，似妾今朝與君別！」〔註42〕白詩以此作比興，喻不按照社會認定的婚禮程序構成的婚姻之脆弱，難以持久，必敗無疑。裴父取此二法賭誓，也是此意。但作為賭誓，其不公正是很明顯的，千金居然接受這種明顯不公正的賭誓，這說明傳統勢力的強大，新的婚姻觀念，沒有取得勝利的可能。千金即使不接受，也沒有別的選擇。這也就是說，除了服從封建家長的安排，很明顯，千金沒有別的選擇。

第四折，裴少俊前往李家，希圖與千金重續前緣，千金發洩對裴父的一腔憤怒，痛快淋漓。裴少俊的父母領著孫兒女前來請千金回裴家，這決不是因為裴少俊的父母接受了李千金的婚姻觀念，而是因為他們知道了李千金乃李世傑的女兒，是出身宗室、富貴之家的千金小姐，裴父還說「我當初也曾議親來」，反怪千金：「誰知道你暗合姻緣，你可怎生不說，你是李世傑的女兒？我則道你是優人娼女，」〔註43〕所以就因為這樣的誤會而休棄千金，而現在來補行婚禮，以使婚姻合乎禮法，還一再向李千金致謙。千金看在兒女的份上，終於答應回裴家。

情節發展至此，可以說是圓滿了，而裴父仍然給千金留下了一條「私奔」的尾巴。他對李千金道：「孩兒也，您當初等我來問親，可不好，你可瞞著我私奔來宅內，你又不說是李世傑的女兒。」千金又針鋒相對，明確表示，私奔並不一定不好，如卓文君私奔司馬相如，就是美事。「怎將我牆頭馬上，偏輸卻沽酒當壚」！〔註44〕這說明，一直到最後，她也沒有向傳統的婚姻觀念妥

〔註41〕王季思主編《中國十大古典喜劇集》，上海文藝出版社，1982年版，第48～49頁。
〔註42〕白居易著、朱金城箋校《白居易集箋校》，上海古籍出版社，1988年版，第245頁。
〔註43〕王季思主編《中國十大古典喜劇集》，上海文藝出版社，1982年版，第53頁。
〔註44〕王季思主編《中國十大古典喜劇集》，上海文藝出版社，1982年版，第54頁。

協。她當初不肯說出她是李世傑的女兒，除了為家聲考慮外，她的婚姻觀念，也是一個原因。

此劇雖然源於白居易《井底引銀瓶》，但二作品的主題完全不同。白居易詩的主題是「止淫奔」，其結尾云：「寄言癡小人家女，慎勿將身輕許人！」〔註45〕有人說，白居易此詩乃「站在維護封建禮教的立場上，對自由婚姻加以勸阻；而在封建禮教和愛情的衝突中，對受迫害的天真少女又寄予同情。」〔註46〕這似乎不大妥當。少男少女一見鍾情，缺乏相互瞭解，沒有感情基礎，未履行婚姻禮俗，婚姻得不到社會的承認，也得不到社會的保護，這種婚姻，無論如何也是脆弱的，經不起內部的動搖，也經不起外部的衝擊。這種婚姻如果失敗，吃大虧的必是女子。因此，為了減少此類悲劇的發生，白居易就作了此詩。就他的創作動機和此詩應該有的社會效果而言，都是不錯的。

《牆頭馬上》的正面人物，無疑是李千金，此劇對裴李的愛情和婚姻，甚至是他們的私奔，都是完全肯定的。那麼，此劇的主題是不是有問題呢？不是的。此劇的主題，在於肯定男女青年自由戀愛，自主選擇配偶，不必遵循傳統禮法，社會對這種不合傳統禮法的婚姻，應該予以承認和保護，至少應該予以寬容。

白居易此詩的預設受眾是青年女子，白樸此劇預設的受眾是社會大眾，也包括青年男女的家長。前者是作為雅文學作品的詩歌，後者是作為通俗文學作品的戲劇，它們的受眾是不同的，因而主題也可以有這樣的不同。

在情節的安排上，此劇最值得注意者有二。一是少俊、千金戀情事發後私奔，而不是男主角求官再來接女主角團圓。後者在此前文學作品中也有之，而在後來的戲劇、小說中，幾乎成了俗套；而前者則前無古人，來者亦很少。這兩種情節設計相比較，前者反傳統的力度尤大，而後者，則是對傳統的一種妥協。

二是少俊、千金幽會時被嬤嬤當場抓住那場戲，比較特別。就當時的力量對比而言，少俊、千金和梅香三人為一方，嬤嬤獨自為一方，似乎雙方力量懸殊，但嬤嬤一旦嚷起來，讓李千金的父母知道，非同小可，力量對比馬上就會發生變化，對少俊他們絕對是不利的。怎樣對付嬤嬤，確實是個難題。裴少俊

〔註45〕白居易著、朱金城箋校《白居易集箋校》，上海古籍出版社，1988 年版，第 246 頁。

〔註46〕朱東潤主編《中國歷代文學作品選》中編第一冊，上海古籍出版社，1980 年版，第 200 頁。

只好虛構事實，誣陷嬤嬤，以攻為守：「你要了我買花栽子的銀子，教梅香喚將我來，咱就和你見官去來。」〔註47〕梅香、千金也一致表示，為此作證。嬤嬤無法，只好妥協。裴少俊他們所用的手段，無疑稱不上光明正大，但不僅能為觀眾所認可，而且符合他們的口味。

此為《元代戲劇四種新解》之一，

發表於韓國大丘大學《人文雜誌》，2003年第26期。

八、高文秀《雙獻功》、康進之《李逵負荊》

司馬遷《史記‧遊俠列傳》云：「韓子曰：儒以文亂法，而俠以武犯禁。二者皆譏，而學士多稱於世云。……今遊俠，其行雖不軌於正義，然其言必行，其行必果，已諾必誠，不愛其軀，赴士之阨困，既已存亡死生也，而不矜其能，羞伐其德，蓋亦有足多者焉。」〔註48〕先秦時，儒士與遊俠，此二者都為當道所不喜。前者好就當道者的所為提出異議，後者好破壞當道者所設立的規矩。後世，儒為當道者所用，而俠一直為當道者的異己力量，故一直為當道者所不喜。

封建社會中，政府腐敗、法制廢弛之時，或政府、法制力所不及之處，有人起而代行政府或法制的部分責能，以維護正義、保護弱者，使得其地社會能夠正常運轉，其人名為俠客。在政府腐敗、法制廢弛、正義無人維護、弱者得不到保護甚至社會秩序無法維持、社會無法正常運轉的情況下，被損害的弱者起而抗爭，當然也是有的，但這種抗爭，很難取得勝利，即使能取得勝利，也是得靠清官或俠客之助。故身處其世，唯清官、俠客，才是大眾的希望。也正因為如此，清官戲（以包公戲為代表）和俠客戲（以梁山戲為代表）成為古典戲劇中的大宗，且其中不乏佳作。

元代最早創作《水滸》戲的劇作家是高文秀。其所作戲曲，以《黑旋風雙獻功》為最有名。

《雙獻功》劇情概要：鄆城縣孔目孫榮，欲攜妻郭念兒去泰安神州燒香，到結義兄弟、梁山泊頭領宋江處，要個護臂（保衛人員），李逵自願前往，並以頭擔保孫榮此行安全。郭念兒與「打死人不償命」的「權豪勢要之家」白衙內早有姦情，而孫榮和郭念兒在燒香途中住在旅館時，郭念兒與白衙內按預定

〔註47〕王季思主編《中國十大古典喜劇集》，上海文藝出版社，1982年版，第43頁。
〔註48〕司馬遷《史記》，中華書局，1982年版，第十冊，第3181頁。

計劃私奔。孫榮知之，訴於公堂。不料主審官即是白衙內，白遂將孫榮打入死牢。李逵知之，以送飯為名，入牢探望孫榮，設計用蒙汗藥麻倒牢子，放出孫榮和其他人，然後，獨入衙門，殺了郭念兒和白衙內，挑上兩顆人頭，回梁山獻功。宋江下令將二人頭掛於梁山泊前，以警喻眾庶。〔註49〕

此劇第一折，宋江「自報家門」，講述自身和梁山泊情況，與《水滸傳》所寫基本相同，只是云晁蓋亡於打祝家莊，與《水滸傳》所寫晁蓋亡於打曾頭市之箭傷大異。然《雙獻功》所演故事，不見於《水滸傳》，其中李逵形象，也與《水滸傳》中的頗不相同。

《水滸傳》中的李逵，敢作敢為、毫無顧忌、心直口快、天真爛漫，性烈如火，然處事魯莽，毫無心計，甚至好殺戮，而此劇中李逵，有《水滸傳》中李逵諸優點，但又機智異常，只是其機智，以樸陋呆傻出之。孫榮關在牢中，他去探牢，裝作「莊家呆後生」，為了裝得令人信服，他故意不按探牢常規牽扯鈴索，而是拾起半塊磚門敲門，又屢次故意將牢房稱作牢子的「家」，使對方真以為他是一個呆頭呆腦的鄉下青年，而放鬆了警惕。李逵稱孫孔目為哥哥，牢子云，孔目姓孫，他姓什麼。李逵回答姓王，因為他牢記下山時所起的化名。牢子以他與孔目何以不同姓而以兄弟相稱，李逵馬上編出了孫孔目下鄉勸農而拜李逵娘為姑姑的故事，竟然天衣無縫，且完全是莊稼人的觀念和語言：「俺娘見他是個孔目，將那上好茶好飯兒這般管待他。因問俺娘姓什麼？俺娘道『我姓孫』。那孔目道『我也姓孫』。他拜俺娘做姑姑，俺娘道：『俺家裏別無甚麼人，只則有這個呆廝，早晚去那城裏面納些秋糧兒，納些夏稅兒，你便照顧他。』俺是這般親，俺那裡是真個的親眷那。」〔註50〕牢子竟然被他信口編的故事騙得深信不疑，終於上了他的大當。

《水滸傳》中的李逵，最大的缺陷是殘忍好殺，殺人好「排頭砍去」，喬裝捉鬼時，殺了一對自由戀愛的男女，至於殺小衙內，更是不可寬恕。此劇中的李逵，就無好殺的缺陷，他殺郭念兒、白衙內，是他們罪有應得，李逵殺之，雖不合法，但合於江湖道德。他救孫榮時，只是將牢子麻倒，並未取牢子的性命，因為牢子無可殺之罪，也無殺的必要，因此可知，此劇中的李逵，並非好殺之人。如果遇到《水滸傳》中的李逵，這牢子就沒有這樣幸運了，非喪命不可。

〔註49〕張月中、王綱主編《全元曲》，中州古籍出版社，1996年版，第194～207頁。
〔註50〕張月中、王綱主編《全元曲》，中州古籍出版社，1996年版，第203頁。

　　《太和正音譜》言高文秀所作雜劇為「金瓶牡丹」，這如何理解釋呢？結合他現存的幾種作品來看，此所謂「金瓶牡丹」，乃是言其氣氛熱烈，而非言其富貴典雅有玉堂氣派也。若據此而以為其雜劇詞語典雅，唱詞華貴，則就更加錯了。其戲劇語言，通俗易懂，切合角色的地位身份。

　　《梁山泊李逵負荊》是康進之的作品。其劇情大概為：某年三月三，梁山泊宋江放兄弟們下山上墳祭掃三日。附近一酒店，老闆名王林。惡棍宋剛、魯智恩，冒充宋江、魯智深，到酒店吃酒。王林感梁山泊宋江之恩，令女兒滿堂嬌出敬酒。宋剛騙得王林喝下一杯酒，又將紅絹搭膊與之，說酒是肯酒，紅絹搭膊是紅定，遂將滿堂嬌搶去做壓寨夫人，說第四日送來。王林大悲。李逵來到酒店吃酒，知此事，又見搭膊，知此物非常人所有，遂益疑宋江等，答應王林，帶宋江和魯智深來，讓王林辨認。李逵回到梁山，對宋江、魯智深百般譏嘲，說他們搶了王林的女兒。宋江無法自明，乃與李逵賭賽，立下軍令狀：若此事確是宋江、魯智深所為，宋江和魯智深輸頭；若否，李逵輸頭。眾人前往酒店，經過王林辨認，知搶滿堂嬌非宋江和魯智深所為。宋江、魯智深先回山寨。李逵背負荊條，請宋江以荊抽打，而宋江則堅持要李逵的頭顱。吳學究、魯智深相勸，李逵回憶舊事以動其情，皆無效。無奈，李逵只得準備自刎。正在此時，王林上山，告知那惡賊宋剛送滿堂嬌回酒店，被王林灌醉，尚未離開。宋江乃命李逵前去擒拿，將功折罪，否則二罪並罰，隨即又命魯智深前去協助。二人獲宋剛、魯智恩，押上梁山殺死。宋江在聚義堂設宴，為李、魯慶功。〔註51〕

　　此戲為末本戲，正末自始至終扮李逵，一唱到底，李逵嫉惡如仇，烈性如火，但處事魯莽，致發生誤會，又輕訂賭賽頭顱之軍令狀，差點送了性命。戲劇衝突，正由其魯莽構成誤會，而產生，而展開。

　　在李逵的心目中，道義高於兄弟之情，一旦兄弟做了不合道義的事，他也會出手重罰，以維護道義，決不會手下留情，也就是說他嫉惡如仇，不管這惡發生在誰身上，他都視為仇，且要出手重罰之。這是此劇中李逵形象高出一般俠客處。道義高於兄弟之情，這種觀念，與儒家傳統的觀念並不矛盾，也是江湖道德中的重要觀念。此劇是最早詮釋這一道德觀念的文學作品。

　　此劇的思想意義，較同時的其他《水滸》戲高出一個層次。這不僅在於它

〔註51〕王季思主編《中國十大古典喜劇集》，上海文藝出版社，1982年版，第171～188頁。

詮釋了道義高於兄弟之情這一觀念，而且賦予這一觀念以深廣的社會政治內容。政府、法制本是保護老百姓的。但是，當它們保護不了百姓的時候，誰來保護百姓？正如上文所說，人們就寄希望於清官、於俠客。俠客為民除害，在有「替天行道救生民」七字的杏黃旗下的宋江，就是這樣的人，包括《水滸傳》在內的大量《水滸》故事，幾乎都是敘述宋江等梁山好漢如何「替天行道」「為民除害」。

但是，當曾經「替天行道」「為民除害」的俠客異化，自己幹害民的勾當時，人們應該怎麼辦呢？此劇就是回答了這樣的一個問題：其他人，包括曾與他一起「替天行道」「為民除害」的兄弟，應該繼續「替天行道」「為民除害」，他既然已經成為民害了，就應該將他除掉！儘管他曾經是甚至仍然是他們的兄弟。因此，此劇就從更高的層次上肯定了「替天行道」「為民除害」，這就是它賦予「道義高於兄弟之情」這一觀念的深廣的社會政治內容。

在小說《水滸傳》成書以前，《水滸》戲已有許多，但被《水滸傳》作者採入小說的，唯有《雙獻功》一故事而已。嗚呼，其意深矣！

此為未刊稿。

九、馬致遠《破幽夢孤雁漢宮秋》

《漢宮秋》寫的是王昭君的故事。王昭君的故事最早見於《漢書·元帝紀》，云：「竟寧元年，春正月，匈奴虖韓邪單于來朝。詔曰：『匈奴郅支單于背叛禮義，既伏其辜，虖韓邪單于不忘恩德，鄉慕禮義，復修朝賀之禮，願保塞傳之無窮，邊垂長無兵革之事。其改元為竟寧，賜單于待詔掖庭王檣為閼氏。」〔註52〕同書《匈奴傳下》云，「郅支既誅，呼韓邪單于且喜且懼」，請求朝見漢天子。「竟寧元年，單于復入朝，禮賜如初，加衣服錦帛絮，皆倍於黃龍時。單于自言願婿漢氏以自親，元帝以後宮良家子王牆字昭君賜單于。單于歡喜。……王昭君號寧胡閼氏，生一男，為右日逐王。」〔註53〕呼韓邪單于死，小單于雕陶莫皋立。小單于娶王昭君，王昭君又生二女。

劉歆著、葛洪輯《西京雜記》卷二云：「元帝後宮既多，不得常見，乃使畫工圖形案圖召幸之。諸宮人皆賂畫工，多者十萬，少者亦不減五萬，獨王嬙不肯，遂不得見。匈奴入朝，求美人為閼氏。於是上案圖以昭君行。及去，召

〔註52〕班固《漢書》，中華書局，1962年版，第297頁。
〔註53〕班固《漢書》，中華書局，1962年版，第3803、3806頁。

見，貌為後宮第一，善應對，舉止閒雅。帝悔之，而名籍已定。帝重信於外國，故不復更人。乃窮案其事，畫工皆棄市，籍其家，資皆鉅萬。畫工有杜陵毛延壽，為人形，醜好老少，必得其真。……同日棄市。京師畫工，於是差稀。」〔註54〕昭君故事中，此書最先有毛延壽的記載。據此，毛延壽僅為給宮人畫肖像的畫工之一，未必就是向王昭君索賄者。

蔡邕《琴操》云：「王昭君者，齊國王穰女也。顏色皎潔，聞於國中。獻於孝元帝，訖不幸納。積五六年，昭君心有怨曠，偽不飾其形容。元帝每歷後宮，疏略不過其處。後單于遣使者朝賀，元帝陳設倡樂，乃令後宮妝出。昭君怨恚日久，乃便修飾，善妝盛服，光暉而出，俱列坐。元帝謂使者曰：『單于何所願樂？』對曰：『珍奇怪物，皆悉自備。惟婦人醜陋，不如中國。』乃令後宮欲至單于者起。昭君喟然越席而前曰：『妾幸得備在後宮，粗醜卑陋，不合陛下之心。誠願得行。』帝大驚，悔之良久，太息曰：『朕已誤矣。』遂以與之。……昭君有子曰世達。單于死，世達繼立。凡為胡者，父死妻母。昭君問世達曰：『汝為漢也，為胡也？』世達曰：『欲為胡耳。』昭君乃吞藥自殺。」〔註55〕這一記載，值得注意者有三。第一，昭君未獲元帝關注，和畫師等無關，而和元帝後宮女子之多這一狀況有直接的關係。第二，昭君之嫁單于，是她自己主動要求的，並非身不由己。第三，昭君雖然嫁給了匈奴單于，但還是堅持漢族的核心價值觀，甚至以自己的生命為代價。這後面兩條，是《漢書》所沒有的。

南北朝范曄《後漢書》卷八十九《南匈奴列傳》云：「知牙師者，王昭君之子也。昭君字嬙，南郡人也。《前書》曰南郡姊歸人。初，元帝時以良家子選入掖庭。時呼韓邪來朝，帝勒以宮女五人賜之。昭君入宮數歲，不得見御，積悲怨，乃請掖庭令求行。呼韓邪臨辭大會，帝召五女以示之。昭君豐容靚飾，光明漢宮，顧景裴回，竦動左右。帝見，大驚，意欲留之，而難於失信，遂與匈奴。生二子。及呼韓邪死，其前閼氏子代立，欲妻之。昭君上書求歸。成帝勒令從胡俗，遂復為後單于閼氏焉。」〔註56〕此與《琴操》所載大致相同，而昭君的結局，則和《漢書》相同，亦即在呼韓邪單于去世後，昭君又遵從當地的傳統風俗，嫁給了新的單于，但這新的單于，是呼韓邪單于別的配偶

〔註54〕劉歆著，葛洪集，向新陽等校注《西京雜記校注》，上海古籍出版社，1991 年版，第 67 頁。

〔註55〕蔡邕著、吉聯抗輯《琴操兩種》，（北京）人民音樂出版社，1990 年版，19～20 頁。

〔註56〕范曄《後漢書》，太白文藝出版社，2006 年版，第 689 頁。

所生，並非昭君的親生兒子。可是，與《漢書》中的記載相比，此書增加了昭君就關於是否嫁給新單于一事向漢成帝請示的情節。這說明，她儘管最後嫁給了新單于，但這是在執行漢成帝「從胡俗」的聖旨，因此，從核心價值觀而言，她還是漢人。

因此，《琴操》和《後漢書》中的昭君故事，實際上就已經具有了民族意識的內容，但這樣的民族意識，還是不夠明顯的。相對而言，關於王昭君的比較早的記載，也就這些了。六朝至宋，文人雅士多題詠昭君之作。在他們筆下，昭君無非是一個失意遠嫁異域的薄命紅顏而已。

昭君故事，雖然有豐富的歷史積累，但馬致遠此劇，創作的成分極大，對史實和傳說作了許多重大的改變。

此劇的情節略為：在中大夫毛延壽的慫恿下，漢元帝決定選宮女，由毛延壽主其事。成都秭歸縣王長者之女王嬙（字昭君）入選。毛延壽向昭君索要百兩黃金為賄，許為第一，被昭君拒絕，毛延壽遂在昭君畫像上的眼下略為點染，使之出現缺陷。昭君入宮後，因為漢元帝見其畫像上有明顯缺陷，故不召幸，昭君因此長期無緣見到漢元帝。某夜，元帝巡宮，聽到了昭君彈琵琶，遂招來相見。二人一見鍾情，元帝始知毛延壽索賄不成而報復昭君的事。毛延壽懼事發獲罪，逃至匈奴，極言昭君之美，慫恿呼韓邪單于興兵伐漢，索要昭君。單于從之。匈奴大舉入侵，聲稱必得昭君而後止。漢廷文武，束手無策。在這樣的情況下，昭君主動請求遠嫁匈奴，元帝別無良策，只得同意。呼韓邪單于罷兵，娶昭君而去。行至漢地和匈奴的交界之處黑龍江，昭君投江自殺。呼韓邪單于見昭君已死，覺得已經沒有必要與漢朝為敵，遂將毛延壽送到漢廷正法。漢元帝秋夜思念王昭君，形諸夢寐，醒而聞孤雁之鳴，益為悲傷。〔註57〕

此劇儘管是末本戲，正末始終扮演漢元帝，由漢元帝一唱到底，但是，此劇的一號人物仍然是王昭君，而不是漢元帝。

王昭君這一人物形象怎麼樣？她外表美麗動人，內心高尚正直（不肯行賄），這些都是顯而易見的。她對父母有孝心：她知道自己被漢元帝看中，就為在成都隸民籍的父母請恩榮。以當時的道德觀念來看，這屬於孝。一個宮女，能為父母盡孝心者，也只有此一途了。她是一個深情的女子：她對漢元帝的愛，強烈深厚，纏綿悱惻。而這一形象最為可貴的，是崇高的精神境界。強

〔註57〕王季思主編《中國十大古典悲劇集》，上海文藝出版社，1982 年版，第 41～56 頁。

敵壓境時她甘願犧牲自己，自願前往匈奴，以避免國家被捲入戰亂之中，百姓遭殃。有如此博大胸懷，有如此自我犧牲精神的女子，如此崇高的女性形象，在此前的我國文學作品中未嘗有之，即使在此後的古典文學作品中，也不多見。她對民族的愛，對漢元帝的愛，始而表現在自告奮勇遠嫁匈奴，最終表現為在漢與匈奴的交界處，未入匈奴之地而投江自殺，堅持為漢人死在漢地，以壯烈行為來結束這一悲劇。

是什麼原因，造成了王昭君的悲劇？就此前歷史和筆記的記載來看，以我們今天的高度來分析，如果說王昭君遠嫁匈奴是一個悲劇，那麼，這悲劇的原因，是封建制度，是保障皇帝擁有三宮六院的封建制度，是婦女權益無法得到尊重的封建制度，是造成種種不平等的封建制度。至於筆記中的毛延壽，是這些深層原因的體現而已。

此劇中，是哪些因素造成了王昭君的悲劇？使如此美麗、正直、崇高、壯烈的女子被毀滅？落實到人物身上，是毛延壽的貪婪、奸詐與無恥，是其他文武官員的無能，當然還有漢元帝的無能！歸根到底，是皇帝和文武百官等國家機器的腐敗無能！

我認為，此劇是一個寓言，一個社會政治的寓言。歷史上，呼韓邪單于來求親時，與漢武帝時，僅差 50 多年。《漢書》記載非常明確，當時漢朝根本不怕匈奴，相反，是匈奴怕漢朝。呼韓邪單于向漢朝求親，正是為了取得漢朝的支持，來對付匈奴中不聽命於他、甚至對他構成威脅的部落，也是怕漢廷像對付郅支單于那樣對付他。

此劇中，則是匈奴大兵壓境，向漢朝強索王昭君。在此之前的記載中，毛延壽只是一名畫師，而此劇中，毛延壽則是中大夫，一個大官，他索賄受賄，引誘皇帝驕奢淫逸，欺騙皇帝以謀取私利，又投降匈奴，出賣民族利益，挑起民族衝突。

此前的記載和小說中的昭君故事，其中有關漢元帝者極少，僅是說他答應將王昭君嫁給呼韓邪單于後，初見昭君，見其絕美，頗有悔意，而終不失信。

這些故事中，有關大臣們的記載，則幾乎沒有。可是，此劇中，以尚書五鹿充宗為代表的漢廷大臣，只是以貌似堂皇正大而實則腐朽的「女色亡國論」，勸說漢元帝放棄昭君，以「咱這裡甲兵不利，又無猛將與他相持，倘或疏失，如之奈何？望陛下割恩與他，以救一國生靈之命。」元帝哀歎：「我養軍千日，用軍一時。空有滿朝文武，哪一個與我退的番兵！都是些避刀畏箭的，

恁不去出力，怎生教娘娘和番？」「若如此，久已後也不用文武，只憑佳人平定天下便了！」〔註58〕這是何等沉痛的語言！眾文武無能，而他漢元帝，堂堂大漢天子，又能怎樣呢？也是昏庸無能的皇帝！說「邊塞之盟和儀策，從今高枕已無憂」的是他，說「皆賴眾文武扶持」的是他，說「忠臣皆有用，今高枕已無憂」的也是他，受毛延壽慫恿矇騙的是他，任用無能的還是他！無事時當太平天子，絲毫不知居安思危、勵精圖治，而是陶醉於暫時的安樂與虛浮的升平之中，有事怨天尤人、束手無策。

王昭君的形象，使這些君臣黯然失色！也正是因為如此，她才是此劇中的第一號人物。

那麼，為什麼說此劇是一個社會政治寓言呢？

作者在異族統治的時代，深受種族壓迫，自然會對元取代宋的原因乃至歷史上漢族與北方少數民族之間的關係作較深入的思考。異族強敵壓境，以索取利益，這正是宋王朝常常面臨的事情。無事之時，苟且偷安，盡情享受，正是宋代君臣上下的風氣，幾乎沒有例外。異族入侵，以割地、送女子、送玉帛求和，也幾乎沒有例外。文官好發看似堂皇正大而其實不切於世的無用議論，武官多無能之輩，軍隊戰鬥力弱。在民族矛盾中，投靠異族、出賣民族利益、挑起民族衝突者，也頗有其人。因此，此劇儘管寫的是漢代故事，但實際上，寫的都是宋朝！總結宋朝亡國的沉痛歷史教訓！這就是君臣上下的腐敗無能！一女子尚不能保，如何保得了社稷江山？！

這無疑是愛情劇，一個標準的愛情悲劇。劇中漢元帝與王昭君的愛情，是以前的各種記載中所沒有的，完全出於馬致遠的虛構。那麼，這樣的情節虛構，對刻畫人物形象、表現主題，到底有什麼樣的作用呢？當然有作用，而不僅僅是「愛情味精」而已。

先說漢元帝。他是這愛情悲劇的承受者，他確實是很痛苦的，從這個角度說，他應該得到同情。但是，他也是這一悲劇的製造者，正是他的昏庸無能，造成了他自己的愛情悲劇。貴為皇帝的他，卻連一個心愛的女子都保不住，其無能可想而知。在無法保住王昭君的情況下，他愛得越深，他越愛昭君，他的無能就表現得越突出。如此心愛的女子他都保不住，怎麼能保得住社稷江山、黎民百姓？作為一個無能的皇帝，這一悲劇的製造者，他應該受到譴責。那

〔註58〕王季思主編《中國十大古典悲劇集》，上海文藝出版社，1982年版，第47～48頁。

麼，如此昏庸無能的人，怎麼能當皇帝呢？如果這樣追問下去，問題就更加大了：其背後是封建專制統治！

再說王昭君。她無疑是這愛情悲劇的承受者，而對這愛情悲劇的形成，她是沒有任何責任的，這一點，與漢元帝是不同的。對一個女子來說，愛情當然是最為寶貴的，但是，昭君能把民族利益、黎民百姓的利益置於自己的愛情之上，這是何等高尚的精神境界！她的愛情越深，這一點就越是難以做到。此劇反覆渲染她對漢元帝的愛情之深，她的精神境界之崇高，也就表現得更為突出，因此，此劇中的愛情描寫，使人物形象更加豐滿，使抨擊君臣無能、歌頌昭君崇高精神這樣的主題更加突出。

王昭君投江，這也是作者的虛構。她為什麼要投江？是對民族的感情，對漢元帝的感情使然。入胡地做胡人，於她的民族感情相違背。正因為如此，投江的情節，突出了王昭君的民族感情之深，使她的形象更加崇高，悲劇氣氛更加壯烈，而該劇的主題也就更為突出。

除此之外，還有一點：突出漢民族的節操，這在異族統治下的社會，有特殊的意義。就劇中而言，漢民族輸得實在太慘了，太多了，而在宋代、元代的現實中，又何嘗不是如此？漢人能引以驕人的，只剩下節操了。如果連這一點也沒有，漢人還有什麼可以引以自慰的呢？還有什麼希望呢？

我曾作《昭君》詩云：「獨抱琵琶絕域彈，天高馬壯北風酸。昭君隱痛知多少，怨罷君王怨百官！」王昭君去國，是悲劇。這樣的悲劇，根源在封建制度、皇帝和百官！可歎也已！

此為未刊稿。

結語

以上這些戲劇，無疑是很優秀的經典作品，且幾乎都富有代表性，能夠體現元代戲劇的諸多特點，尤其是其和人民大眾及其生活的聯繫，能夠體現他們的精神需求。我不懂戲劇舞臺藝術，因此，只能把這些劇本，作為戲劇文學作品來研究。這也是應該說明的。

論關漢卿戲劇中兩種士人形象

　　在歷代封建王朝中，元代知識分子的地位，最為低下。「九儒十丐」之說，見之於元人謝枋得《疊山集》卷六《送方伯載歸三山序》〔註1〕和南宋遺民鄭思肖《鄭思肖集・大義略序》〔註2〕。前者是「滑稽之雄以儒為戲」之言，後者是憤世嫉俗之言，都有明顯誇張的成分，並不是國家所作等級規定的「大元典制」，或權威機構嚴格的研究結論。但是，元代知識分子地位低下，這是鐵的事實。

　　從元政權統一中國（1271），到仁宗延佑二年（1315），未舉行科舉考試，見《元史》之《選舉志》一。〔註3〕元惠宗至正二十八年（1368），元就亡了。也就是說，有元一代，前面將近一半時間，是沒有科舉考試的。以情理論之，元代前期知識分子的地位，當比後期更低。關漢卿正是生活在元初。

　　關漢卿戲劇作品中，知識分子的形象不多，但有寫得很成功的。有的儘管著墨不多，但很生動，特色非常鮮明。這是關漢卿對當時知識分子深切的瞭解和他高超的藝術水平所決定的。這些知識分子形象，大致可以分為兩種。一種是無能而又可悲，另一種則是具有高遠的志向與高尚的節操。處於困苦的生存狀態之中，則是他們共同之處。現分別論之。

　　前一種知識分子形象，有《趙盼兒風月救風塵》中的安秀實，《錢大尹智寵謝天香》中的柳永和《杜蕊娘智賞金線池》中的韓輔臣。他們有共同的特

〔註1〕謝枋得《疊山集》，《四部叢刊續編》本，上海書店，1985年影印，頁面不連貫。

〔註2〕鄭思肖著、陳福康校點《鄭思肖集》，上海古籍出版社，1991年版，第186頁。

〔註3〕宋濂《元史》，中華書局，1976年版，2026頁。

點：學問宏富，文才橫溢，落魄困頓，長期混跡於妓院之中。除了經史學問與詩文才華以外，他們幾乎是百無一用，連到娶個妓女作妻子這樣的目標，也都要在強有力的官員鼎力相助之下，才能實現。

這一種知識分子，元代前後，自然都有之。就關漢卿這幾個劇本中所寫而言，其大背景，《謝天香》在北宋，因為柳永是北宋人，安秀實，韓輔臣，儘管歷史上未必有其人，但他們都有機會參加科舉考試，故此二劇的歷史背景，決不是當時，而是非唐即宋，因為關漢卿生活的年代，元朝還沒有實行科舉考試。然而，在這些人物形象身上，關漢卿表達了包括他本人在內的當時許多知識分子不幸的生存狀態和心靈的痛苦。

當時，大量士人無法取得施展治國平天下抱負的機會，甚至連到生活問題都無法解決，就只好利用自己的文化優勢，當「書會才人」，為說書藝人和戲班子編寫文學腳本。元代，不少女藝人是妓女，夏庭芝《青樓集》中所載，就是明證。因此，元代知識分子，特別是關漢卿所生活年代的那些當「書會才人」的人，混跡於妓院之中，這種現象，是很常見的。關漢卿本人，就是他們中突出的一個。

知識分子跟商人不同，他們混跡於妓院，所憑藉的往往不是金錢，而是文學才華。他們以文學才華吟詩、填詞、作曲子等等，讓妓女們欣賞，供妓女們演唱，並以此獲得妓女的芳心。就歷史上而言，唐代的溫庭筠，宋代的柳永，都是這一類人。關漢卿這三個戲中，安秀實在這方面沒有直接的表現，但是，宋引章道：「我嫁了安秀才呵，一對兒好打蓮花落。」〔註4〕這雖然是說兩人結婚後必定受窮，只好沿門賣唱，但既然是「一對兒好打蓮花落」，則安秀才也長於此道可知。打蓮花落，除了打拍、歌唱而外，還要會隨情景而編詞兒，而編詞兒應該正是安秀才所擅長的。《謝天香》中，柳永給謝天香作詞，供她演唱。而韓輔臣，則在這一方面最為突出，因而贏得了杜蕊娘的愛情。他泡在妓院裏，講究「或是曲兒中唱幾個花名，詩句裏包籠著尾聲，續麻道字針針頂，正題目當筵合笙」，「拆白道字，頂針續麻，撈箏撥阮」。〔註5〕關漢卿《南呂·一枝花·不伏老》中，寫自己的生活：「花中消遣，酒內忘憂。分茶攧竹，打馬藏鬮。通五音六律滑熟。」「我玩的是梁園月，飲的是東京酒，賞的是洛陽花，攀的是章臺柳。我也會圍棋，會蹴鞠，會打圍，會插科，會歌舞，會吹彈，

〔註4〕王季思主編《中國十大古典悲劇集》，上海文藝出版社，1982年版，第19頁。
〔註5〕張月中、王綱主編《全元曲》，中州古籍出版社，1996年版，第29～30頁。

會嘔作，會吟詩，會雙陸。」〔註6〕這跟此劇中所寫韓輔臣在妓院的生活，大為相似。

安秀實、柳永和韓輔臣，無能又無奈，確實是非常可憐的。但是，他們混跡於妓院，是他們所作的一種選擇，一種卑下的選擇，因為他們完全有機會，通過科舉考試，來擺脫自己可悲的處境。然而，安秀實只為趙盼兒所吩咐的一句話，他竟然放棄了參加科舉考試的機會。韓輔臣本是赴京參加科舉考試，途經濟南時，順路拜訪他的老友石敏，想不到在席上見了妓女杜蕊娘，一見鍾情，竟然放棄了考試，留在濟南，長期與杜蕊娘廝混在一起，正如石敏說他的：「我以為賢弟扶搖萬里，進取功名去了，卻還淹留妓館，志向可知矣。」〔註7〕柳永比前兩人稍微要好一點，但是，他臨赴考，卻難以割捨所愛妓女謝天香。如果沒有錢大尹的激勵，劇中的柳永能否中狀元，還很難說。

就生存狀態來說，安、柳、韓生存狀態的許多方面，特別是那些可悲的部分，是關漢卿和當時許多「書會才人」的真實寫照。可是，關漢卿他們比安、韓、柳他們更為可悲。安、柳、韓的生存狀態，那可悲的處境，很大程度上是他們卑下的志向促使他們作出的選擇，也就是說，他們自己對自身的生存狀態，負有不可推卸的責任。為了一個心愛的妓女，就算是為了愛情，放棄可能獲取的施展抱負的機會，放棄改變自己可悲處境的機會，無論如何也不是志向高遠者所為。如果他根本沒有什麼抱負可言，那就更不足論了。

可是，關漢卿他們可悲的生存狀態，未必是卑下的志向促使他們所作出的選擇，甚至不是他們選擇的結果。對他們中的絕大多數人來說，是社會，或者說是命運，將他們拋到那樣的環境中，去過那樣的生活！安、韓、柳處在那樣可悲的生存狀態，但還是有前程可奔的，還是有希望擺脫那樣的生存狀態。柳永就是這樣做了，也達到了目的。安、韓儘管沒有像柳永一樣做，但他們仍是有這樣的機會的。關漢卿他們就不同了。他們身處那樣的生存狀態，但是沒有前程可奔，甚至沒有稍微好一些的生存狀態或生活環境可以選擇。那麼，他們比起安、柳、韓來，不是更加可悲嗎？

關漢卿戲劇中的另一種知識分子，儘管其生存狀態比韓輔臣他們還要糟，但志向高遠，節操高尚。《山神廟裴度還帶》中的裴度，即是其人。

《裴度還帶》的故事，最早見之於五代時王定保《唐摭言》卷四。略云：

〔註6〕隋樹森《全元散曲》，中華書局，1964年版，第172頁。
〔註7〕張月中、王綱主編《全元曲》，中州古籍出版社，1996年版，第28頁。

裴度中進士之前，屢試不第。有善相者，言其相「若不至貴，即當餓死。……然今則殊未見貴處」。一日，裴度遊香山寺，發現一個口袋，知為一婦人所遺忘，遂持此口袋，在原處等待那婦人。那婦人日暮不至，裴度不得已，將口袋攜歸，而次日復至其處相候，終於將口袋還給了那婦人。口袋中有玉帶二條，犀帶一條，原來是這婦人欲以此三帶略有關要人，以救其無罪被繫之老父。婦人拜泣，欲以一帶贈裴度，裴度不顧而去。不久，裴度再見相者，相者大驚，云裴度之相與昔日頓異，並云：「此必有陰德及物，此後前途萬里，非某所知。」〔註8〕在相者的再三詢問下，裴度告以還帶之事，相者云此即是陰德，此陰德使裴度之相轉為貴相。此後，裴度果然位極人臣。

此故事之旨，在於宣揚因果報應，推行道德教化。然而，如果將關漢卿的《裴度還帶》也作如是觀，那就未免忽視了它深刻的意義，有失之膚淺之患。完全可以這樣說，關漢卿通過裴度這一藝術形象，發表當時身處可悲的生存狀態中的知識分子的宣言！也表達了他們的嚮往！

王定保所記裴度故事中，裴度形象的特點是什麼？當然是拾金不昧，有一副正直的好心腸。這當然是難能可貴的，但是，能拾金不昧、有一副正直的好心腸的人，幾乎每一個社會階層中都有。這一形象，太一般化了，只是「好人好事」式的故事加一個「好心有好報」而已。這樣的故事，即使是民間故事中，也是大量的。

關漢卿《裴度還帶》中，裴度這一形象的最主要的特點是什麼？困厄之中，堅持高遠的志向，決不動搖！什麼是他高遠的志向？以天下為己任！這也是中國知識分子一貫的傳統。不因為境遇困厄而稍改變此志，也是我國知識分子一貫推崇的堅毅精神。王勃「老當益壯，寧移白首之心；窮且益堅，不墜青雲之志」，之所以成為千古傳誦的名句，是因為它表達了這種精神和豪情！

裴度落魄異鄉，棲身山神廟，乞食佛陀寺，處境至為困厄，前途亦復渺茫，但是，他以天下為己任、以碩德、高位、鴻業自期的壯志豪情，仍是足以凌雲衝霄！「正人倫，傳道統，有堯之君大哉！理綱常，訓典謨，是孔之賢聖哉！邦反坫，樹塞門，敢管之器小哉！整風俗遺後人，立洪範承先代，養情性抱德懷才。」「配四聖十哲，定七政三才。君聖明威服了四海。敢則他這廟堂臣八輔三臺。」「有一日顯威風出淺埃，起雲雷變氣色。」「我穩情取登壇、登壇為帥，我掃妖氛息平蠻貊，你看我立國安邦為相宰。那其間日轉

〔註8〕王定保《唐摭言》，上海古籍出版社，1978年版，第45頁。

千階，喜笑盈腮，掛印懸牌。坐金鼎蓮花碧油幢，骨剌剌的繡旗開。恁時節你看我敢青史內標名載！」〔註9〕道德教化，文治武功，無不臻於極致！儘管其貧徹骨，但是，他堅決拒絕放棄讀書去經商，對輕慢落魄文人的行為，深惡痛絕。此劇中裴度的這一方面，是王定保所記裴度故事中的裴度完全沒有的，而關漢卿將它作為一個重要內容來寫，著意渲染，文才飛揚，鋪張揚厲，意氣風發，崢嶸傲兀！

從裴度這一形象，我們可以看到元代知識分子精神面貌的另一個方面。他們雖然不一定像裴度那樣一貧徹骨，但生活艱辛，被人輕慢，是必有之事。儘管如此，他們仍然是以聖賢自期，懷有經國濟民的宏偉抱負，這體現元代知識分子實現自身價值、施展宏偉抱負的信心。

就某一個知識分子而言，即使他有如此宏偉的抱負，這種抱負也未必有實現的可能。但是，知識分子們作為一個群體，他們的政治見解或許有這樣那樣的不同，但是，在治國平天下這一點上，則是一致的。作為一個群體，他們總有一天，會有機會參與政治，他們治國平天下的抱負，總有實現的一天！關漢卿他們雖然處於窮厄之中，但是，與傳統的知識分子相比，他們高遠的志向依舊！

傳統知識分子的精神品格，還包括高尚的節操。「臨財廉」，無疑是高尚節操的重要內容。這一點，當然王定保所記故事中的裴度也做到了，但是，《裴度還帶》中的裴度所作，更為可貴。王定保所寫，並沒有涉及到裴度的經濟情況，就字裏行間看，他的經濟狀況似乎還過得去。《裴度還帶》中就大大不同了。作者將裴度寫成處於赤貧之中。比起生活還過得去的人來，身處赤貧之中的人拾金不昧，當然就更為可貴了。

關漢卿生活的時期，如上所云，知識分子的地位很低，與此相應，他們謀生求食，一定也是很艱難的。「人窮」，就容易有「志短」之虞。他們還能否保持我國傳統知識分子「臨財廉」等節操？有沒有在艱苦的環境中改變了人生價值取向？《裴度還帶》中對裴度義舉的讚頌，明確無誤地告訴我們，當時關漢卿他們這些知識分子，與前代傳統的知識分子相比，其心依舊！

我國傳統的知識分子的精神品格，它的淵源何在？它的淵源，正是儒家思想！裴度所抒發的壯志豪情，無不合於儒家思想，其中不少詞語典故，是出於儒家經典。

〔註9〕張月中、王綱主編《全元曲》，中州古籍出版社，1996年版，第43～44頁。

關漢卿之時，與無科舉制度、知識分子地位低下相一致，讀書風氣，必無前代之盛。政治主流社會成員的知識結構、異質文化的大量進入等原因，使以儒家思想為主的傳統文化的地位大大下降，因而儒家思想遠不如以前那樣受到重視。《裴度還帶》還有提倡重視儒家文化、宣傳儒家文化的意義。看看此劇中裴度那些唱詞，不僅是思想，就是詞句等，也大多來自儒家經典。這在當時，即使算不上是興廢繼絕，也可以說是關漢卿欲以此救已衰而拯將溺，其意義無疑是很深遠的。

總之，關漢卿筆下兩類知識分子的形象，前者反映了當時許多知識分子生存狀態的不幸和心靈的痛苦，後者則表現了他們仍然擁有我國傳統的知識分子的高遠的志向和高尚的節操，顯示出他們堅守儒家思想這一精神家園的頑強意志。二者合而觀之，可以較全面地瞭解當時處於困厄的生存狀態中的知識分子的精神世界。

此文論《裴度還帶》部分，為《元代戲劇四種新解》之一，
發表於韓國大丘大學《人文雜誌》，2003 年第 26 期。

論《荊釵記》

　　《荊釵記》與《劉知遠白兔記》《拜月亭》《殺狗記》並稱為「四大南戲」，其作者有不同的說法。明人徐渭《南詞敘錄》著錄《王十朋荊釵記》有兩本，一為宋元間無名氏所作，一為明人李景雲所作。清初高奕《傳奇品》以《荊釵記》作者為元人柯丹丘。同時張大復《寒山堂曲譜》卷前之《譜選古今散曲傳奇集總目》中著錄《荊釵記》一劇，作者為「吳門學究敬先書會柯丹邱」。黃文暘《曲海目》以《荊釵記》為元人柯丹邱作。入明，《荊釵記》在流傳過程中，增刪為必有之事，增刪者也不會只是一人，增刪的幅度，也肯定有大小。李景雲當是增刪者或改編者中的一個，故有人將《荊釵記》的著作權歸於他，這也是情理之中的事。王國維《曲錄》卷四，認為《荊釵記》舊本題丹邱先生，丹邱先生為明寧王朱權道號，故云此劇為朱權所作。此說恐難以使人信服。

　　《荊釵記》一劇，當原創於元，甚至南宋，認為其作者為元人柯丹邱，儘管缺乏足夠的證據，然於事實似較近。張大復以柯丹邱為吳人，且云是「吳門學究」，又云乃「敬先書會」的成員，必有所本。「書會」，是當時通俗文學作家的組織，以今天的詞語表述，就是「通俗文學作家協會」，其中的作家，常為說書先生和戲班子創作演出的腳本。

　　此劇情節大致如下：永嘉書生王十朋，與老母二人度日，家中十分貧困。溫州貢元錢流行，妻子早逝，遺下一女，名玉蓮。流行再婚，娶姚氏。玉蓮十六歲時，流行擬招王十朋為婿，以繼百年。溫州府太守吉天祥主持堂試，轄地諸生參加，王十朋冠首。流行知此消息，益喜十朋，乃請將仕郎許文通為媒，欲將女嫁給十朋。十朋家貧，無以為聘禮，其母乃以一荊釵為聘禮。溫州城裏第一富豪孫汝權，偶見玉蓮，驚其美貌，欲娶以為妻，乃請流行之妹、玉蓮之

姑張媽媽前往王家說媒，以金釵一對、壓釵銀四十兩為聘禮。到底是受荊釵，還是受金釵？錢流行、玉蓮父女，堅持受王家荊釵，而姚氏、張媽媽則主張受孫家金釵。雙方反覆鬥爭，錢流行、玉蓮勝利。姚氏大怒，命流行揀一凶日，將玉蓮草率嫁到王家。流行將喜日假作凶日，騙過姚氏。玉蓮嫁到王家，婚禮至為寒酸。結婚半年後，王十朋擬赴京應試，錢流行派僕人接玉蓮、王母到錢家居住。十朋送母、妻到岳家後，赴京應試，考中狀元。丞相万俟有女名多嬌，年已及笄，尚未婚配，万俟欲招十朋為婿。十朋依禮拜見丞相時，万俟明確表示，欲招十朋為婿，當日成親。十朋以「寒荊在家」，力辭不從。万俟大怒，欲懲十朋。十朋業已除授江西饒州僉判，第二名進士王士宏除授廣東潮陽僉判。万俟知之，以「江西是魚米之地，廣東潮陽是煙瘴之地」，將十朋與士宏對調，並命十朋在京聽候，不得回鄉，以此懲罰十朋。十朋本欲回鄉省親，此時欲行不得，乃修家書一封，告知已中狀元，除授饒州僉判，蓋十朋嘗不知任地已被與士宏對調之事。書成，託前往溫州下文書之差人帶往家鄉。孫汝權知此，偽造十朋家書。假家書中云已娶万俟丞相女兒，而將玉蓮休棄。孫又用計竊得十朋家書，將封套內家書換成他所偽造的家書。家書被帶到錢家，錢流行夫婦、王母、玉蓮共讀，且悲且怒。張媽媽向與十朋同赴京師考試而落第回鄉的孫汝權打聽十朋消息，孫乃按他所偽造家書中所云回答，並又請張媽媽作媒，欲娶被十朋「休棄」了的玉蓮。張媽媽將孫所云告錢家，偽造家書中所云，遂得到「確證」。張媽媽、姚氏逼迫玉蓮嫁孫汝權，玉蓮無奈，投水自殺，被前往福建上任的安撫錢載和所救，並認為義女，帶往福建任所。錢安撫派差人前往饒州找十朋。差人進城門，見行喪，銘旌正是「僉判王公之柩」，再到私衙打聽，說是王僉判攜家赴任，到任三月，不服水土，「全家疫疾而亡」。差人回報，玉蓮以為十朋已死。再說玉蓮跳江自殺後姚氏將王母趕出家門，錢流行無奈，乃命家人李成，送王母到京師，尋找十朋。王母見到十朋，知前家書乃別人偽造。十朋攜母親、李成到潮陽赴任。五年後，因十朋政績卓著，万俟丞相又被解職，朝廷升十朋為吉安太守。十朋赴吉安上任，又派李成回溫州，接岳父母到其任所。此時孫汝權告錢流行賴婚，十朋同年、溫州府推官周璧審理此案。審理過程中，周璧忽接十朋來書，除告知已任吉安太守外，又云當日家書被人偷換而致其妻被逼死事，言已獲當時送信之人，奏送法司，經審問，送信人供稱只有孫汝權有偷換的可能，故請周璧將孫汝權解京對證。周璧將孫汝權當堂責罰收監，並禮敬錢流行等。錢氏夫婦，赴吉安與十朋團聚。十朋任吉

安太守，正是福建安撫錢載和下屬。錢欲將義女嫁給這位「王太守」，請退職尚書鄧謙前去做媒，十朋堅拒。錢載和勸玉蓮嫁給「王太守」，玉蓮亦堅拒。一日，十朋到道觀薦悼玉蓮，玉蓮亦到該道觀薦悼十朋，二人「迴廊下撞迎」，雖互覺對方正是自己所薦悼之人，但未看真切。玉蓮回家後，梅香告知玉蓮，在迴廊下見到者，正是「王太守」，玉蓮將信將疑。錢載和無意中聽到他們的對話，誤以為她們欲效法西廂故事，責梅香、玉蓮。玉蓮取出荊釵，以明志節。次日，錢載和宴請鄧謙、十朋，席間，又請二人鑒賞荊釵。十朋認出荊釵，終與玉蓮團圓。

才子佳人戲中，才子多中狀元，如《拜月亭》中的蔣世隆，《錢大尹智寵謝天香》中的柳永，《山神廟裴度還帶》中的裴度，《裴少俊牆頭馬上》中的裴少俊，《董秀英花月東牆記》中的馬文輔，《崔鶯鶯待月西廂記》中的張君瑞，《呂蒙正風雪破窯記》中的呂蒙正，《秦修然竹塢聽琴》中的秦修然，《謝金蓮詩酒紅梨花》中的趙汝州，《謔梅香騙翰林風月》中的白敏中，《趙貞女琵琶記》中的蔡伯喈，《張協狀元》中的張協，例外不多。不過，以上所舉這些戲中的狀元，沒有一個是真的。有的即使歷史上實有其人，但其人根本就沒有中過狀元。

《荊釵記》中的王十朋，這個狀元，倒是貨真價實的。王十朋（1112～1171）字龜齡，號梅溪，樂清（今屬浙江）人。南宋高宗紹興二十七年（1157）狀元，曾長期擔任地方官，政聲卓著，所官之處，人繪其像祠之。以龍圖閣學士致仕，諡文忠。擅詩文，著述甚豐，有《梅溪集》《東坡詩集注》等行世。生平事蹟，詳《四部叢刊》本《梅溪王先生文集》所附王應辰撰《龍圖閣學士王公墓誌銘》，《宋史》本傳等。

王應辰《龍圖閣學士王公墓誌銘》云王十朋妻「賈氏，有賢行，先公二年卒。」除賈氏外，十朋沒有別的妻子或妾，查十朋仕歷，他歷任饒州及福建泉州等地，但未曾官潮陽。万俟卨（1083～1157），南宋初年著名奸相，曾與秦檜一起陷害岳飛，後又與秦檜爭權，被罷黜，於秦檜死後復起，紹興二十六年再任宰相，次年去世。查《資治通鑒》卷一百三十一，王十朋等中進士在是年三月，万俟之死，亦在是年三月，只不過比十朋等中進士晚了不到五天而已。這就是說，王十朋中進士時，万俟確實在位。不過，宋人並沒有關於万俟欲招十朋為婿的記載。就情理而論，這似乎不大可能，因為王十朋中狀元時，虛齡已經四十六歲了。万俟怎麼會將「年未及笄」的嬌女，嫁給這樣一個年近半百的半老頭呢！再說，万俟在垂死之際，也是很難顧得上懲罰十朋。

　　古籍所載此劇之本事，青木正兒《中國近世戲曲史》分為二說：一，王十朋為御史，彈劾丞相史浩，孫汝權使嗾之，史浩之子恨之，作劇述十朋與汝權爭妻以刺之，而劇中十朋之妻玉蓮，實為十朋女兒之名字。（事見《甌江逸志》《聽雨筆記》《天錄識餘》等，《雜說》卷二集諸說。）二，玉蓮為妓女。十朋讀書於溫州江心寺中時，嘗與玉蓮相昵，約富貴之後娶之為妻，但十朋登第後，三年不還鄉，玉蓮為人逼嫁，自沉於江口。蜀人破堂和尚，為錢湘靈先生述之如此。今其事備在湘靈集中云。（《柳南續筆》卷一）。青木氏繼云：「余雖未見湘靈集，然其事既與劇情有相似之處，此種逸話加以潤色而生劇本，為極自然之經過，故第二說似可據」。〔註1〕這些說法，都不過是傳說而已，應非事實。

　　此劇通過王十朋、錢玉蓮夫婦間的悲歡離合，表現了在當時說來一種新的婚姻、愛情觀念：在婚姻、愛情中，男女雙方，都應該至忠至貞。王十朋、錢玉蓮，是在婚姻、愛情方面至忠至貞的典範。

　　我國文學作品中，對愛情忠貞的女子形象很多，但錢玉蓮這一形象，自有其獨特之處。

　　首先，她選擇夫婿，是重才而不是重財。在封建社會中，女子沒有選擇自己夫婿的自由，婚姻要聽「父母之命，媒妁之言」。小說、戲劇中的女子選擇夫婿，大致有這樣幾種情況。一是良家女子私定終身，甚至私奔，如崔鶯鶯、李千金、董秀英等。二是出家女子自定終身或私奔，如鄭彩鸞、陳妙常即是。三是妓女自定終身，如謝天香、杜蕊娘即是。必須注意的是，以上提到的良家女子與出家女子，她們確定傾心委身的對象，往往帶有極大的偶然性，只是因邂逅而一見鍾情，劇中實際上並沒有刻意突出她們的選擇。突出選擇的，就元代戲劇中而言，僅《趙盼兒風月救風塵》中的宋引章，《鄭月蓮秋夜雲窗夢》中的鄭月蓮，《李素蘭風月玉壺春》中的李素蘭等數人而已，且她們都是青樓女子。

　　《荊釵記》中，則著意突出了錢玉蓮的選擇。第八齣《受釵》寫錢流行剛受了王家的聘物荊釵，姚氏很不滿意，而正在此時，張媽媽帶來了孫家的聘禮金釵，來為玉蓮說親。姚氏與張媽媽堅持要將玉蓮嫁給孫家，錢流行則主張嫁給王家，雙方激烈相爭，錢流行不敵，只好將選擇的權力交給玉蓮：「我也做不得主，我兒在繡房中，你將兩家聘禮問女兒：願嫁金釵，就是孫家；願嫁荊

〔註1〕青木正兒著、王古魯譯《中國近世戲曲史》，作家出版社，1958年版，第110頁。

釵，就是王家。」〔註2〕於是，選擇權就到了玉蓮的手中。第九齣《繡房》，張媽媽入玉蓮繡房讓玉蓮選擇。當姑媽提出讓玉蓮嫁給孫家時，玉蓮先是以父親已許王家為由婉拒：「嚴父已將奴先已許書生，君子一言怎變更，實不敢奉尊命」。〔註3〕舊時待字閨中的女子，對自己的婚事，連到過問一下、表示關心，也會招人笑話。姑媽提到要為玉蓮說親時，玉蓮剛說了一句「不是爹爹許那王……」，還沒有說下去，就被姑媽打斷：「虧你不羞，不出閨門的女兒，曉得什麼王、白？」〔註4〕面臨這樣的選擇，玉蓮的回答，是一種巧妙的表達。姑媽還不死心，竟道：「你爹娘俱已應承，問侄女緣何不肯？恁推三阻四，莫不是行濁言清？」如果是承父命，那麼姑媽已經說了，父母俱已應承，將她嫁給孫家，如果現已說了王家，再說嫁給孫家，難於改口，則姑媽已經給了她一個改口的臺階，但是，玉蓮仍明確堅持自己的選擇：「枉了將人凌並，便剷下頭來，斷然不依允」。〔註5〕第十齣《逼嫁》中，當繼母和姑媽兩人合力逼她許孫家時，她更是說：「豈不聞商相埋名，版築岩前曾避世；阿衡遁跡，躬耕莘野未逢時。買臣見棄於其妻，季子不禮於其嫂。先朝蒙正運未通，破窯困苦；昔日韓信時不遇，當道飢寒。王秀才雖窘，乃才學之士；孫汝權縱富，乃奸詐之徒。才學之士，不難於富貴；奸詐之徒，必易於貧窮。王秀才一朝風雲際會，發跡何難？」〔註6〕她不但勇敢地堅持自己的選擇，而且表明了自己選擇的理由，見識與品格，亦在其中表現了出來。

其次，不管對方發生什麼變化，玉蓮都忠於愛情。玉蓮對十朋的愛情，十分深厚，至死不渝。第十五齣《分別》，她送十朋赴京應試，當著父母、婆婆的面，她說話不多，但顯得情深意長。她扯著十朋道：「半載夫妻成拆散，婆婆年老怎支持？成名思故里，切莫學王魁。」〔註7〕第十八齣《閨念》，自始至終都是玉蓮獨自表演，又說又念又唱，集中地表現了她對十朋的深厚感情和深切的思念。收到偽休書後，她不相信：「書中句全無禮體」，「他為人呵，決不肯將奴負虧。」〔註8〕繼母和姑媽從孫汝權處「證實」了十朋已入贅相府後，

〔註2〕張月中、王綱主編《全元曲》，中州古籍出版社，1996年版，第2087頁。
〔註3〕張月中、王綱主編《全元曲》，中州古籍出版社，1996年版，第2088頁。
〔註4〕張月中、王綱主編《全元曲》，中州古籍出版社，1996年版，第2087頁。
〔註5〕張月中、王綱主編《全元曲》，中州古籍出版社，1996年版，第2088頁。
〔註6〕張月中、王綱主編《全元曲》，中州古籍出版社，1996年版，第2089頁。
〔註7〕張月中、王綱主編《全元曲》，中州古籍出版社，1996年版，第2096頁。
〔註8〕張月中、王綱主編《全元曲》，中州古籍出版社，1996年版，第2106頁。

逼玉蓮改嫁時,玉蓮還是不相信十朋會負心:「未必兒夫將奴辜負,」「書中句句都是虛,沒來由認真閒氣蠱。他曾讀聖賢書,如何損名譽?」「他為官理民庶,必守些法度,豈肯停妻再娶?」〔註9〕投江自盡被錢載和所救後,玉蓮仍擬前往十朋任所,與之團圓。當錢載和派人前往饒州,休書真假眼看就可以揭曉時,她倒有些擔心了:「又恐他別娶渾家。」差人報饒州王僉判「全家瘟疫而亡」,玉蓮知道後,為夫戴孝守節。既然是「全家」,十朋離家前又是單身,故「別娶」也就得到了確證,玉蓮只好相信,這當然是痛苦的:「想我丈夫有了奴家呵,又重婚在洞房,重婚在洞房,將奴撇漾。」〔註10〕但是,她仍然堅持不改嫁。當義父勸她再婚時,她以「仁者不以盛衰改節,義者不以存亡易心」為辭,並請准她擇一螟蛉為嗣。當然,劇情還沒有發展到真的為她立螟蛉這一步。我們可以設想一下,如果真的立嗣,她的嗣子,肯定姓王,肯定算是她與十朋的後代。這樣說來,她仍是以十朋的妻子自居!

這時,她確實已經相信十朋已別娶,但卻仍然不相信十朋會將她休棄。本來,別娶與休妻,是同一封偽家書中所言,休妻是為了別娶,別娶就得休妻,二事是連在一起的,現在「別娶」已得到了「證實」,按理說,「休妻」也就是被間接證實了,休妻一旦證實,玉蓮就不再是十朋的妻子,夫婦之義已絕,玉蓮就沒有義務、也沒有資格為十朋守節,更不用說立嗣了。玉蓮堅持為十朋守節,並準備立嗣,這說明她仍然不相信十朋會休棄她。憑什麼?憑她對十朋的瞭解?但這似乎靠不住,十朋別娶,不是被「證實」了麼?其實,還是憑她對十朋的愛。她愛十朋,愛得如此之深,以至於不願意相信十朋會將她休棄,在別娶已經被「證實」的情況下,還不肯相信休妻是真的。只要尚存一分希望,她就要盡一切努力,作好十朋的妻子。

守節與忠於愛情,對玉蓮來說,二者是一致的。守節者,未必都是忠於愛情,或只是被迫遵守禮法,或只是為了美名,或只是為了財產而已。或曰:玉蓮守節,當然沒有什麼疑問,說她忠於愛情,以上也只是推論之辭而已。第三十六齣《夜香》,在得知十朋「全家瘟疫而亡」並「確證」他確實別娶後,玉蓮深夜燃香,禱告神祇,「痛兒夫夭亡」,「願他魂歸故鄉」,特別值得注意的是,她又云:「終宵魂夢窮勞攘,若得相逢免悒怏,再爇明香答上蒼。」〔註11〕

〔註9〕張月中、王綱主編《全元曲》,中州古籍出版社,1996年版,第2109頁。
〔註10〕張月中、王綱主編《全元曲》,中州古籍出版社,1996年版,第2123頁。
〔註11〕張月中、王綱主編《全元曲》,中州古籍出版社,1996年版,第2123頁。

可見其對十朋感情之深。也正因為如此，第四十五齣《薦亡》中玉蓮巧遇十朋
而未能交談、確證之後，她更是思念不已。在接下來的第四十六齣《責婢》中，
玉蓮唱道：「觀裏拈香驀然相會，使我心縈繫。」「意沉吟，情慘傷，步趑趄，
心悒怏。」「面貌身材果然廝像，行動舉止沒兩樣。」〔註12〕因此，我們完全
可以得出這樣的結論：玉蓮堅持不再婚，乃是出於對十朋深厚的感情，而不僅
僅是為了個好名節而為十朋守節。她不管在什麼樣的情況下，對十朋都是至忠
至貞。

我們再來看王十朋。我國傳統文化中，向重婦節，嘉節婦，特別是南宋以
後，尤是如此，明清兩代，幾乎是登峰造極，大量的實例，可以證明這一點，
這是盡人皆知的，毋待贅言。然而，我國傳統文化中，卻完全沒有相應的「男
節」，「節男」這一類概念，社會根本就不要求男子為妻子「守節」，女子死了
丈夫，必須守節，再嫁就是「失節」，但男子死了妻子，再娶則屬正常。男女
在婚姻、愛情中的不平等，是男權制社會造成的。與此社會狀況、社會觀念相
應，文學作品中著意頌揚的因忠於愛情而妻亡不娶的男子形象，有幾人哉？可
是，王十朋確確實實是其中的一個。

十朋中狀元後，万俟丞相逼婚，十朋堅拒：「糟糠之妻不下堂，貧賤之交
不可忘。小生不敢違例！」「微名忝登龍虎榜，肯做棄舊憐新薄倖郎！」〔註13〕
除了感情因素外，當然還有道德因素在。畢竟，停妻再娶，拋棄糟糠之妻而另
攀高門，是要被社會輿論譴責的。十朋此舉，道德因素和感情因素孰輕孰重，
這很難確定。也許，僅僅是道德因素，或者僅僅是感情因素，就可以使他這樣
做了。

第三十一齣《見母》中，十朋知玉蓮死訊、死因後，道：「渾家為我守節
而亡，兀的不是痛殺我也！」〔註14〕並因痛苦而跌倒。至此，他對玉蓮的感情
愈深。此後，他按時祭祀玉蓮，第三十五齣《時祀》中，十朋的長篇唱詞和祭
文，情深意切。「哭一聲妻，寒蛩應猿啼；叫一聲妻，雲愁雨怨天地悲。」「紙
錢飄，蝴蝶飛。紙錢飄，蝴蝶飛。血淚染，杜鵑啼。睹物傷情越慘淒。靈魂恁
自知，靈魂恁自知，俺不是負心的，負心的隨著燈滅！花謝有芳菲時節，月缺
有團圓之夜。我呵，徒然間早起晚寐，想伊念伊。妻，要相逢除非是夢兒裏再

〔註12〕張月中、王綱主編《全元曲》，中州古籍出版社，1996年版，第2133頁。
〔註13〕張月中、王綱主編《全元曲》，中州古籍出版社，1996年版，第2101～2102
頁。
〔註14〕張月中、王綱主編《全元曲》，中州古籍出版社，1996年版，第2118頁。

成姻契。昏昏默默歸何處？哽哽咽咽思念你，直上嫦娥宮殿裏！」〔註15〕對死去了的妻子如此深情，確實難能可貴，但就是歷史上，也不乏其人，例如，將悼亡詩寫得悲傷纏綿的就很多。晉之潘岳，唐之元稹，宋之徐鉉，就是其中最為著名的。但是，悲傷纏綿地悼亡歸悲傷纏綿地悼亡，續娶或娶偏房歸續娶或娶偏房，這對他們來說，並不矛盾，社會也不會因此而指責他們，當然，我們也不必因此而指責他們。

但是，我們可以這樣說，與他們相比，十朋更值得欽佩。為什麼？他既悲傷纏綿地悼亡，又堅持不續娶或娶偏房。玉蓮投江五年之後，第四十三齣《執柯》中，鄧謙以退休尚書之尊，為十朋說媒，十朋也加以婉拒：

> 鄧謙：老夫有一同年錢載和，有一小姐，守寡在嫁。聞得公祖大人鼓盆已久，今特央老夫為媒，望守公成全此親，甚是美事。

> 十朋：老先生在上，念學生貧寒之際，以荊釵為聘，遂結姻親。山妻守節而亡，焉肯忘義再娶？

> 鄧謙：公祖大人幾位令嗣？

> 十朋：未有子息。

> 鄧謙：公祖大人，不孝有三，無後為大。卻不絕嗣了？

> 十朋：正欲螟蛉一子，以續後嗣。

> 鄧謙：吾聞螟蛉者，嗣其非類，鬼神不享其祀。公祖大人讀書之人，如何逆理？冒瀆冒瀆。

> 十朋：……她抱冤守節先亡殞，我辜恩再娶心何忍？須知行短天教一世貧！……我做官守法言忠信，名虧行損遭談論。縱獨處鰥居，決不可再婚！〔註16〕

可見十朋對玉蓮深厚的感情，是有充分的理由的。這理由至少有二。一是玉蓮在十朋貧賤之際，捨金釵而取荊釵，選擇了十朋，為此而得罪繼母、姑媽，受了許多委屈和羞辱；二是玉蓮在被假家書休棄、知丈夫別娶的情況下，為丈夫守節，面臨逼迫，投江自殺，以生命的代價保全節操。這樣的理由，有一個就足夠了，何況有二！這兩個理由，使十朋對玉蓮的感情是如此的深厚，以至於無論如何，他也不忍再婚！在漫長的封建社會裏，「不孝有三，無後為大」，成了多少人續娶和納妾的理由或藉口，但十朋寧可「無後」，也不願負玉蓮而

〔註15〕張月中、王綱主編《全元曲》，中州古籍出版社，1996年版，第2122頁。
〔註16〕張月中、王綱主編《全元曲》，中州古籍出版社，1996年版，第2130頁。

再娶。這樣的忠誠丈夫形象，這樣的「情聖」形象，在我國古代文學作品中是極少的。在《荊釵記》之前的文學作品中，似乎還沒有過。

在藝術表現方面，此劇值得注意之處，有這樣幾個方面。一是強烈的抒情色彩。如第一齣《辭靈》寫玉蓮草率出嫁之際哭辭已經亡故的生母，第十三齣《祭江》寫王十朋母親祭祀投江自殺的玉蓮，第三十五齣《時祀》寫十朋祭祀玉蓮，第三十六齣《夜香》寫玉蓮深夜焚香，思念父母、婆婆，痛悼丈夫，以及其他許多場景，都是以抒情為勝。家人骨肉之情，本自深厚，又在患難不幸之中，自然益為深厚，事關生死，深厚而且激烈，即使作者不是著意抒情，也很容易打動人。

二是關目細密。劇中重要關目，都足以稱細密，合情合理，沒有什麼硬傷。劇中最重要的關目，是孫汝權以偽家書換下王十朋的真家書，而偽造家書竟然起了作用，此後劇情，皆由此生發。對於偽造家書，錢玉蓮僅是就內容提出疑問，包括她在內，竟然無人對筆跡產生疑問，這好像不大能令人信服。但是，劇中在這一關鍵處作了強調和鋪墊，作了有效的解釋。早在第四齣《堂試》中，眾生員參加考試，交上答卷，考官溫州太守吉天祥，就誤以為孫汝權的答卷與王十朋的答卷出於一人之手，因為「這卷與這卷，明顯是一個人寫的字。」這就為孫汝權偷換王十朋家書這一關目作了鋪墊。孫汝權偽造家書時，又說「我與他同學，況字跡與我相同」，這分明是在向觀眾強調。試想，孫汝權做的答卷，決不會有意模仿王十朋的筆跡，而吉天祥就誤以為孫的答卷與王十朋的答卷出於一人之手，竟然不知是二人的筆跡，孫汝權偽造家書，乃刻意模仿十朋筆跡，王母、錢流行、玉蓮等，當然就不容易識破其偽了。

第三十四齣《誤訃》也是個重要關目，如果沒有這一誤，此下的戲，就演不長了。這誤會也誤得既巧又合情理。一誤於錢載和、玉蓮等不知十朋、士宏所官之地對調，二誤於十朋、士宏姓氏相同，於是「饒州王僉判」就被誤成了王十朋，就有了此誤訃，進而才有十朋、玉蓮到同一道觀薦悼對方而巧遇等事。

此外，王家所下聘禮、錢家所受聘禮，只是一只荊釵。玉蓮投江，身帶此荊釵，表明她至死都是王家的人，是十朋的妻子，對十朋懷有忠貞不渝的深厚感情。後來，十朋與玉蓮夫婦團圓，也有賴於這荊釵。這荊釵，貫穿於十朋、玉蓮之間悲歡離合的整個過程。以一物將劇中主要情節串起來，這在戲劇中比較常見，但這一現象，在我國戲劇中，最早就是出現在《荊釵記》中。

　　三是人物語言與其身份相符，與場景相符。這一點，是每一部成功的敘事文學作品都應該做到的，但《荊釵記》中體現得非常明顯。劇中玉蓮繼母、姑母這些市井女子的賓白唱詞，都以俗為特點，而錢載和等有官職者的賓白唱詞則較雅。就場景而論，王十朋家、錢流行家的場景，賓白唱詞則雅。雅者往往多用典故和古奧語彙，作為案頭劇閱讀，或小範圍內演出，觀眾文化水平較高，當然沒有什麼大問題，但如果對大眾演出，效果恐怕就會打些折扣。

　　結論：古代才子佳人戲中，才子中狀元，大多出於虛構，而《荊釵記》中王十朋為狀元，則史實有之。然戲中王十朋與錢玉蓮的故事，王十朋與万俟丞相的衝突，則非事實。中國古代文學作品中忠於愛情的女子形象中，錢玉蓮自具特色：一是突出地表現了選取夫婿時「取才捨財」的選擇，二是突出地表現了不管情況如何變化，她總是對愛情堅貞不渝。中國古代文學作品中，像王十朋那樣對愛情堅貞不渝的男子，十分罕見。此劇表現了男女都要忠於愛情的主題，體現了男女在愛情生活中一定的平等思想，甚至在今天，仍有其進步意義。

此文載蘇州市傳統文化研究會編《傳統文化研究》第 12 輯，

群言出版社，2004 年 12 月版，北京。

論《琵琶記》對「孝」的不同詮釋

一、問題的提出

  《琵琶記》是高明根據此前就流行的南戲《趙貞女蔡二郎》所演故事改寫而成的，這早就是定說。莊一拂《古典戲曲存目匯考》上編卷二《戲文之宋元闕名作品》有《趙貞女蔡二郎》，言《南詞敘錄》之「宋元舊篇」著錄，為南宋初年作品，原作早佚。「綜合各家傳說，可以確定故事內容：趙蔡結婚未久，南浦送別。翁姑死，貧無以葬，趙以羅裙包土作墳。蔡高中為官，背棄父母妻子，為暴雷震死。與高明《琵琶記》收場不同。」〔註1〕徐渭《南詞敘錄》曰：高明「惜伯喈被謗，乃作《琵琶記》雪之。」〔註2〕

  《趙貞女蔡二郎》中，蔡二郎是個背親棄婦的反面人物，而《琵琶記》中的蔡伯喈，則是個正面人物。對自己的雙親，他有一顆孝心，只是格於形勢，他未能在父母最困難的時候為父母盡孝。他本不願意赴京應試，堅持在家裏孝養年邁的父母，無奈父親不同意，堅持要他外出求取功名，父命難違，他只得遵從。他也愛妻子趙貞女，不願另娶牛氏，無奈牛丞相請皇帝下旨，令他與牛氏結婚，他只得遵從。與牛氏結婚後，他怕傷害牛氏，而久久不敢對牛氏說出他家中已有妻室的真相。他在朝廷任職並與牛氏結婚後，也往家中送過信件和錢物，以盡自己對父母和妻子的責任，但所託非人，信件和錢物都被乾沒。總之，其父母和趙貞女在家中所遭受的一切苦難，都不是他蔡伯喈的過錯。從其主觀上說，他仍然是孝父母、愛趙氏的，而不是背親棄婦。也正因為如此，

〔註1〕莊一拂《古典戲曲存目匯考》，上海古籍出版社，1982年版，第73頁。
〔註2〕《中國古典戲曲論著集成》本，中國戲劇出版社，1959年，第3冊，第239頁。

當趙貞女流浪到京師找到他時，他全沒有不相認的猶豫，當他知道父母已亡時，也毫不猶豫地回鄉守孝。

此外，《琵琶記》中，牛氏賢慧大度，與蔡伯喈結婚後，對蔡伯喈百般體貼，知道蔡伯喈家中有雙親、妻室，就欲到蔡家與趙貞女一起奉侍公婆，不料父命難違，於是她又派僕人前往陳留蔡家，去迎接公婆和趙貞女前來同住，只是此時其公婆已經雙亡，而趙貞女又在尋夫途中，因此未能如願。知公婆已亡，她堅持與丈夫一起守孝，恪守兒媳婦之道。在與趙氏關係的問題上，她以丞相千金之尊而恪守禮法，甘居趙氏之下。更有意思的是，她在結婚之前好讀《列女傳》，做女紅，不傷春，不遊樂，不出閨門，以婦儀姆訓教育女僕。以儒家有關婦女的道德標準來衡量，她是個完美的女性。

那麼，同樣的題材，高明是怎麼樣把蔡伯喈這樣一個在《趙貞女蔡二郎》中的反面形象，改編成《琵琶記》中的正面形象的呢？奧妙何在？

二、從「小孝」到「大孝」

《趙貞女蔡二郎》是個倫理劇，它詮釋倫理，基本上是限於家庭的範圍，主要是父母與兒子，丈夫與妻子，兒媳婦與公婆的倫理關係，因而是個家庭倫理劇，其中心乃是譴責男主人公不孝，以及他對妻子的無情。《琵琶記》無疑也是倫理劇，也是詮釋這些倫理關係，並且也是以詮釋孝為主，但其涉及的範圍已經不限於家庭，而達於社會，是個社會倫理劇。高明將《趙貞女蔡二郎》的故事改編為《琵琶記》，正是使這一故事，從家庭倫理劇上升到了社會倫理劇。

高明改編《趙貞女蔡二郎》的故事為《琵琶記》，將一個家庭倫理劇上升為社會倫理劇，其關鍵之處，在於對孝作了不同的詮釋，賦予了孝深廣的社會內容，並在此基礎上，將相關之人作為社會或家庭角色應該擔當的義務作了提升，也可以說是對他們的社會角色重新作了定位，亦即移位和補位。

根據先秦《論語》等儒家著作對孝的闡述，孝是如何正確對待父母的道德範疇，基本上是「能養」「能諫」「能敬」「晨昏叩視」「承歡養老」以及「生，事之以禮；死，葬之以禮，祭之以禮」等，甚至還有「父母在，不遠遊」的說法。子女結婚也要得到父母的同意，「娶妻如之何，必告父母」。這些，基本上侷限於家庭的範圍。對孝的這種詮釋，所強調的是為子者在家庭中的對父母的責任，所突出的是人在家庭中的屬性。當時的社會政治，就總體而言，就制

度而言，還是貴族政治，經濟也是男耕女織、自給自足的自然經濟。因此，對絕大多數人來說，人的作用，主要還是作為家庭成員角色的屬性。《論語》等對孝所作的詮釋，是與這種社會狀況相一致的。再從另一個方面說，當時人們對一般人的角色的理解，主要還是注目於其作為家庭角色的屬性，因此，對孝的詮釋，顯然是與這種認識相一致的。

《趙貞女蔡二郎》故事對孝的詮釋，和《論語》等對孝的詮釋相比，還要樸素些。父母生當養，父母死當葬，這是孝最為樸素、最為基本的內容。當然，此外還有「娶妻必告父母」等。蔡伯喈貪戀富貴，背親棄婦，別娶宰相之女，其於父母，娶不能告，生不能養，死不能葬，當然是不孝。此劇起於民間，流傳於民間，其所反映的，正是民間社會對孝的理解。當時民間社會，人們對參與社會政治活動，承擔社會責任，並沒有自覺的意識和認識，社會經濟仍是自給自足的自然經濟，關於人的屬性、作用、責任等，人們還是注目於家庭中的角色方面。因此，此劇對孝的詮釋，也是與民間社會的狀況相一致的。

《琵琶記》中的蔡伯喈，在對待父母方面，就其作為而言，除了知道父母去世後回家守孝外，與《趙貞女蔡二郎》中的蔡二郎相比，實在沒有多做些什麼，同樣是於父母生不能養，死不能葬，再娶也沒有稟告父母，怎麼劇中就稱他為「全忠全孝」呢？而且還是皇帝下聖旨旌表的孝子！誠然，他於父母生不能養，死不能葬，再娶沒有稟告父母，都不是他主觀上的問題，這就算並不是他的過錯，但即使考慮到這一點，不將「不孝」之名加在他身上，也還說得過去，可是，將「全忠全孝」之名加在他身上，就顯得勉強了。那麼，《琵琶記》中又憑什麼要說他「全忠全孝」呢？這就要看高明對「孝」的另一種詮釋了。

《孝經》中說：「身體髮膚，受之父母，不敢毀傷，孝之始也。立身行道，揚名後世，以顯父母，孝之終也。夫孝，始於事親，中於事君，終於立身。」〔註3〕託名東漢馬融所作《忠經》詮釋「忠」，其中《保孝行章第十》對孝作了新的詮釋：「君子行其孝必先以忠」〔註4〕。這在《孝經》所提倡的「顯親揚名」為「孝之終」的基礎上，又前進了一步，忠孝二者，被統一了起來，實際上把「忠」納入了「孝」之中。按照《忠經》的說法，成就「忠」是成就「孝」的必要條件，一個人，如果還沒有做到忠，就還沒有做到孝。這樣的詮釋，大

〔註3〕《孝經》，《通志堂經解》本，臺灣大通書局，1969年，影印康熙十九年刻本，第35冊，第19777頁。

〔註4〕馬融《忠經》，《百子全書》本，古今文化出版社，1963年，影印清光緒間湖北崇文書局本，第1冊，第737頁。

大地擴展、充實了孝的內容，將孝這樣一個家庭倫理的範疇提升為一個社會倫理的範疇。

春秋戰國為貴族政治而向官僚政治轉變的時期，士人參與政治的熱情高張，他們承擔的社會責任越來越重要，與此相應，孝就逐漸被賦予了事君的內容，《孝經》就能證明這一點。漢代以後，我國政治已經從先秦的貴族政治完全轉變為官僚政治，當局以薦舉、徵辟、考試等方式選拔人才參與政治。士人群體不僅比先秦時更為壯大，其所承擔的社會責任，社會（或者是當道，或者是皇帝，最高統治集團）期望他們承擔的社會責任，也比先秦時重大得多。對士人而言，參與社會政治活動，承擔社會責任，普遍成為他們的自覺意識。與此相應，社會於他們，他們於自己，就不再主要注目於他們在家庭中的角色，而是更多地注目於他們在更廣闊的社會中的角色。《孝經》和《忠經》對孝的詮釋，是與當時封建社會中社會政治和士人社會的現狀相一致的，因而能普遍地為士人們所接受。

《孝經》對「孝」的詮釋中關於「事君」的部分，並不適合於民間社會，更不適合於下層社會，因為，在民間社會或者下層社會，絕大多數人沒有「事君」的機會。因此，《孝經》中有「庶人之孝」和「士之孝」的區別。「因天之道，因地之利，謹身節用，以養父母，此庶人之孝也。」「以孝事君則忠，以敬事長則順，忠順不失，以事其上，然後能保其爵祿而守其祭祀，蓋士之孝也。」〔註5〕關於什麼是「孝」，士人們奉士人們的標準，民間社會仍奉民間社會的標準。這兩種標準之間，於是就有了矛盾。長期流傳在民間的《趙貞女蔡二郎》故事中「孝」的標準，當然就是民間的標準。以這樣的標準來衡量，於是，蔡二郎就是個不孝之徒。

用《論語》等書中所詮釋的「孝」，或者用民間社會的孝，「庶人之孝」，來衡量《琵琶記》中的蔡伯喈，他當然通不過，但是用《孝經》和《忠經》中對「孝」的詮釋作標準來衡量，他通過「孝」的鑒定就順利些了。在此劇中，開始時的一大矛盾也就是第一個大的戲劇衝突，就是有關對「孝」的這兩種理解之間的衝突，發生在蔡父和蔡伯喈之間。劇中，蔡伯喈代表先秦儒家《論語》等著作所詮釋的「孝」，民間社會的「孝」，堅持要在家裏服侍、陪伴、孝養雙親，而蔡父則代表《孝經》和《忠經》所詮釋的「孝」，要蔡伯喈離家

〔註5〕《孝經》，《通志堂經解》本，臺灣大通書局，1969年，影印康熙十九年刻本，
　　　　第35冊，第19779頁。

應試，經國濟民，建功立業。該劇第四齣中，父子二人就這個問題反覆交鋒。
其中一段對話云：

> 蔡伯喈：「告爹爹，教孩兒出去，把爹爹媽媽獨自在家，萬一有
> 些差池，一來別人道孩兒不孝，撇了爹娘去取功名；二來道爹娘所
> 見不達，只有一子，教他遠離。以此上不相從。」

> 蔡父：「不從我的言語也由你，但說如何喚做孝？」

> 蔡伯喈：「告爹爹，凡為人子者，冬溫而夏凊，昏定而晨省。問
> 其燠寒，搔其疴癢，出入則扶持之，問所欲則敬進之。是以父母在，
> 不遠遊；出不易方，復不過時。古人的大孝，也只如此。」

> 蔡父：「孩兒，你說的都是小節，不曾說那大孝。孩兒你聽我說：
> 夫孝，始於事親，中於事君，終於立身。身體髮膚，受之父母，不
> 敢毀傷，孝之始也。立身行道，揚名於後世，以顯父母，孝之終也。
> 是以家貧親老，不為祿仕，所以為不孝。你去做官時節，也顯得父
> 母好處，不是大孝，卻是甚麼？」

> 蔡伯喈：「爹爹說得自是。知他是去做官不做官，若還不中時節，
> 又不能夠事君，又不能夠事親，可謂兩耽擱了。」

> 鄰居張廣才：「秀才，說錯話了。老漢常聽得秀才每（們）說道：
> 幼而學，壯而行；懷寶迷邦，謂之不仁。孔席不暇暖，墨突不得黔。
> 伊尹負鼎俎以干湯，百里奚把五羊之皮自鬻，也只要順時行道，濟
> 世安民。秀才，這個正是學成文武藝，合當貨與帝王家。秀才，你
> 這般人才，如何不去做官，濟世安民？」〔註6〕

張廣才所說，也正是蔡父要表達的意思。這段引文中，「孝」的兩種不同
解釋——一種是先秦儒家的，或者說是民間的，對於「庶人」的，另一種是
《孝經》及其後來的，對於士人的，——都展現得相當充分。蔡父所說，不少
直接引用《孝經》。張廣才所說「老漢常聽秀才每說」云云，可見士人群體參
與社會政治，發揮社會作用的自覺意識，已然極為普遍。蔡伯喈身為秀才，按
說也應該有這種意識，也應該讀過《孝經》等，懂得他父親所說的「大孝」，
哪裏還要待父親給他上一課作啟發？這當然是戲劇表演的需要，否則，對
「孝」的這兩種不同的理解，又如何來展示呢？

然則為什麼要讓蔡伯喈執如是之論，而不是由其父親執如是之論呢？這

〔註6〕王季思主編《全元戲曲》，人民文學出版社，1999 年，第 10 冊，第 145 頁。

是有講究的。封建社會中，父子之間，父親有倫理優勢，父是強勢方，子為弱勢方。父子各執一論相辯，父所執之論為當，終於取勝，這比較容易處理，否則，於倫理道德，不大相宜。因此蔡伯喈執「孝之小節」，蔡父執「大孝」。相辯論的結果，當然是蔡父取得了勝利。蔡父大孝的觀念，儘管給他自己、他的妻子和兒媳婦趙貞女，甚至蔡伯喈和牛氏，都導致不同程度的痛苦，但最終成就了蔡伯喈「全忠全孝」和趙氏卓著的孝名。很明顯，這種大孝的觀念，正是高明要宣揚的觀念。

三、孝行的缺位和補位

「事君」成了士人成就孝的必要條件後，他們的社會責任大為提升。相應地，他們在家庭生活中的某些責任，在某種情況下，就無法承擔了。如果這些責任中有屬於「孝」的部分，那麼，就總體而言，儘管「事君」方面做得很好，符合大孝的要求，但孝的其他部分，甚至是一些最為基本的部分，例如對父母生養死葬等孝行，不就缺失了嗎？這個問題如何理解呢？蔡伯喈也提出這樣的問題：「孩兒去則不妨，爹媽教誰看管？」鄰居張廣才自告奮勇：「老漢既忝在鄰居，秀才但放心前去，不揀有甚欠缺，或是大員外老安人有些疾病，老漢自當早晚應承。」劇中，蔡伯喈離家後，張廣才確實履行諾言，給了蔡家很大的幫助。高明以這個形象宣揚鄰居間的仁義，《題目》中就有「施仁施義張廣才」之語。

但是，兒子孝行的缺失，事實上很難用鄰居的仁義來彌補。就此劇中而言，蔡伯喈離家後，他對父母的責任，主要是由趙貞女在承擔。劇中將這一任務的艱巨性推到了極致：公婆年逾八十，公公多病，婆婆眼瞎，家境本不寬裕，又遭連年災荒，還遭鄉里惡棍欺負，丈夫又下落不明。若論情分關係，他們之間又只有兩月夫妻，而趙貞女吃盡千辛萬苦，將公婆養老送終。高明以這一形象說明，男子為了成就「大孝」離家「事君」，謀求「顯親揚名」，去承擔社會責任，他本當承擔的孝行的其他部分出現缺失，這些缺失，可以而且應該由他的妻子來彌補。妻子如果能很好地彌補，她就不僅幫助丈夫成全了「大孝」，她自己也就成全了「孝」。趙貞女無疑是高明為天下女子樹立的一個榜樣。一般女子，環境很難比她更壞，任務很難比她更艱巨，因此，在丈夫因事君而孝行出現缺失後，也完全應該有能力予以很好的彌補，有效地幫助丈夫成就孝，也成就自己的孝。

在廣闊的社會格局中，男子的社會責任提升後，女子的責任就有必要作相應的提升，去填補男子責任提升或移位後的責任空缺，亦即補位，以維持社會的平衡。男子離家承擔更大的社會責任，女子在家中承擔男子留下的任務，這種社會現象，當然實際上早就存在，但文學作品刻意反映並宣傳提倡，在《琵琶記》之前，只有「秋胡戲妻」等很少的故事中有之。後來的文學作品中，特別是現代、當代的文學作品中，寫此題材者甚多，例如歌曲《十五的月亮》就是其中最為著名者之一。當然《琵琶記》所宣揚的「事君」和孝道，具有封建性質，與我們今天說的社會責任、家庭美德有性質的不同。

四、突出君權

與在對孝的詮釋中加入「事君」的內容相一致，《琵琶記》還突出皇帝的權威。當然，突出封建政治的權威，特別是皇帝的權威，是通俗文藝，尤其是戲劇作品中常見的現象。許多戲劇衝突，賴以得到展開或解決，而此戲中為尤甚。封建社會中，官員可以辭職。辭職的原因，或者是藉口，可以不限於身體狀況。陶淵明可以公開聲稱不為五斗米折腰而歸隱。在詩文中表示歸田願望的古代士大夫，數不勝數。至於回鄉孝養父母，則是絕對堂皇正大的歸隱理由。可是此劇中，蔡伯喈中了狀元後，提出辭職，理由是回家孝養雙親，皇帝不予批准，而蔡伯喈也竟然就不敢再提出辭呈。奉旨完婚也是戲劇中常見的，那多是男主人公深受皇帝賞識，並有所鍾情的女子，為了遂男主人公的心願並增加他的榮耀，皇帝才下聖旨，令他和他所鍾情的女子成婚。而此劇中，皇帝竟然僅聽牛丞相的一廂情願之詞，也沒有徵求蔡伯喈的意見，甚至沒有與他說過婚姻問題，也沒有瞭解他的婚姻狀況，就下旨意，令他與牛小姐結婚。蔡伯喈提出辭職請求後，皇帝又在不許辭職的聖旨中，重申此項婚事，要他遵旨執行，而蔡伯喈也別無選擇。此劇的結尾，蔡伯喈、趙貞女、牛氏，也必待皇帝的肯定而成正果，這當然也是許多戲曲作品中常見的。總之，此劇表現皇帝權威之尊，在元代戲曲中是比較集中且突出的。

此劇將「事君」作為「大孝」，以明人們應該將為君主服務放在首位，包括放在「事親之孝」之上；突出皇帝的權威，以明人們必須絕對服從君主。此二者，其實質就是提倡王權至上。這些，當然都合皇帝之意。元朝皇帝對此劇的態度如何，甚至有沒有看過此劇，知道不知道此劇的存在，不得而知。朱元璋很讚賞此劇，說此劇「如山珍海錯，富貴之家不可無」，見徐渭《南詞

敍錄》。〔註7〕朱元璋需要有人給他效力,需要盡可能大的絕對權威。在謀求此二者的過程中,他表現得幾乎是窮凶極惡。

朱元璋竟然不允許有不為他所用的知識分子存在。《明史》卷九十三《刑法志》一載其欽定《大誥》云:「寰中士夫不為君用,其罪至抄劄」。〔註8〕「不為君用」就是抄家等罪,士大夫們連隱居的權利都被剝奪了。《琵琶記》中的皇帝,不也是不允許蔡伯喈不為君用而辭職麼!當然,朱元璋比他殘酷多了。同樣是表現皇帝的權威,《琵琶記》中的皇帝不許蔡伯喈辭職,沒有用抄家等來威嚇,只是講「忠君」重於「事親」的大道理,又強派婚姻,儘管霸道,但與朱元璋胡來硬扯,蠻不講理,製造那麼多荒唐、殘酷的冤獄來,就顯得微不足道了。

儘管如此,從邏輯關係上說,朱元璋那些作派,不就是《琵琶記》中皇帝那些作派的極端化麼?而《琵琶記》中,對皇帝的那些所作所為,毫無批判的意思,不僅如此,強派的婚姻,似乎還被視為恩榮,而「事君重於事親」的道理,又正是作者要宣揚的!

五、「小孝」和「大孝」的風化意義

《琵琶記》第一齣開頭有《水調歌頭》云:「秋燈明翠幕,夜案覽芸編。今來古往,其間故事幾多般。少甚佳人才子,也有神仙幽怪,瑣碎不堪觀。正是:不關風化體,縱好也徒然。 論傳奇,樂人易,動人難。知音君子,這般另做眼兒看。休論插科打諢,也不尋宮數調,只看子孝與妻賢。驊騮方獨步,萬馬敢爭先!」〔註9〕元代的才子佳人戲、神仙幽怪戲,確實不少,有些戲內容空洞,套路陳舊,確實是瑣碎不堪觀,更下者,格調淺俗,趣味卑下,那就更不足道了。高明對這些戲持否定態度,是完全正確的。不過,也有一些才子佳人、神仙幽怪戲,堪稱優秀作品,這也是事實,高明將這些戲也一概否定,則明顯是不公正的。

那麼,高明為什麼要將佳人才子、神仙幽怪戲都否定呢?因為他的批評標準是,像其他文學形式一樣,戲劇必須有關風化,而風化又重在「子孝共妻賢」。他這部《琵琶記》,就是推行「子孝共妻賢」的「風化」,如驊騮獨步,

---

〔註7〕徐渭《南詞敍錄》,《中國古典戲曲論著集成》本,中國戲劇出版社,1959 年版,第 3 冊,第 240 頁。

〔註8〕張廷玉《明史》,鼎文書局,1982 年版,第 2284 頁。

〔註9〕王季思主編《全元戲曲》,人民文學出版社,1999 年版,第 10 冊,第 133 頁。

使當時流傳的其他戲劇如萬馬避易，而足以令「知音君子」另眼相看。

總之，他的這個戲，不同於世上流傳的戲劇，正在於重「子孝妻賢」的風化。這曲《水調歌頭》明確了高明的戲劇批評標準，也揭示了《琵琶記》的創作意圖和主題思想，這就是推廣以「子孝妻賢」為重點的「風化」

《趙貞女蔡二郎》一類悲劇版的蔡趙故事，譴責蔡二郎，頌揚趙貞女，一正一反，宣揚的也是「子孝妻賢」的思想，也有關風化，也有教育作用。但其所謂孝，所謂賢，只是平民百姓觀念中普通的樸素的道德情操，對培養人們的家庭美德，無疑有積極的意義。《琵琶記》將悲劇版蔡趙故事中蔡對父母所未盡到的那一類孝看作是「小孝」，提倡由封建忠君思想、帝王權威等君權至上觀念結合起來的「大孝」，由此來推行風化，其消極意義是很明顯的。

某些文藝作品的式樣，起於民間，這些文藝樣式的作品在民間產生、傳播時，或當它們與民間結合得比較緊密時，它們表達人民大眾的思想感情，體現人民大眾的道德情操。這些作品中的思想感情，未必都健康，道德情操也未必都高尚，至於思想之深刻博大，則更難達到，但其中也有不少思想感情健康，道德情操高尚的作品，在民間起著教育、認識、娛樂等作用。當然，還有一些作品，思想內容無可觀，格調不高，但無大礙，至於娛樂作用，則很顯著，此類作品，數量不少。

後來，這些文學樣式到了士大夫手裏，就不同了。他們以這些樣式的作品表現他們的思想感情和道德情操。這些思想感情和道德情操與民間社會的有很大的不同，其中也不乏健康、高尚，能陶冶性情的，能引人向上的內容。不過，我國士大夫受推行道德教化自覺性的驅動，很容易利用這些文學樣式，推行封建道德教化。詩詞小說戲劇，無不如此。當然由於各種文學樣式本身的不同，它們成為推行封建道德教化工具的情況，各有不同。

筆者認為，戲曲被作為推行封建道德教化工具的現象最為嚴重，而自覺地將戲曲當成推行封建教化的工具，集中推行封建教化，高明很可能是第一人，其《琵琶記》就是這樣的一部作品。明代文學，特別是明代戲劇作品中的「道學氣」，《琵琶記》中就濃濃地存在了。

結論

高明根據《蔡二郎趙貞女》故事改編的南戲《琵琶記》，男主人公做官後別娶妻子且不負擔對父母、對家庭的任何責任，這個主要情節並沒有改變，但

是，原來負恩不孝的男主人公一變為「全忠全孝」之人，其關鍵之處，在於高明在劇中對「孝」作了不同於原作的詮釋。他把「事君」「忠君」作為「大孝」，實際上就是「以忠作孝」。《琵琶記》中，男主人公蔡伯喈「事君」「忠君」，因此，儘管他離開父母後沒有對父母盡任何責任，但還是被認為是「孝子」。至於「生能養，死能葬」等這些作為「孝」的最為基本的任務，被視為「小孝」，則由男主人公的妻子亦即女主人公來完成。高明如此詮釋「孝」，其理論基礎是後儒「顯親揚名」「君子行其孝必先以忠」等對孝的重新詮釋，其政治基礎則是君權的強大和士大夫對君權依附性的加強，其主題是倡導讀書人為君權服務。這也稍後朱元璋讚賞《琵琶記》的根本原因。

此文為學術會議論文。《蛻變與開新》，古典文學國際學術討論會，2011 年 4 月 29 日至 30 日，東吳大學，臺北。

元代神仙道化戲簡論

　　明代朱權《太和正音譜》卷上列「雜劇十二科」，第一科就是「神仙道化」〔註1〕。元代戲曲中，神仙道化戲也是一個很有特色的部分，數量也不少。《全元戲曲》所收為：馬致遠《馬丹陽三度任風子》《呂洞賓三醉岳陽樓》《邯鄲道省悟黃粱夢》，岳伯川《呂洞賓度鐵拐李岳》，范康《陳季卿悟道竹葉舟》，谷子敬《呂洞賓三度城南柳》，楊景賢《馬丹陽度脫劉行首》，賈仲明《鐵拐李度金童玉女》《呂洞賓桃柳升仙夢》，無名氏《瘸李岳詩酒玩江亭》《漢鍾離度脫藍采和》《呂翁三化邯鄲店》，計十二種。本文擬對這些作品作些總體上的探討。以下提到上述諸戲，俱用簡稱。

一、神仙主角與全真教

　　這十二部戲中，作為主要度化者的神仙主角，總是這樣四位：馬丹陽（《任風子》《劉行首》）、呂洞賓（《岳陽樓》《鐵拐李岳》《竹葉舟》《城南柳》《升仙夢》和《邯鄲店》）、鍾離權（《黃粱夢》《藍采和》）和鐵拐李岳（《金童玉女》《玩江亭》）。我國古代神仙傳說中，有名有姓有事蹟可述的神仙，據我所知，大約有三百位。這三百來位神仙，在元代以前的文獻中就基本上都已存在了，此後並沒有增加多少。三百位神仙，已不能算少，元代劇作家寫神仙道化作品時選擇度化者，亦即神仙主角，大有餘地，怎麼選來選去，總是選擇這有限的幾位，顯得如此集中？其間原因，正在於全真教。

　　那麼，鍾離權、呂洞賓等與全真教有什麼關係呢？先來看一下道教南北

〔註1〕朱權《太和正音譜》，《中國古典戲曲論著集成》本，中國戲劇出版社，1959年版，第24頁。

二宗的所謂「師承譜系」。道教的南宗，說是東華少陽帝君得老子之道，以授鍾離權。鍾離權授唐進士呂洞賓、遼進士劉操（海蟾）。劉操授張伯端，張伯端授石泰，石泰授薛道光，薛道光授陳楠，陳楠授白玉蟾。道教的北宗，是從呂洞賓那裡傳下來的。呂洞賓傳道於王重陽，王重陽傳道於七大弟子，即馬鈺、丘處機、譚處端、劉處玄、王處一、郝大通、孫不二。馬鈺與孫不二為夫婦。金大定年間，王重陽到寧海州，馬鈺夫婦為他築道庵，庵名題為「全真」。凡是由王重陽傳下來的這一個道教支派，便稱為「全真教」。這一派的道士，就稱為「全真道士」。（見《古今圖書集成·神異典》卷二一六引《三餘贅筆》）〔註2〕王重陽的七個弟子，就叫做「全真七子」。全真教尊鍾離權為「鍾祖」，呂洞賓為「呂祖」，王重陽為「王祖」。全真教也叫「王重陽教」。其實，拆穿西洋景，全真教實在是看中了鍾離權、呂洞賓等在民間的影響，想利用他們的群眾基礎，擴大影響，擴充勢力，遂編造了呂洞賓傳道於王重陽的神話。

王重陽和全真七子的故事，金庸的武俠名著《射雕英雄傳》等描繪得引人入勝。然而，這些故事，絕大部分是金庸先生編造出來的。歷史上的全真教道士們，不僅沒有那麼好的武功，其他方面也並非如此。南宋政權滅亡前好多年，當時全真教的領袖丘處機，就率領弟子，不辭千辛萬苦，迢迢萬里，去朝見成吉思汗。早在元太祖十八年（1223），即南宋寧宗嘉定十六年，元最高統治者就「賜邱處機神仙號，爵大宗師，掌管天下道教。」〔註3〕這時，邱處機就成了御封的道教領袖，成為「御用道長」了。筆者有《丘處機》詩云：「青松蕭立鶴徜徉，小酌流霞飲一觴。觀里長春人不老，道袍常帶御爐香。」有元一代，全真教是「御用道教」，當然能借助政治優勢，興旺發達起來，影響大增了。

就道教的所謂「師承譜系」而言，鍾離權的道友，是王重陽的師叔伯祖行，鍾離權的弟子、呂洞賓的道友，該是王重陽的師叔伯行，呂洞賓的弟子，該是王重陽的師兄弟行了。王重陽出自這樣強盛的師門，有這麼高的輩分，他傳下來的全真教，當然來頭非同小可，完全有資格享有崇高的政治地位和社會地位了。鍾離權、呂洞賓等，對全真教來說，具有高其聲望、壯其門面的作用。一個以鍾離權、呂洞賓為中心的神仙陣營就這樣形成了。這個神仙陣營，是構成全真教神話背景的主要部分。鍾離權、呂洞賓等本來就很活躍，這時，他們

〔註2〕陳夢雷等編《古今圖書集成·神異典》卷216，中華書局、巴蜀書社，1984年版，第61996頁。

〔註3〕陳夢雷等編《古今圖書集成·神異典》卷215，中華書局、巴蜀書社，1984年版，第61982頁。

分別作為全真教的「鍾祖」和「呂祖」，當然就更擅風流了。

　　鍾離權、呂洞賓等，既被全真教所利用，同時也因此得到廣泛的宣傳。元代神仙道化戲中作為主要度化者的神仙，翻來覆去就是他們幾位。鍾離權、呂洞賓外，鐵拐李是呂洞賓的徒弟，而馬丹陽，正是王重陽的大徒弟馬鈺，他的道號，就是丹陽子。《任風子》中，他叫馬從義，那是他原來的名字，《劉行首》中，馬丹陽叫馬裕，當就是「馬鈺」無疑。王重陽本人，也在《劉行首》中出現，述說他非同小可的師承淵源和得道的經過，也正是他，安排了劉行首由鬼仙到神仙的過渡，並命他的徒弟馬丹陽前去度化。

　　因此，元代的神仙道化戲，專以這樣幾位神仙為主要的度化者，其原因乃是他們跟全真教有密切的關係，而全真教在當時又有很高的地位和很大的影響。

二、又一種畫餅

　　元代「九儒十丐」之說，儘管有誇張的成份，但當時知識分子地位低下，則是鐵的事實。元雜劇諸角色中，扮演讀書人的角色，叫做「細酸」，這也是一個旁證。可以說，在歷代封建王朝中，元代知識分子的地位，最為低下。

　　知識分子的遭遇和心境，元代戲劇中反映極多，即以神仙道化戲而言，十二個戲中，有四個戲，其中成仙而去的主角，就是知識分子。《黃粱夢》《三化邯鄲》和《竹葉舟》的故事，雖然都在唐代就已經有了，但是，元人取以改編為雜劇，當然也不無深意在，這就是用以反映當時讀書人的處境和心態。陳季卿飽學多才而落第，這表明當時讀書人進入官場之難，暗示他們對通過科舉考試獲取富貴和施展才華機會的失望。呂洞賓和盧志（《三化邯鄲》中的度化對象）的「黃粱夢」中，官場黑暗且險惡，讀書人即使能僥倖躋身其間，富貴一時，也難以善終，遑論建功立業了。當小官吏又如何呢？《鐵拐李岳》中的岳壽，為鄭州六案都孔目，精明強幹，搜刮民脂民膏，當然是個應該否定的人物，但是，他的內心世界是痛苦、悲涼的：「名分輕薄，俸錢些小，家私暴，又不會耕種鋤刨，倚仗著笞杖徒流絞。」「這一管扭曲作直取狀筆，更狠似圖財致命殺人刀！出來的都關來節去，私多公少，可曾有一件兒合天道！」〔註4〕官卑俸薄，生活艱難，這是小官吏的處境的真實寫照！如果行貪污、受賄等不法之事，他們又受到良心的譴責。

〔註4〕王季思主編《全元戲曲》第三卷，人民文學出版社，1999年版，第137頁。

　　知識分子的遭遇和心態如此,他們對現實,當然非常失望,甚至絕望。他們無力擺脫這樣的處境,就不得不「畫餅充饑」了。高中狀元獲高官,獻萬言策獲高官,這些畫餅,元代戲曲中實在太多了,舉不勝舉。

　　元代社會中有痛苦的,當然不只是讀書人,元代戲曲中的畫餅,也決不是只有供讀書人欣賞的品種。例如,對受盡屈辱的妓女來說,當狀元夫人,當官太太,這不是畫餅麼?於是,元代戲曲中妓女與書生的愛情故事,幾乎全都是書生中狀元、得高官,妓女嫁書生而成為狀元夫人或高官夫人。農民、小商人,乃至土財主,受豪強、官吏、惡棍欺壓,對他們說來,家中出一個或幾個子弟中狀元、任高官,這不也是畫餅麼?關漢卿《狀元堂陳母教子》《包待制三勘蝴蝶夢》《包待制智斬魯齋郎》,王仲文《救孝子賢母不認屍》,張國賓《相國寺公孫合汗衫》,這些戲中,都有此類畫餅。以上所說的種種畫餅,歸根到底,都是現實社會中的富貴夢罷了。

　　度化成仙,那是他們的另一種畫餅!

　　這些神仙道化戲,都是刻意頌揚度化,將被度化看成是一種莫大的幸運。那麼,幸運表現在何處?這些戲中反覆渲染成仙後的好處,大致有兩條:一是生命可以進入永恆,二是神仙世界生活美好。總之,人一旦成仙,可以永遠生活在美好的神仙世界。神仙世界又是如何美好?且看戲中度化者們的描繪:《岳陽樓》第三折,呂洞賓對度化對象郭馬兒道:「拜辭了瀟湘洞庭水,同去蟠桃赴仙會。酒泛天漿滋味美,樂奏雲璈音調奇。絳樹青琴左右立,都是玉骨冰肌體無比!」〔註5〕。《黃粱夢》第一折,鍾離權道:「我驅的是六丁六甲神,七星七曜君。食紫芝草千年壽,看碧桃花幾度春。常則是醉醺醺,高談闊論,來往的盡是天上人!」「羽衣輕,霓旌迅,有十二金童接引。萬里天風歸路穩,向蓬萊頂上朝真。笑欣欣,袖拂白雲,宴罷瑤池酒半醺。」〔註6〕《玩江亭》第一折,鐵拐李云:「身登紫府,朝三清位拜真人;名記丹臺,使九族不為下鬼。」〔註7〕這樣的神仙世界,分明是人間富貴生活極度誇張後的再版!

　　成仙這種畫餅,無疑比獲取世俗富貴一類畫餅更為誘人。神仙世界的富貴不僅遠非世俗富貴所及,而且,這種富貴是永恆的,而世俗富貴則是短暫的。

〔註5〕王季思編《全元戲曲》第二卷,人民文學出版社,1990年版,第181頁。
〔註6〕王季思編《全元戲曲》第二卷,人民文學出版社,1990年版,第189頁,第192頁。
〔註7〕王季思編《全元戲曲》第二卷,人民文學出版社,1990年版,第6頁。

《黃粱夢》第一折，鍾離權道：「把些人間富貴，都做了眼底浮雲。」〔註8〕因此，神仙道化戲的出現，不僅僅是人們看厭了獲取世俗富貴這種畫餅後想換換口味而已，而且是人們要求以更為誘人的畫餅，來最大限度地滿足自己在饑腸轆轆時「充饑」的欲望。

畫餅充饑，確實是夠可悲的了。但是，再分析下去，還有比這更可悲的。元代戲曲中，高中狀元、獻萬言策獲官或以其他方式獲官，往往要得到高官甚至皇帝的推介，才能實現。鄭光祖《醉思鄉王粲登樓》、馬致遠《半夜雷轟薦福碑》、鄭廷玉《宋上皇御斷金鳳釵》、高文秀《好酒趙元遇上皇》以及上文提到的《蝴蝶夢》、《不認屍》等等，都是如此。元代戲曲中，妓女成為狀元夫人或官太太，則無不有一位大官的相助。此類例證極多，如關漢卿《錢大尹智寵謝天香》，賈仲明《荊楚臣重對玉梳記》《李素蘭風月玉壺春》，無名氏《逞風流王煥百花亭》《鄭玉蓮秋夜雲窗夢》，不勝枚舉。神仙道化戲中，人們進入神仙世界，也無一例外地必須由神仙來度化！人們在幻想中實現自己幻想的目標，也必須由強有力的人物予以決定性的幫助。連畫餅也不敢放手畫去，可見當時人們的心靈，特別是知識分子的心靈，已經被強權弱化到了何等地步！

元代神仙道化劇，又一種畫餅，又一種可悲的畫餅！

三、度化方式

這些神仙道化戲中，度化進程是與劇情發展相一致的，因而度化進程也是與劇情結構相一致的。

度化之前，總有個前奏。這個前奏，在劇中或以楔子表現，或是以第一折一整折表現，或是在第一折開頭時由神仙交代清楚，但是，不管是以何種形式表現，總是交代神仙為什麼要選擇劇中的主角作為度化的對象。這些對象，或是有「半仙之分」，「成仙之分」，或是鬼仙轉世，已經「還完宿債」，合當成仙，或是樹木精靈轉世，當受度化，或是因為思凡而被罰下塵世，因而迷失了本性的神仙，年限已到，該回仙界。這樣的前奏，不過是交代故事的背景，既便於作者安排情節，又便於觀眾理解，對表現作品的主題，則沒有什麼影響。

度化是劇中最主要的部分。此前的神仙故事中，也有神仙度化的情節。元雜劇中的神仙道化戲與以前的神仙度化故事相比，在度化方式方面，有兩大明顯的不同，這也是這些神仙道化戲的兩大特色。第一，以前的此類故事中，拒

〔註8〕王季思編《全元戲曲》第二卷，人民文學出版社，1990年版，第188頁。

絕受度化的度化對象，很難找到，而這些戲中，每一個度化對象，最初總是拒絕度化。要讓他們接受度化，頗費周折。到他們接受度化，度化也就基本上完成了。第二，以前此類故事中，神仙度化凡人，或傳授玄妙之論，或授以仙丹等神藥、符籙法水等神物、咒語等神訣、引導修煉等神術，但是，除了《岳陽樓》中的配角賀臘梅吃了呂洞賓剩下的殘茶省悟前身外，元代戲曲中神仙度化凡人，都沒有經過此類授受。就得道方式而言，包括賀臘梅在內，他們都是以「頓悟」的方式悟道的，並非通過長期的修煉或借助於經咒符籙、仙丹奇藥。這一點，正是體現了全真教的特色。全真教提倡「識心見性全真覺」，不重畫符念經、燒丹煉藥、吐納運氣之類的修煉之術。

被度化者不願接受度化，而一旦願意接受度化，他們又能如此容易地悟道。正因為如此，度化者如何使度化對象願意接受度化，是度化成功與否的關鍵所在，也是全劇的中心和最為精彩的部分，只有極少數戲是例外。

度化者使度化對象願意接受度化，這些戲中的方式，可以大致分為三種。一是陷逼法。度化者設法將度化對象逼到困境，甚至是絕境，度化對象在其情其景中，領悟到禍福、富貴、生死無常的道理，產生追求長生的欲望，進而接受度化，要求出家。此法頗有些梁山好漢設法把不願意上梁山的好漢逼上梁山的味道。例如，《藍采和》中，藍采和拒絕接受鍾離權的度化，鍾離權乃命呂洞賓化成州官，以「誤了官身」的罪名，將藍采和逮到公堂，欲罰打四十大棒。藍采和大懼，求救於鍾離權。鍾離權以對方出家為相救的條件，藍采和只好答應。於是，鍾離權乃向「州官」求情，救了藍采和。藍采和獲救後，就跟鍾離權出家。《岳陽樓》《城南柳》《任風子》中的度化方法，也都是陷逼法。《鐵拐李岳》中則稍有不同。度化對象岳壽之死以及他在地獄受懲罰，都不是度化者呂洞賓安排的，不過呂洞賓都知道。岳壽在地獄中將要被投入油鍋之際，呂洞賓以跟他出家為條件出手相救。岳壽獲救並還陽後，遂跟呂洞賓出家。這樣的度化方式，在以前的神仙故事中是沒有的。

二是致夢法。度化者設法使度化對象睡眠做夢。夢中，度化對象身歷諸事而終陷於困境甚至絕境，於是領悟無常之理，進而轉心向道，接受度化。《玩江亭》中，趙江梅夢渡大江，船到江心，艄公欲對她施暴，並以將她打入江中相威脅；《金童玉女》中，金安壽夢中被心猿意馬追趕，逃到「連天峻嶺，萬丈懸崖」處，又「跌下澗去」；《升仙夢》中，柳春與妻子陶氏同入一夢，夢中，柳春被朝廷任命為江西南昌府通判，遂攜妻子赴任，途中艱辛異常，又遇強盜

搶劫，直到被強盜殺害而驚醒。當然，最有名的是《黃粱夢》和《三化邯鄲》。《黃粱夢》演鍾離權點化呂洞賓事，仿唐人沈既濟傳奇《枕中記》，並仍其地點。劇中，鍾離權使呂洞賓入夢。夢中，呂洞賓棄文就武，官拜兵馬大元帥，入贅高太尉家，生一男一女。吳元濟反，呂洞賓率軍出征，收敵方珍珠三斗，故意使兵敗。事發，呂洞賓被發配沙門島，兒女同行。途中，兒女被一獵人殺死。獵人痛斥呂洞賓罪行，欲殺之，呂洞賓乃驚醒，由此看破紅塵，出家修道。《三化邯鄲》則又演呂洞賓於邯鄲以使盧志做夢之法化之。夢中，盧志娶名門女，中進士，成高官，立大功。後因為剿寇不力，被逮捕進京，問成死罪，臨刑方醒，遂大悟得道。

神仙或異人使人做夢的故事，自晉代到清代，代有作者為之。晉人干寶《搜神記》卷十，云夏陽盧汾，夢入螞蟻穴，享盡榮華富貴而醒。六朝南朝劉宋朝劉義慶《幽明錄》之「焦湖廟祝」，唐代沈既濟《枕中記》，李公佐《南柯太守傳》，佚名傳奇《櫻桃青衣》，都是人們所熟知的。

元代及此後異人致夢故事，情節較以前此類故事更為豐富、曲折，且多有人為「惡境」出現。以上所舉神仙道化戲中的幾例就是如此。此外，元人趙道一《歷世真仙體道通鑑》卷四十五之仿《枕中記》，寫鍾離權於「長安酒肆」用「致夢法」度化呂洞賓，其夢也有「惡境」。明代王世貞《列仙傳》卷六、清代苗善時《純陽帝君神化妙通記》卷一敘鍾離權於長安酒肆點化呂洞賓則本此，而情節較為簡潔。這些，都與《黃粱夢》相仿。清代人汪象旭《呂祖全傳》所述相關故事，則與《三化邯鄲》相仿。清代蒲松齡《聊齋誌異》卷四《續黃粱》，沈起鳳《諧鐸》卷六《夢中夢》，主角所夢，都也是以人為「惡境」結束。

夢中出現人為「惡境」，可以著意突出現實世界的險惡，加強批判現實的力量。就度化者而言，這也可以使度化更加有力。這一點，也是元代神仙道化戲對以前神仙故事的發展。

三是作法以取信法。度化者著意向度化對象施展非凡神道，贏得對方的信任和欽佩，進而使對方願意接受度化，出家學道。《玩江亭》中，鐵拐李纏住牛員外，要他出家。牛員外躲到哪裏，鐵拐李就追到那裡。牛員外到郊外，鐵拐李也趕到那裡，當著牛員外的面，施展法術，化出「青堂瓦舍，雕樑畫棟，琴棋書畫，靠凳椅桌」，「幔幕紗廚，香球弔掛」，將鐵拐一劃，地皮開處就是「醍醐灌頂，甘露灑心」〔註9〕的好酒，又將周圍景色，化成春天美景。

〔註9〕王季思主編《全元戲曲》第七卷，人民文學出版社，1999年版，第9～10頁。

牛員外見了，知是遇到了真仙，於是欣然跟鐵拐李出家。《竹葉舟》中，陳季卿夢中醒來，看到呂洞賓荊籃中的一張紙上，赫然寫著他剛才在夢中所作的詩，知道對方是真仙，覺得「人身難得，中土難生，異人難遇，怎好當面錯過」〔註10〕，於是去追趕呂洞賓，要求出家學道。

施展法術，來讓不信神仙的人信神仙，這種方式，在古代神仙故事中，也是有的。唐代段成式《酉陽雜俎》前集卷十九中，韓愈的一個族侄，為了讓韓愈相信神仙之術，使法術讓牡丹花在冬天開放，花上還有「雲橫秦嶺家何在，雪擁藍關馬不前」兩句詩。後來五代時杜光庭《仙傳拾遺》、北宋時劉斧《青瑣高議》前集卷九所載韓愈故事，也與此相仿。不過，以上三書所載故事中，韓愈都沒有被度化。因此，元代神仙道化戲中的這種度化方式，也是獨創的。

有幾個神仙道化戲中，被度化者出家以後，還有一個「考驗」項目。通過這一考驗項目，度化就最後完成，被度化者功行圓滿，成為正式的神仙，可以到神仙世界去過永恆而又美好的神仙生活了。戲中多把這樣的考驗稱為「魔障」，被度化者戰勝「魔障」，便是通過了考驗。任風子、藍采和、劉行首、牛員外，他們出家後，都經歷了親人力勸還俗的考驗，任風子還經歷了六賊施暴、冤鬼索命的考驗。《升仙夢》中，柳春和妻子陶氏出家後，經歷了六賊搶劫金銀珠寶和威脅性命的考驗。考驗信仰者的信念是否堅定，思想是否純粹，是許多政治、宗教團體接納新成員時履行的一項手續。對有些新成員來說，考驗往往不止一項。佛道二教度化故事中，此類情節極多。《太平廣記》卷八引《神仙傳》「張道陵七試趙昇」的故事，就是其中最為著名者。至於《西遊記》中觀音對唐僧師徒的考驗，就更為人們熟知了。

結語

總之，元代的神仙道化戲，對我們認識全真教對文學的影響，認識當時的社會心理，特別是知識分子的心理，都是有很大的幫助的。這些戲中所表現的與以往神仙故事的異同，對研究我國的神幻題材的文學作品及其發展，也有很重要的意義。

此文載蘇州市傳統文化研究會編《傳統文化研究》第 19 輯，

群言出版社，2012 年版，北京。

〔註10〕王季思主編《全元戲曲》第四卷，人民文學出版社，1999 年版，第 661 頁。

論顧炎武的詩歌

　　顧炎武不以詩重，然其詩歌創作方面的成就卓著，在有清一代詩人中，也無愧於第一流。

　　由明入清後，顧炎武致力於反清復明活動，與此相應，深沉的亡國哀痛，激越的復明熱情，強烈的反清意識，堅貞的民族氣節，一直是他詩歌的主題。誠然，亡國哀痛，復明激情，反清意識，民族氣節，這些，是明清之際詩壇上的主旋律，也是當時明遺民詩中最重要是主題。然而，隨著時間的推移，社會的日趨安定，這些內容，漸漸地淡出詩壇。特別是到了康熙年間，復明的希望，已很渺茫，絕大多數遺民詩人，不再從事反清活動，而是走隱逸一途，作品也是多以隱逸趣味為主，失去了往日的激情。有的遺民詩人開始從思想上擁護清王朝，有的甚至違背初衷，出仕清廷，他們的詩歌，當然更是非復當初。可以說，顧炎武的詩歌，將明清之際詩壇的主旋律頑強地堅持到了最後。這一點，在清初詩壇上，是非常突出的。

　　強烈的故國之思，亡國之痛，在顧炎武的詩中非常突出。在當時的詩人中，即使是在明遺民詩人中，顧炎武也是表達此類感情最直接、最大膽的詩人之一。就此類詩歌的篇幅和數量而言，在同時詩人中，也是少見的。他的存詩自崇禎十七年始，第一首就是弔崇禎帝的《大行皇帝哀詩》。這樣的編排，明顯是有深意的，這就是宣告其人的政治立場所在、其詩的主題所在。入清後，他奔走南北，常歲時祭掃南北明陵，憑弔明朝皇帝的遺像、遺物和遺跡等，這在當時，也是少有的。例如：

　　　舊識中官及老僧，相看多怪往來曾。

問君何事三千里，春謁長陵秋孝陵。（《重謁孝陵》）〔註1〕

他正是以這樣的行動，來表明對明王朝的忠誠。其詩集中，因此類祭掃、憑弔而作者不少。在這些詩中，詩人肯定明朝皇帝的某些歷史功績，懷念昔日的太平時光，描繪當時社會的破敗蕭條，譴責統治者的殘暴行為，抒發亡國之痛，寄託反清復明的希望。《恭謁孝陵》：「患難形容改，艱危膽氣真。」「願言從鄧禹，修謁待西巡。」《再謁孝陵》：「精靈終浩蕩，王氣自崔嵬。」「瞻拜魂猶惕，低徊思轉哀。」《恭謁太祖高皇帝御容於靈谷寺》：「大化乘陶冶，元功賴發蹤。」「萬方多壘壘，薄海日嗶嗶。」《恭謁天壽山十三陵》：「下痛萬赤子，上呼十四皇。」《再謁天壽山陵》：「臣子分則同，駿奔誰共職。區區犬馬心，愧乏匡扶力。」《閏五月十日恭謁孝陵》：「薄海哀思結，遺臣涕淚稠。」

客觀地說，有明一代，能稱得上賢明的君主，一個也沒有，而殘暴昏庸、驕奢淫逸、剛愎自用的則不少。有明一代的政治，也實在乏善可陳。明代的滅亡，明末崇禎帝等君主負有不可推卸的責任。清初文人，痛定思痛，總結明王朝滅亡的歷史教訓，往往批評崇禎等皇帝，而此類內容，在顧炎武詩歌中是絕對沒有的。以其學問智慧，顧炎武未必沒有看到崇禎等皇帝的過失，其知而不言，乃是為了反清復明的大業，因為如果多言明朝諸帝的過失，會引起或加重人們對明王朝的反感，削弱抗清復明的意志。其用心之深若此。

明清之際的詩人中，不少人具有自覺而又強烈的史詩意識，他們以詩反映當時軍政事件，以此著名者，也有好幾位，如吳偉業、錢澄之等。他們所記之事，大多是明朝或南明一方已經失敗了的事件，就思想感情而論，儘管吳偉業哀婉，錢澄之悲壯，其美不同，但幾乎都是哀歎明軍的失敗和明王朝的滅亡，或歌頌抗清義士，作詩之旨，主要是以詩紀史。顧炎武所作關於當時軍政事件的許多詩歌，與他們所作相比，在內容方面，有明顯的特色，這就是其所寫之事，當時正在進行中，有勝利的希望，甚至取得了一些局部的勝利，因此，其思想感情，充滿了抗清的熱情和勝利的希望，其旨在於激勵人們的抗清鬥志，表達他對局勢的見解，或向有關主事者進言，以詩直接為抗清鬥爭服務，而不是僅僅以詩紀史而已。這些詩，作於南明初年者尤多。如順治元年所作《感事》中敘弘光帝初立之篇，以克復中原相望：「須知六軍出，一掃定神州！」寫史可法出鎮淮揚之篇，以「登壇推大將，國士定無雙」相頌。又次年所作《京口》

〔註1〕顧炎武著、華忱之點校《顧亭林詩文集》之《亭林詩集》卷三，中華書局，1983年版，第348頁。

云：「河上三軍合，神京一戰收！」「祖生多義氣，擊楫正中流！」「從軍無限樂，早賦仲宣詩。」《千里》寫弘光政權覆亡後江蘇、浙江等地的抗清軍事行動，「戈矛連海外，文檄動江東」；「登壇多慷慨，誰復似臧洪」？《聞詔》寫唐王即皇帝位於福州：「二京皆望幸，四海願同仇！」此類詩中，最有代表性的是《上吳侍郎暘》：

> 烽火臨瓜步，鑾輿去石頭。蕃文來督府，降表送蘇州。殺戮神人哭，腥污郡邑愁。依山成斗寨，保水得環洲。國士推司馬，戎韜冠列侯。師從黃鉞陳，計用白衣舟。曹沫提刀日，田單仗鏑秋。春旗吳苑出，夜火越江浮。作氣須先鼓，爭雄必上游。軍聲天外落，地勢掌中收。征虜投壺暇，東山賭墅憂。莫輕言一戰，上客有良謀。〔註2〕

　　清軍剛下江南時，江蘇、浙江一帶，義軍蜂起，抗擊清軍。吳暘領導的太湖水師，是其中最為精銳的部隊。南明弘光政權覆滅後，吳暘組織、操練水師，先後收復吳江、嘉善，給清軍以沉重的打擊。唐王聞之，授其兵部右侍郎兼右僉都御史，總督江南諸軍，後又進為兵部尚書。魯王亦授吳暘為兵部侍郎，封長興伯。顧炎武寫此詩時，吳暘尚未為兵部尚書，故詩題中仍是侍郎。這時，吳暘的軍隊，正處於鼎盛階段。詩的前六句，寫嚴峻的軍事形勢和清軍下江南後江南極為嚴酷、恐怖的氣氛。弘光元年四月，清軍入瓜州，守將多人投降，清兵隨即下揚州，史可法戰死，揚州被清軍屠城。清軍又行文蘇州，迫使歸順，並以屠城相威脅，有些縣有人到蘇州，表示歸順。清軍在蘇州附近諸縣，肆行殺戮。愁雲慘霧，籠罩吳地。此下十句，寫在這樣的形勢下，吳暘高舉義旗，起兵反清，取得了節節勝利，詩中頌揚之意，溢於言表。最後八句，對吳暘提出建議和忠告，表達詩人的見解。詩人認為，吳軍要成大事，應該攻佔長江上游戰略要地。顧炎武《亭林文集》卷六《形勢論》云：「夫取天下者，必居天下之上游，而後可以制人。英雄無用武之地，則事不集。且人知高皇帝之都金陵，而不知高皇帝之所以取天下。當江東未定，先以大兵克襄、漢，平淮安，降徐、宿，而後北略中原，此用兵先得地勢也。」〔註3〕「爭雄必上游」，就是此意。如此發展，待到軍聲威震天下，控制北方戰略要地，就不難佔領北京，推翻清王朝，取得全國性的勝利。《明史》卷二《太祖本紀二》中，太祖云：

〔註2〕顧炎武著、華忱之點校《顧亭林詩文集》之《亭林詩集》卷一，中華書局，1983年版，第268頁。
〔註3〕顧炎武著、華忱之點校《顧亭林詩文集》，中華書局，1983年版，第125頁。

「吾欲先取山東，撤彼屏蔽，移兵兩河，破其藩籬，拔潼關而守之，扼其戶檻，天下形勝，入我掌握。然後進兵，元都勢孤援絕，不戰自克。」〔註4〕這是明太祖攻下元大都（亦即北京）的成功戰略。詩中「地勢」句，亦即「天下形勝，入我掌握」之意，化用其意其語，有建議吳暘效法之意。「征虜」二句，讚美吳暘的儒將風度和壯志豪情，希望他能像謝安以弱勢兵力打敗南侵的少數民族政權首領前秦君主苻堅那樣，打敗強大的清軍。這也正是吳暘所自己勉勵的，其所居，用李白「但用東山謝安石，為君談笑靖胡沙」為堂聯。最後兩句，詩人勸告吳暘，不要在連續勝利的情況下輕易地與清軍決戰，應該多聽取有見識士人的謀略。通觀全詩，有敘述，有建言，有頌揚，有勸告，有激發，深得投贈之體，而抗清復明的激情與信心，充盈於全詩之中。像這樣的詩，在當時詩壇上，是很少見的。

　　浙江失守，唐王在福建遷流，魯王被迫遁海上，詩人鄉居，登山望海，而作《海上》七律四首，寫全浙失守後的形勢，評論時事，抒發感慨，論者比之於杜甫《秋興》。其一、其二云：

　　　　日入空山海氣侵，秋光千里自登臨。十年天地干戈老，四海蒼
　　　生痛哭深。水湧神山來白鳥，雲浮仙闕見黃金。此中何處無人世，
　　　只恐難酬烈士心。（其一）

　　　　滿地關河一望哀，徹天烽火照脣臺。名王白馬江東去，故國降
　　　幡海上來。秦望雲空陽鳥散，冶山天遠朔風回。樓船見說軍容盛，
　　　左次猶虛授鉞才。（其二）〔註5〕

　　第一首首聯登山望海，總領此下三首。次聯寫長期兵火連天，天下受害之深。三聯念魯王入海。尾聯云海中或有島嶼可以棲止，然以形勢度之，輔佐魯王的張名振等，恐怕難以成就大業。第二首前二聯寫江南潰敗，清貝勒博洛率軍渡錢塘江，明臣有投降者。三聯寫魯王政權中官員一空，但唐王尚在福建，清兵一時還沒有入福建。尾聯表達對唐王政權的希望。

　　與當時許多紀明清之際史事的詩歌相比，顧炎武這類詩歌，在藝術上也有明顯的特色。這就是敘事的概括性與抒情性的結合。他這些反映時事的詩，不

〔註4〕張廷玉等修《明史》，商務印書館，1936年影印《百衲本二十四史》本，頁面不連貫。

〔註5〕顧炎武著、華忱之點校《顧亭林詩文集》之《亭林詩集》卷一，中華書局，1983年版，第268～269頁。

像漢樂府、杜甫的「三吏三別」類詩和白居易的新樂府詩、七言歌行體詩那樣對事件作原原本本的敘述和細緻入微的描繪，而是慣用高度的概括。詩人強烈的感情，或在概括中體現出來，或作點評式的直接抒發。這一筆法，與杜甫感事一類的詩相類。

長江以南一度轟轟烈烈的反清鬥爭，很快都歸於失敗。顧炎武的友人楊廷樞、顧咸正、陳子龍等，因參與抗清軍事而相繼犧牲。清軍在南方順利推進，反清鬥爭進入低潮。這時，顧炎武寫下了著名的《精衛》一詩：

> 萬事有不平，爾何空自苦，長將一寸身，銜木到終古。我願平東海，身沉心不改。大海無平期，我心無絕時。嗚呼，君不見，西山銜木眾鳥多，鵲來燕去自成窠。〔註6〕

精衛以寸身銜木石填滔滔東海，其力量與目標之間，懸殊自不待言，成功的可能，極為渺茫。故詩前四句，以常理測精衛，而以「爾何空自苦」為問，既為勸阻語，又是探究其心。「我願平東海」以下四句，乃精衛所答，表現精衛堅定不移的填海之心。「嗚呼」三句，感歎西山眾鳥如燕鵲等，營營於私利，它們與精衛相比，高下自現。詩以精衛故事，設為問答，而有寄託在。在當時的形勢下，社會上出現對反清復明大業失望、對堅持反清復明者不理解，是很自然的。詩中前四句對精衛所問，就反映了這種失望和不理解，精衛正是比喻詩人等堅持反清復明的志士。詩人以此設問，通過回答，自然地表現了自己堅持反清復明的堅強意志。他以敏銳的政治、軍事眼光，觀察當時極為不利的形勢，深知反清復明，將是艱巨的持久鬥爭。儘管自己力量薄弱，目標又難以實現，但他還是像精衛填海一樣，堅定不移地為之奮鬥，永不動搖，不達目的，永不罷休！末三句中的鵲、燕等眾鳥，指那些置國家、民族利益於不顧，而營營於家身私利，甚至投降清朝以謀取富貴的士大夫。與他們相比，詩人等堅持反清復明者的精神形象，就顯得更加不凡！此詩前四句，語調平穩，與表達悲觀失望、不理解的口吻相合。接下來四句為精衛所答，亦俱為五言，但句句押韻，而前兩句用仄聲韻，後兩句用平聲韻，語調從容沉著，斬釘截鐵，完全是長期以來深思熟慮後形成的信念，沒有改變的可能。最後四句為雜言，與激憤的語氣相稱，表達了詩人對「眾鳥」們的極大蔑視！

儘管成功的希望極為渺茫，顧炎武還是將反清復明的決心和信心，付之於

〔註6〕顧炎武著、華忱之點校《顧亭林詩文集》之《亭林詩集》卷一，中華書局，1983年版，第279頁。

具體的行動。他奔走南北，為抗清復明的軍事行動作準備。所到之處，他察看山川險要，研究其地歷史上的戰事以總結經驗，如《山海關》《居庸關》《潼關》等詩，描繪雄關形勝，遙想龍爭虎鬥，都有深意在，並不只是發思古之幽情而已。結交大量的反清志士、故臣遺老，與他們相唱酬，以復明相鼓舞，以堅持民族氣節相勉勵，更是顧炎武詩中的大宗。例如，于元劌為明副將，曾在抗清戰爭中出生入死，顧炎武有《贈于副將元劌》詩，結尾以建功立業為勉，云：「異日封侯貴，黃金為帶時。知君心不異，無使魯連疑！」末二句用典，希望對方能像田單那樣，打敗侵略者，恢復河山，而以遊說之士魯仲連自擬。《楊明府永言昔在崑山起義不克為僧於華亭及吳帥舉事去而之蘭谿今復來吳下感舊有贈》云：「與君遵晦意，不負一匡謀！」此類詩還有《贈萬舉人壽祺》《贈路舍人》《贈路光祿太平》《贈錢行人邦寅》《贈林處士古度》等。顧炎武與他們之間的交往，有些與反清活動直接相關。

顧炎武奔走南北，詩集中弔古詩之多，也引人注目。其所弔都是我國傳統文化的典型象徵。他弔古，決不是遊山玩水，而是感受偉大的歷史文化，以增強自己抗清的信心。他寫這些詩，除了抒發故國之思、亡國之痛外，旨在弘揚歷史精神，鼓舞抗清鬥志。如《謁范文正公祠》：「吾欲與公籌大事，到今憂樂恐無窮！」《謁夷齊廟》：「甘臥首陽岑，不忍臣二姓。可為百世師，風操一何勁！」《書女媧廟》：「惟天生民，無主乃亂。必有聖人，以續周漢。」「不見風陵之堆高突兀，沒入河中尋復出，天回地轉無多日！」

顧炎武的反清復明活動，沒有取得什麼成就。明王朝的滅亡和清王朝的興起，當然是由多方面因素決定的，不是任何個人的力量能夠改變。對反清復明的志士來說，社稷江山，都早已落入了清統治者手裏，無法奪回，他們所剩下的，只有一貫堅持的民族信念了。反清復明的決心，不屈的民族氣節，就是這種信念的體現。顧炎武後期的詩歌中，這種信念，仍然體現得非常突出。其《五十初度時在昌平》云：

> 居然漢落念無成，隙駟流萍度此生。遠路不須愁日暮，老年終
> 自望河清。常隨黃鵠翔山影，慣聽青驄別塞聲。舉目陵京猶舊國，
> 可能鍾鼎一揚名？[註7]

古人五十，已算進入老年，此時無成，此生就很難有成功的希望了。詩人

〔註 7〕顧炎武著、華忱之點校《顧亭林詩文集》之《亭林詩集》卷三，中華書局，1983年版，第 354 頁。

此時已經五十歲了，自念自己從事的反清復明事業無成，又感時光飛逝，來日無多，故首聯情緒不免低沉。但是，第二聯陡然格調高昂，健筆凌雲，鼓舞人心。復明大業，儘管任重道遠，但只要堅持鬥爭，還是有希望的。他在《贈秦行人邦寅》中所云「貫日精誠久，回天事業新」，也是這樣的意思。第三聯正是他為復明大業不懈奔走的真實寫照，是第二聯所表達精神的體現，他以前是如此，以後還將堅持如此。尾聯照應詩題中的「昌平」，表達自己在復明大業中建功立業的希望。據《明史·地理志》記載，昌平是明成祖以下明代帝王的陵寢所在，也就是「十三陵」所在。十三陵是明王朝的象徵，故云「舊國」。詩人以五十之年，在「舊國」之地，面對日益穩固的清王朝，抒發對反清復明大業的信心，給人一種強烈的悲壯感。在五十歲以後，詩人還常以反清復明鼓勵同道和後輩，希望能將這樣的精神傳承下去並發揚光大，如《又酬傅處士次韻》：「蒼龍日暮還行雨，老樹春深更著花。」《雨中送申公子涵光》：「并州城外無行客，且共劉琨聽夜雞！」《井中心史歌》及其序言中，追敘《心史》出現後流傳、歌詠的盛事，懷念反清同志，歌頌鄭思肖的民族氣節和陸秀夫、文天祥的英雄行為，表達了自己一如既往堅持民族氣節的堅強意志：「三十餘年再見之，同心同調復同時」，也表達了對出仕清廷者的憤慨：「蒲黃之輩何其多，所南見此當如何！」

　　就藝術師承而言，顧炎武的古體詩主要師承陶淵明詩中「怒目金剛式」的一路和杜甫的感事一類詩，律詩則主要師法杜甫，但也有所發展變化在。

　　用典故多而且貼切，是顧炎武詩又一個鮮明的特點。這與他豐富的學問修養有關。典故用得貼切，能強化詩歌的表現功能，增加詩歌的容量，幾個字的典故，能抵得上大段的文字，而且有含蓄之佳。顧炎武詩用典故既多，且大多能達到這樣的境界。如其《十二月十九日奉先妣槁葬》結尾云其母之墓「其旁可萬家，此意無人識」。前句用《史記·淮陰侯列傳》韓信為布衣時為其母選擇墳地的典故。墓地能決定墓主後人的吉祥與否，這樣的觀念，在舊時一向被普遍信奉。韓信雖然貧窮而選擇「其旁可置萬家」之地葬母，預備日後有萬家守墓，其欲為王為侯可知。常人為長輩選擇如此之墓地，也許只是一般的「趨吉」而已，但是，顧炎武選擇墓地如此，卻有其特殊的意義：選擇墓地的「趨吉」，與傳統士人建功立業的抱負、抗清復明的大業的成功結合在一起。時為順治二年（1645），顧炎武三十三歲，參與抗清軍政事務。其家鄉崑山，為清兵攻佔，一門骨肉，死傷數人。未幾，清兵下常熟，其嗣母絕食而死。隆武帝

（唐王）遙授顧炎武為兵部職方司主事。這時的顧炎武，欲施展傳統士人建功立業的抱負，欲報家仇、國仇，欲酬君主之恩，這些心情都極為強烈，而這些，都是與抗清復明的大業相一致的。他如此為母選擇墓地，既是兆自己能在抗清復明的大業中建不世之功，也是祝願抗清復明的大業勝利。如此遙深之旨，當然別人很難領會，所以也就「無人識」了。此類用典貼切的例證，在顧炎武詩中是很常見的。

律詩又要求用對仗，對仗又以工巧為佳。對仗工和用典切，這兩條都不容易做到，要結合起來，就更加難了。沒有深厚的學問和詩功為基礎，是絕對做不到的。學問和詩功，正是顧炎武之所長，因此他能做到。如《永平》：「馮驩元不曾彈鋏，關令安能強著書。」《八尺》：「曾來白帝尋先主，復走江東問仲謀。」《傳聞》：「張楚三軍令，尊周四海心。」《郝將軍太極滇人也》：「入楚廉頗猶未老，過秦扁鵲更能工。」《久留燕子磯院中有感而作》：「水侵慈姥竹，風落孝陵松。」《陳生芳績》：「淚盡宛詩言我日，悲深魯史筆王春。」《張隱君元明》：「劫來未得從黃石，老至先思伴赤松。」《又酬傅處士次韻》：「三戶已亡熊繹國，一成猶啟少康家。」《汾州祭吳炎潘聖章二節士》：「一代文章亡左馬，千秋仁義在吳潘。」其所用典故，多為有關亂世中軍政者，豪傑之士，英雄人物，尤為注目，蓋與詩中所表現內容相切也。

忠君愛國，沉鬱頓挫，詩律工細，這些方面，顧炎武詩與杜甫詩一脈相承。不過，在用典故多而貼切方面，比起杜甫詩來，顧炎武詩又有明顯的發展在。同時錢澄之、吳嘉紀寫詩，也多學杜甫，但他們多學杜甫「三吏」「三別」那一類，幾乎不用典故。同為學杜甫的清初詩人，他們的詩歌風格，有明顯的不同。

總之，在清初詩壇上，顧炎武的詩，是最具有風骨的：具有鼓動人們奮發進取的一種正大堂皇的力量，它切實沉厚，而不空洞浮泛；鬱勃橫溢，而不平緩冗沓；聲宏調響，而不悄吟低唱。這樣的詩，思想感情必須真摯充沛，發自作者內心，否則就不能動人心魄；又必須高尚正大，否則就難以催人進取。顧炎武的詩，從早年所作到晚年所作，都是如此。就風骨而論，即使錢澄之詩、屈大均詩，比起顧炎武詩來，也有所不及，更不用說別人的詩了。

對明王朝的忠誠，強烈的反清意識，堅貞的民族氣節，是顧炎武詩歌基本的思想感情，這些內容，其正大堂皇，在當時人們的思想觀念中，簡直是無以復加，在顧炎武詩中又深厚鬱勃，因而有撼人心魄的力量。藝術形式方面，其

詩遣詞淵雅典重，造句堅勁沉厚，造境雄渾闊大。正因為如此，顧炎武詩形成了雄深雅健、沉鬱厚重的藝術風格。沈德潛《明詩別裁集》卷十一云顧絳（炎武）詩「詞必己出，事必精當，風霜之氣，松柏之質，兩者兼有。就詩品而論，亦不肯作第二流人。」〔註8〕洪亮吉《北江詩話》云顧炎武詩有「金石氣」，也是這個意思，蓋金石者，堅勁，淵雅，深厚，質實，古硬，擲地有聲！顧炎武詩正是如此。

此文載范培松、金學智主編《插圖本蘇州文學通史》第三冊，

江蘇教育出版社 2004 年版，南京。

〔註8〕沈德潛、周準編《明詩別裁集》，中華書局，1975年版，第128頁。

論歸莊的詩歌

　　歸莊與顧炎武，是明末清初崑山兩位著名的人物。兩人都以氣節、學問、詩文著稱。他們之間，交誼很深。

　　歸莊（1613～1673），字玄恭，號恒軒，入清後，更名祚明。其別號甚多，有歸藏、歸妹、歸乎來、懸弓、園公等等。他是歸有光之曾孫，明諸生。年十七，入復社。

　　順治二年（1645）三月，崑山縣丞閻茂才攝縣令事，下剃髮令，士民不從，噪於縣，捉閻茂才。歸莊鼓動士民殺閻，閉城門以拒清兵。事敗，歸莊削髮為僧裝，稱普明頭陀，隱居鄉間僻處以避搜捕。順治九年，歸莊應萬壽祺之邀請往淮陰為塾師，或云實是與顧炎武、萬壽祺等秘密從事抗清活動。後萬壽祺去世，事無所成，歸莊乃回崑山，結廬於金潼里祖先墓側居住，並往來湖山間。遠近談忠孝者以歸莊為歸。歸莊能揆是非明真偽，未嘗輕以身殉，卒免於難而終天年。〔註1〕著有《恒軒詩集》十二卷，文集《懸弓集》三十卷，《恒軒文集》十二卷，都散佚。〔註2〕中華書局1962年版《歸莊集》，收錄較為完備。上海古籍出版社2010版《歸莊集》，最為後出，也應該最為完備。

　　在明王朝滅亡之前，歸莊所作詩中，反映明末社會現實者較多。《和顧端木先生棄庵十詠》：「天心未厭亂，人事亦誠難。」「青祥京國盛，白骨戰

〔註1〕歸莊之生平事蹟，見《清史列傳》卷七十，曾祁《歸玄恭先生年譜》、趙經達《歸玄恭先生年譜》和《歸玄恭遺著》卷首《事略》等。

〔註2〕道光間，太倉季錫疇輯歸莊遺文六卷，詩一卷，名《玄恭文鈔》，後雕版毀於兵火，未見傳本。清末，歸曾裔編《歸玄恭文續鈔》七卷，徐崇恩編《歸玄恭遺著》不分卷，朱紹成編《歸高士遺集》10卷，都不全。六十年代於蘇州發現的《歸莊手寫詩稿》是詩稿殘本。

場寒。」（其三）「邊塞防秋早，東南轉餉遙。」（其四）「漢江兵氣惡，翼軫
陣雲愁。」（其五）《感懷和友人韻十首》：「幸違荊豫兵戈震，不見江淮草木
焦。」（其一）「王師不戰常聞捷，邊餉頻加莫救貧。」（其七）又《聞警口
占短歌》云：

> 江淮重鎮各分駐，奈何所在弛其防。更慮郡縣謀不臧，失守皇
> 明累葉之金湯。百萬漕挽不得上，苦剝民膏作盜糧。封章邸報事多
> 諱，千里終恨耳不長。〔註3〕

這些詩，詩人給我們展現了一幅當時朝政黑暗、戰亂四起、災荒處處的明
王朝末日圖，表達了詩人深沉的感慨和深切的憂慮。又如《歸莊集》卷一作於
明崇禎十四年（1641）的《閔歲》云：

> 貧民豐歲尚啼饑，夏旱秋蝗事可知。
> 秔稻秋收堪數粒。木棉未落已為萁。
> 未銷兵氣常移域，思亂人心久待時。
> 莫道江南可安枕，潢池竊發恐難支。〔註4〕

江南素有魚米之鄉的美稱，為國家財賦的主要來源之地，然豐收之年，
貧民不免啼饑，災荒之年，百姓更加困苦，而其年正是大災荒。國內農民大
規模起事，動亂區域不斷擴大。在明王朝黑暗統治下飽受苦難的百姓，適逢
大災荒，又受到農民起事的影響，人心思亂。當時，江南儘管還大體安定，
但潛伏著動亂的危機，一旦爆發，當局將難以支持。江南如此，其他地方就
益不可問了。明王朝所處境地之危險，也就可以想見了。如此集中地反映當
時社會的災難、表現對國家前途的關心、對百姓生活的同情，在當時詩人中，
是不多見的。

歸莊在明末所寫歌詠《心史》的詩，也引人注目。《心史》是南宋遺民鄭
思肖的著作，內容是表現作者對宋王朝的忠誠和強烈的民族意識。歌詠《心
史》，在當時詩人中，幾乎是一種風氣。歸莊歌詠《心史》，和當時許多詩人一
樣，重點在於表彰鄭思肖對宋王朝的忠誠和民族氣節。《歸莊集》卷一《讀心
史七十韻》云：

> 天定不可勝，捐生扶大輪。烈哉陸與張，先後從靈均。信公矢
> 忠孝，後死良有因。其時殉國難，累累多薦紳。為君固首陽，乃有

〔註3〕歸莊《歸莊集》，上海古籍出版社，2010年版，第16頁。
〔註4〕歸莊《歸莊集》，上海古籍出版社，2010年版，第27頁。

公其人。〔註5〕

又其《讀鄭所南心史已成七十韻後錢希聲明府以十律見示覆次韻得十首》云：「抗節西山義士徒，國亡猶志剪強胡。」（其一）「甘為吳市無名卒，恥作常山失節奴。」（其三）「椎秦壯士魂猶壯，復楚孤臣骨未枯。」（其七）「國家養士異官徒，臣子何心更事胡！」（其八）這些詩，無疑有強烈的現實意義在。明王朝大廈將傾，滅亡只是旦夕間的事，不是滅亡於農民軍之手，就是滅亡於清政權之手。這是當時稍有頭腦的人都能得出的結論。作為明王朝的臣民，作為傳統的知識分子，在明王朝滅亡之際和滅亡以後，應該採取什麼樣的政治立場，不能沒有充分的思想準備。人們歌詠《心史》，實際上是一種政治表態，當然，同時也是以氣節、忠誠相互勉勵，為明王朝最後效忠，也為自己人格的完美、身後的名節計。這一方面，歸莊無疑是當時比較突出的一個。至於這種「忠君」思想的價值評判，那是另外一個問題，歸莊和當時絕大多數知識分子一樣，其思想還沒有到達突破「忠君」的深度，這個任務，將有黃宗羲以後來承擔。

北京被李自成攻破，崇禎帝自殺，明朝滅亡。消息傳到江南，人們將信將疑，歸莊寫了《聞北信》，表達了深深的哀痛之情，猶希望這傳聞是假的。後來，消息得到證實，他又寫了《續聞》以寫哀痛。甲申五月，福王即皇帝位於南京，建號弘光，部署朝政，組織軍隊，以御強敵。歸莊二哥歸爾德赴揚州史可法幕府，歸莊有詩送之。朝廷起用年已六十的顧錫疇為禮部尚書，歸莊有《豫章篇贈顧宗伯》長詩。這些詩中，多少流露出對光復的希望。但是，不久，弘光朝內部紛爭又起，馬士英、阮大鋮等姦臣黨政，朝政日非，小朝廷危急，而弘光帝在馬、阮的誘導下在六朝金粉之地盡情享樂。歸莊對小朝廷深為失望，其《詠史》四絕句有云：「長歎更尋貞觀事，三千怨女出深宮；」（其一）「艮岳初成悲力盡，瓊林未滿歎民窮；」（其二）「章聖元來多大略，不應獨壯寇萊公。」（其三）這些詩歌，都是責弘光帝生活驕奢淫逸，而將國事都託付群臣。「史臣漫訾桓元子，也是中華不世才」，此乃言弘光朝大臣中少具有傑出才幹者。《歸莊集》卷一《寓言》四絕句，也是為小朝廷腐敗而發。其三云：

　　　　尚方有寶劍，相傳出歐冶。

　　　　欲斷佞臣頭，試取先斬馬。〔註6〕

〔註5〕歸莊《歸莊集》，上海古籍出版社，2010年版，第2頁。
〔註6〕歸莊《歸莊集》，上海古籍出版社，2010年版，第34頁。

這明顯是抒發對禍國殃民的馬士英之流的極大憤慨。

歸莊在清兵下江南時所作，是其詩中最有價值的部分，可以稱為崑山這段特殊時期的史詩。當時，歸莊一兄在浙江湖州任職，一兄在揚州史可法幕府中，父母在鄉下居住，而兩個嫂嫂和侄兒女五人在崑山城里居住。歸莊勸說嫂嫂出城避難未成。清兵下崑山城時，一嫂被殺害，一嫂受重傷，不久也因傷勢過重去世。幾個侄兒女，或溺死，或被擄，或失蹤，後來只有一個侄兒被找回家。分別在湖州和揚州的兩個哥哥，也都殉難。這期間，歸莊寫了一系列詩，如《虜圍崑山甚急時兩嫂及諸從子女皆在城中》《哭二嫂四首》《遣人入城權瘞三嫂遙哭三章》《述哀》等，真切細緻地記錄了家難，抒發了詩人強烈的悲痛之情，同時也細緻地反映了崑山被清軍佔領前後的情形。如《歸莊集》卷一《傷家難作》云：

> 賊虜執二嫂，亂加戈與殳。一時遂僕絕，久之乃得蘇。三嫂死
> 於刃，橫屍在前除。兒女爭沉淵，或云半為俘。少者僅得全，五日
> 啖生菜。稚兒隨保母，當復委路隅。長幼計八口，其六乃淪胥。哭
> 嫂聲嗚咽，哭侄淚無餘。堂上兩白頭，撫心涕沾裾。嗟我遊宦子，
> 經時絕音書。廣陵與吳興，南北阻江湖。安知家門禍，慘烈不可紓。
> 〔註7〕

歸莊的家難，也正是崑山乃至全國許多地方人民所遭受的災難。《歸莊集》卷一《悲崑山》一詩，跳出家難，寫崑山的悲劇：

> 悲崑山，崑山城中五萬戶，丁壯不□□□□，顧同老弱好女之
> 骸骨，飛作灰程化為土。悲崑山，崑山有米百萬斛，戰士不得飽其
> 腹，反資賊虜三日谷。悲崑山，崑山有帛數萬匹，銀十餘萬斤，百
> 姓手無精器械，身無完衣裙，乃至傾筐篋，發寶窖，叩頭乞命獻與
> 犬羊群。嗚呼，崑山之禍何其烈，良由氣懦而計拙。身居危城愛財
> 力，兵鋒未交命已絕。城陴一旦馳鐵騎，街衢十日流膏血。白晝啾
> 啾聞鬼哭，烏鳶蠅蚋爭人肉。一二遺黎命如絲，又為偽官迫偪頭半
> 禿。悲崑山，崑山誠可悲。死為枯骨亦已矣，哪堪生而俯首事逆夷！
> 拜皇天，禱祖宗，安得中興真主應時出，救民水火中。殲郅支，斬
> 溫禺，重開日月正乾坤，禮樂車書天下同！〔註8〕

〔註7〕歸莊《歸莊集》，上海古籍出版社，2010年版，第39頁。
〔註8〕歸莊《歸莊集》，上海古籍出版社，2010年版，第37頁。

揭露清軍暴行，總結沉痛的教訓，寄託光復河山的希望。

入清以後，復明無望，歸莊常遊覽山水，以排遣憂憤和亡國之痛。其文之紀其事者，有《看寒花記》《看牡丹記》《尋菊記》《觀梅日記》《看桂花記》等。與此相應，其所作山水詩也不少，主要集中在《看花雜詠》和《山遊詩》兩大部分中。其中有《楓橋步月》《題福源寺羅漢松》《天王寺柏》《上方寺松》《望飄渺峰》《自東洞庭渡太湖之西洞庭》等詩。《歸莊集》卷一《觀梅宿靈巖禪院》云：

> 驟雨狂風阻我行，靈巖雲木半途迎。
>
> 泛湖船換登山屐，西子緣多范蠡情。
>
> 香徑界開濃霧色，琴臺收得片霞明。
>
> 遠公飛錫湘潭去，幾樹梅花伴磬聲。〔註9〕

用輕靈疏宕的筆調，紀遊寫景，層次分明而富有跌盪變化之妙。選詞工穩，設色明麗。尾聯意境超妙，清雋幽夐，幾於不食人間煙火。藝術上乃得之於白居易「閒適詩」一類中的七律而又能變化之。

但是，歸莊從來也沒有忘記家國之痛，從來也沒有忘記抨擊黑暗的社會現實。《萬年少嘗作狗詩六首罵世，戲和之，亦得六章，每首各有所指云》，諷刺出仕清廷的原明王朝的官員，分別指吳三桂、洪承疇、陳之遴、馮銓、劉正宗、寧完我等。組詩《落花詩》則是當時知識分子的曲曲哀歌：「燕蹴鶯銜何太急，溷多茵少竟安歸？」（其一）「臨流易逐千層浪，繞樹難隨百丈絲。」（其二）「難向幕中依燕壘，慣來橋畔冒魚梁。」（其三）「將隨薜荔依山鬼，難共蘼蕪待美人。」（其五）「長薄煙疏蝴蝶散，空枝日瘦杜鵑啼。」（其六）「亂舞終非入井態，翔空如見墜樓心。」（其七）「故枝回首成生別，塵陌投身死便休。」「蝶翅蜂鬚為弔客，蝸涎蛛網任俘囚。」（其九）「御溝流出香全散，上苑飄來影更寒。」「明年青帝乘權日，萬紫千紅返舊觀。」（其十二）以落花為寄託，描摹盡致，惟妙惟肖地揭示了當時各種知識分子的心態，其中不少是為那些仕清明臣的民族氣節、忠臣清名所唱的輓歌，哀婉動人。同時，詩中也流露出光復明王朝的希望。又《歸莊集》卷一《崑山石歌》云：

> 昔之崑山出良璧，今之崑山產奇石。出璧之山流沙中，產奇石
>
> 者在江東。江東之山良秀絕，歷代人才多英傑。靈秀旁流到物產，
>
> 石狀離奇色明潔。神工鬼斧斫千年，雞骨桃花皆天然。（昆石以雞骨

〔註9〕歸莊《歸莊集》，上海古籍出版社，2010年版，第84頁。

片為上，桃花紋次之。）側成墮山立成峰，大盈數尺小如拳。奇石由來為世重，米顛下拜東坡供。今日東南膏髓竭，猶幸此石不入貢。貴玉賤石非通論，三獻三刖千古恨。石有高名無所求，終老山中亦無怨。世道方看玉碎時，此石休教更炫奇。嗟爾崑山之石捨己同頑石，不勞朱勔來蹤跡。〔註10〕

清統治者在江南巧取豪奪，崑山石色明質美，形狀奇特，不為當道所知，因而免於被掠奪，這是值得慶幸的。當時，許多知識分子因為名氣太大，在社會上有很大的影響，因而成為清王朝羅取的對象，在當局的高壓之下，被迫出仕清廷，喪失民族氣節，釀成人生悲劇，例如吳偉業等就是如此。歸莊儘管很有才能，在社會上也有一定的影響，但是，還沒有引起當道足夠的注意，因而還不是他們著意羅取的對象，對他來說，這是值得慶幸的。他所讚美的崑山石，不就是他自身的寫照嗎？

從藝術師承而言，歸莊古體詩受白居易的影響比較明顯，近體詩則受陸游的影響比較明顯，總的特點是平易暢達，不足之處是有時失之於粗率直露，缺乏含蓄之趣。當然，這跟他在明清之際的環境和心境有很大的關係。他後期所作，就趨向於精緻含蓄了，如以上所舉《落花詩》《崑山石歌》等就是如此。

此文載范培松、金學智主編《插圖本蘇州文學通史》第三冊，
江蘇教育出版社 2004 年版，南京。

〔註10〕歸莊《歸莊集》，上海古籍出版社，2010 年版，第 119 頁。

論朱鶴齡的詩歌

明末清初，吳江詩人很多，如計東、張拱乾、顧有孝、趙澐、趙沄、丁彪、葉舒穎、徐釚、吳兆寬、吳兆宮、吳兆宜等，而其中最為有名、詩歌成就最為顯著的，則要推朱鶴齡和吳兆騫了。

朱鶴齡（1606～1683），字長孺，吳江人，明末諸生。他平生致力於學問和詩文寫作，於俗務不大關心，幾乎行不識道路，坐不知寒暑，人或謂之愚，他因以「愚庵」為號。其詩文集為《愚庵小集》十五卷，行於世。

在明朝時，朱鶴齡像當時幾乎所有的士人一樣，致力於八股文，想通過科舉考試進入官場。入清後，他堅持民族氣節，不出應清王朝的科舉考試，廢棄八股文，專力於詩古文詞，並注杜甫、李商隱二家詩，成《杜工部集輯注》《李義山詩集箋注》二書。後來，朱鶴齡與顧炎武交，顧炎武勉勵他為本原之學，朱鶴齡乃又潛心於經史研究，著有《尚書埤傳》《禹貢長箋》《詩經通義》《讀左日抄》等書。

《愚庵小集》所附錄其《傳家質言》一文中，朱鶴齡自稱：「清夜循省，咎過山積，唯疾惡如仇，嗜古若渴，不妄受一文，不誑人一語，此四言稍可自信耳。」〔註1〕確實如此。他為人從來不肯隨波逐流，有自己的定見。明末，吳越等東南地區復社大盛。縣令唐享宇向復社首領張溥推薦朱鶴齡。當時，張溥正如日中天，名震海內，士人得其青睞，身價百倍。張溥表示欲見朱鶴齡，而朱鶴齡則不往。後來，他又堅定地認為他這樣做是對的。

朱鶴齡人品高尚，學問淵博，在當時名氣很大。時論以他與李顒、黃宗羲和顧炎武並稱，號為海內四大布衣。顧炎武《亭林詩集》卷五《朱處士鶴齡寄尚書埤傳》詩云：「忽見吾友書，一編遠來貽。緬想江上村，絃歌類齊淄。白

〔註1〕朱鶴齡《愚庵小集》，上海古籍出版社，1979年影印清康熙間刊本，頁面不連貫。

首窮六經，夢寐親皋伊。百家紛綸說，爬羅殆無遺。論及《禹貢》篇，九州若列眉。上愁法令煩，下慨淳風衰。君今未大耋，正可持綱維。煙艇隔吳門，臨風苦相思。為招陽鳥來，寄此懷人辭。」〔註2〕可見他對朱鶴齡為人和著作的推崇。顧炎武是人品高尚、學問淵博的大儒，他的推崇，決不是泛泛而談的空話或不值錢的客套話，其分量是不言而喻的。

朱鶴齡的經歷非常簡單，長期居住在吳地，很少離開家鄉吳江。所作詩中，有關吳地者很多。《翻湖行》寫於康熙九年（1670）六月十二日，描寫其時太湖流域的特大水災。其《愚庵小集》卷九《孫義士鳴災記》一文云：「歲在庚戌夏，雨浹三旬不止。至六月十二日，颶風西來，太湖水橫溢平地，湧丈餘。浸城郭，漂屋廬，人畜溺死無算。浮槥以千百計。風猛濤翻，聲如萬弩齊發，竟日夕乃稍殺。誠百年未有之變。」〔註3〕可與此詩相參閱。《愚庵小集》卷三載寫於康熙十一年的《刈稻行》，描寫當時的蝗蟲災害，二詩都對吳地民生表現了深切的憂慮，而對統治者在災荒之年仍然殘酷剝削人民表示憤慨。吳慎思評語云：「二詩皆紀時變，真抑揚哀怨之章，當以陳之采風者。」

朱鶴齡詩寫吳地風俗者，則以《龍舟曲二曲》《中秋踏燈詞三首》和《中秋龍舟曲三首》為代表。《龍舟曲二首》所寫端午期間龍舟競渡。這一風俗，自古以來，流傳於我國南方許多地區，非吳地所特有。中秋踏燈則是當時吳地特有的風俗，而中秋龍舟則僅見於吳江。《愚庵小集》卷六《中秋踏燈詞三首》云：「晶晶金波濯採鮮，虬燈萬點鬥嬋娟。嫦娥也似多情思，下逐香塵看少年。」「九陌熒熒不夜天，絳河光淡倍流妍。道旁微有香風度，知是妖姬墮釵鈿。」「煙殘蠟炬桂輪低，歸鳥三更曲巷迷。何處豔歌吹玉笛，紅樓飄渺碧梧西。」同卷《中秋龍舟曲三首》云：「火樹銀釭映月鋪，琉璃片片閃重湖。光明直欲連鮫室，驚吐驪龍頷下珠。」「虹亭雲比幔亭多，凌亂珠輝湧素波。應共塔燈流照遠，明朝漁網笑空過。（俗說塔上燃燈，明日網捕皆無獲。）」「喧闐鼓吹繞長虹，水馬千盤皓魄中。霜女素娥皆寂寞，夜深應會水晶宮。」序言云：「中秋燈市，僅見吾邑。父老相傳，云始自萬曆中年。近又有龍舟之戲。每舟燃燈數十，鼓樂幡麾畢具，會於垂虹亭橋下，往來舞棹，旋折如飛。士女遊觀，遠近雲集，尤他邑所未有也。次雪、樵水先成詩，余踵而有作，以紀一時歲華之

〔註2〕顧炎武著、華忱之校點《顧亭林詩文集》，中華書局，1983年版，第422頁。
〔註3〕朱鶴齡《愚庵小集》，上海古籍出版社，1979年影印康熙間刊本，頁面不連貫。此下引此書俱出此版本。

麗。」稍後吳江顧英白有七言長篇《江城秋燈篇》也描寫同樣的風俗。康熙間鈕玉樵《觚剩》卷一云：「元宵張燈，是處皆然，而我邑獨盛於中秋。且作龍艦數十，俱龍燈為鱗甲、蜿蜒垂虹、釣雪間。波光月色，上下輝映，香輿隔路，畫舫盈湖，簫鼓管絃之聲，達曙不輟。」〔註4〕可以相互參閱。吳江為富庶之區，其地士庶，都好文化，好遊樂。中秋張燈、中秋龍舟，即是其表現。就詩歌而論，顧英白之詩以辭藻和富贍勝，朱鶴齡之詩則以聲調韻味勝。

朱鶴齡有不少詩是有關吳地文人風雅活動的。如《愚庵小集》卷五《假我堂文宴次和牧齋先生韻》云：「蕭蕭落葉正愁予，哲匠高論酒戒除。養拙自嗤同土木。成書漫擬注蟲魚。樽傳白墮揮渠碗，饌具尹蒲佐蟹胥。招隱桂叢今得主，東皋十畝伴誅鋤。」朱鶴齡所注杜詩，錢謙益見而稱賞之，乃延之館於錢氏紅豆莊三載。在紅豆莊，朱鶴齡縱觀藏書，對杜詩的注釋更趨完備。錢謙益為之大會門下諸名士於吳郡張氏假我堂，而以朱鶴齡為客人。錢謙益即席賦詩成，與會七人皆和，一時吳下傳為盛事。《愚庵小集》卷九有文《假我堂文宴記》詳記其事。錢謙益《牧齋有學集》卷五《絳雲餘燼集》下《冬夜假我堂文宴詩有序》，其詩其序，都是紀此事，可以相互參閱。《愚庵小集》卷五《禊日石湖社集》寫當時詩社的活動：「祓除無異永和年，玉雪遺坡賞倍妍。高眺鳥從遊鳥度，醉吟人倚落花眠。綠楊影裏垂纖手，紅藥欄前鬥彩箋。惆悵日闌回畫舫，沙堤只見草芊芊。」吳地風雅之盛，可見一斑。此類詩還有《同茂倫樵水長發庶其小集介白齋中得落字》《同大庾介白朗威茂倫樵水海序小集道樹庵》《孫丹扶諸公小集》《過虞山同陳南浦諸子集劍浦池亭即席同賦》《阻雪雲窩林若撫胡白叔諸公偕集》《同陳確庵諸子集寶晉齋得誰字》等。

朱鶴齡為詩，與其為人相一致。《愚庵小集》附錄其《傳家質言》一文中自云：「余賦性褊狹，不喜多作、妄作、代人作，恒自哂為詩中之狷。」其詩之立意感情，皆真切、真摯。在藝術形式方面，其詩得之於杜甫、李商隱二家為多，醇雅深厚，這與他對二家詩深有研究，也是相一致的。除了杜甫、李商隱外，白居易對朱鶴齡也有明顯的影響，這主要體現在語言明白曉暢方面。當然，朱鶴齡詩的藝術，不為此三家所限，特別是其詩之寄興清遠，時見神韻，杜、李、白三家詩是不以此見長的。

此文為未刊稿。

〔註4〕鈕秀《觚剩》，上海古籍出版社，1986年版，第14頁。

論吳兆騫的詩歌

　　吳兆騫（1631～1684），字漢槎，吳江人。「係本尚書孫，門閥高東吳。」
（潘耒《寄懷吳漢槎表兄》）其父親錫晉，崇禎十三年（1640）進士，長期在
湖南做官，曾任永州、武昌推官。明清之際，他與前李自成部將郝永忠等一起
領導抗清活動，事敗，回鄉。吳兆騫少年時代，曾經到過湖南父親任所生活了
四年，廣遊山水名勝，先他父親回到家鄉。

　　順治十四年（1657），吳兆騫出應江南鄉試，考中舉人。這次鄉試中有舞
弊行為，案發，吳兆騫被仇人借機陷害，入獄，順治十六年，又被流放黑龍江
寧古塔。在冰天雪地之中，他度過了漫長的流放生涯。後來，顧貞觀通過納蘭
性德，懇請性德的父親、當時掌握朝政大權的明珠相助，在明珠的安排下，吳
兆騫才得以回到北京。此時，距被放逐已經二十三年矣，故其《三月十二日河
上口號》有「自從身逐烏龍戌，不識春風二十年」之句，蓋舉其整數而言。流
放歸來後沒有幾年，他就病逝了。其詩文有《秋笳集》行世。其生平事蹟，以
李興盛《江南才子塞北名人吳兆騫年譜》為最詳。

　　吳兆騫早慧，九歲就作《膽賦》數千言，十歲時作《京都賦》，十幾歲時，
所作詩文常受到前輩的好評。今其集中，所存少作詩賦不少。順治六年，吳兆
騫參加吳地慎交社，經常參加社集活動，作詩作文。慎交社與同時吳地的另一
個文社同聲社有矛盾，有時甚至形同水火。順治十年，吳地詩壇領袖吳偉業想
調解兩社矛盾，安排兩社舉行了三次大會。三月三日，兩社在虎丘舉行大會。
吳兆騫與吳偉業即席唱和，吳偉業見吳兆騫之詩，嗟歎之，以為自己不及，又
稱吳兆騫、陳維崧和彭師度為「江左三鳳凰」。於是，吳兆騫一時名噪吳下。
傳聞至京師，前輩巨公，皆欲識吳兆騫。此外，吳兆騫還參加吳江小型的詩社

活動。詩社活動的地址，就在吳江縣城西門外約五里許太湖之濱的江楓庵。此庵住持指月上人，亦好風雅，喜交文人名士，因此，詩社常在此處雅集。在寧古塔二十三年的流放生涯中，吳兆騫一直堅持詩歌創作。他與同在流放中的士人張縉彥、姚其章、錢威、錢虞仲、錢方叔、錢季丹等舉行「七子之會」，分題角韻，月凡三集，這是黑龍江的第一個詩社。他現存的大部分詩歌，作於流放時期。

吳兆騫出身於世代官宦之家，經歷了明王朝的滅亡和南明幾個小政權的崩潰，親戚師友之中，不少是反清志士，有的還為抗清獻出了生命。在流放之前，他常與明遺民、反清志士等相互酬唱。其詩表現家國之痛、興亡之感、故國之思者不少。如《贈祁奕喜》：「胥臺麋鹿非吾土，江左衣冠異舊遊。」「十年東府中丞節，雙戟淒涼淚未收。」祁奕喜之父親，正是明蘇松巡撫、因抗清而死的祁彪佳。「十年」云云，即指祁彪佳。《送范小康之廣陵》云：「傷心莫問當年事，司馬墳邊半野蒿。」范早年跟隨明兵部尚書楊廷麟抗清，兵敗，楊殉節。《夜集贈余淡心》：「辛苦過江談士在，傷心誰數晉風流？」余淡心為遺民，撰有《板橋雜記》，以寄託亡國之思。又《贈舊史》：「望中鄉國空三戶，亂後文章有七哀。」《哭友》：「哭憶漢家全盛日，朱衣銀燭殿中班。」《秋日感懷》：「最憶京洛蒙塵後，戰血年年只未乾。」這些，與明遺民詩人所作，有什麼兩樣？

吳兆騫託名於女子劉素素所撰《虎丘題壁》詩二十絕句，當時傳誦一時。《秋笳集》卷五載此詩，其序言云，豫章劉素素許娉於同郡熊生，未及結婚而亂作。素素為清將所掠，隨至蘇州。兀坐篷窗，百愁總集，因作絕句二十首，以寫其哀怨之思。詩成，黏於虎丘寺壁。選其若干如下：

> 天明吹角數聲殘，百將傳呼上玉鞍。
>
> 卻憶當時閨閣裏，曉妝猶怯露桃寒。（其一）
>
> 愁對吳閶江水春，願憑蝶夢去尋親。
>
> 遙知今夜南昌月，獨照高堂白髮人。（其三）
>
> 氍裘貂帽卷風沙，紅粉飄零自可嗟。
>
> 已逐烏孫成遠嫁，鄉心幾度怨琵琶。（其六）
>
> 自入穹廬已數春，香閨行樂付埃塵。
>
> 黨家太尉真儈父，強炙羊羔勸美人。（其七）
>
> 夜夜思君夢裏回，朱門舊事總成灰。

　　妾身已逐楊花去，辜負溫家玉鏡臺。（其十四）〔註1〕

　　情辭悽惻，悲愴哀怨，的是女子口吻。雖為假託，但很有典型意義，因為如此遭遇的女子，在明清之際，正是太多了。更重要的是，明朝過來的知識分子，原來早就準備在明王朝做官，為明王朝服務，但是，這時候，卻不得不改變節操，出來應清王朝的科舉考試，做清王朝的官，為清王朝服務，而又得不到清王朝應有的尊重，心情之複雜、哀痛可知，因此，詩中女子的遭遇和心態，正是當時許多知識分子的絕妙寫照，吳兆騫本人也是如此。以女子口吻作詩作詞，這在我國文學作品中是很常見的，但是，虛構一情節，假託一女子寫詩歌，將小說筆法引進詩歌創作，幾乎使人真偽莫辨，在這以前，還是極少的。袁枚《隨園詩話》卷十三第七十五條，還以為此詩確實是一個名叫劉素素的女子所作。

　　李岳瑞（孟符）《春冰室野乘》第一二二條云：「吳漢槎以丁酉科場事謫戍絕域，晚歲賜環，侘傺以終，人但悲其數奇運蹇而已。及讀《秋笳集》，乃知其於故國惓惓不忘，滄桑之感，觸緒紛來，始悟其得禍之由。不隨潘力田、吳赤溟輩湛身赤族者，蓋亦幸耳。」〔註2〕由吳兆騫在流放之前所作詩歌可知，李岳瑞所言，並不是危言聳聽。要知道，潘力田和吳赤溟，也都是吳江人，僅僅比吳兆騫略微年長幾歲而已。潘力田還是吳兆騫的表兄。如果沒有科場案，以吳兆騫的多才好事，很可能也會和潘、吳一樣，卷到康熙初年爆發的《明史》案中去。

　　吳兆騫在流放期間所作詩歌中，反映包括他自己在內的流人的生存狀態和心理狀態者為大宗。當然，這一類內容，也在寫其他題材的詩歌中反映出來。在白山黑水之間的寧古塔，被流放到其地者，都是犯人，受當地軍政機關的嚴厲管束，地位低下，許多人被迫從事繁重的體力勞動，且他們幾乎都是南方人，不習慣其地的生活，其地又遠離中原，遠離家鄉，音訊難通，再加未有流放年限，歸期無望，因此，他們生存狀態之惡劣和心理狀態之悲傷，也就可以想見了。於是，能詩者，就將這些一發之於詩。吳兆騫也是如此。這一類作品中，《秋笳集》卷二《同陳子長坐氈帳中話吳門舊遊愴然作歌》是其中最為典型的一首：

〔註1〕吳兆騫《秋笳集》，上海古籍出版社，2009年版，第200～204頁。
〔註2〕李孟符著、張繼紅點校《春冰室野乘》，山西古籍出版社，1995年版，第193頁。

　　沙場黯黯日江暮，半醉歸來解鞍臥。氈牆誰撥昆雞弦，彈作商
聲淚交墮。憶昨故鄉百不憂，命儔嘯侶吳趨遊。裁詩每題白團扇，
縱酒欲賭青羔裘。沙棠之槳雲母舟，美人玉腕奏箜篌。金窗銀燭月
未午，清歌窈窕無時休。就中少年三五輩，徐郎顧子稱風流。獨孤
側帽傾士女，正平搖筆凌王侯。百年行樂意誰在，淒涼邊地傷離愁。
只今相對休悒怏，人生苦樂猶回掌。隴西將軍困醉尉，邯鄲才人辱
廝養。古來憔悴多名流，吾輩何悲棄榛莽。君才弱冠我盛年，可憐
淪落俱冰天。舊遊一別已如雨，陽關萬里徒含煙。寄哀欲託庾信賦，
賞音空憶鍾期弦。金樽有酒且沉醉，何須惆悵風塵前！〔註3〕

　　身遭無妄之災，被流放到冰天雪地之中，心情之沉痛可知。心情沉痛，即
使未必著意，發為音樂，總是沉痛之聲，聽音樂，總是聽出沉痛之聲。在沉痛
之中，不免要回憶當年美好的時光，但這只能加重沉痛的感覺。為了排遣沉痛
之情，遂以古代賢人被困被辱自我安慰，並以及時行樂為自我解脫。但這種安
慰與解脫本身，正好說明沉痛之深、難以解脫。此詩中所表現的感情變化，不
過是無數次中的一次！

　　描寫當地的自然景觀和社會風貌的詩歌，也別具一格。例如，《長白山》
寫白雪皚皚、巍峨磅礴的長白山：「白雪橫千嶂，青天瀉二流。」《可汗河曉望》
寫牡丹江：「長河泱茫抱孤城，河渚蒼蒼牧馬鳴。」《混同江》寫松花江驚心動
魄的氣勢和聲威：「混同江水白山來，千里奔流晝夜雷。襟帶北庭穿磧下，動
搖東極蹴天回。」《小烏稽》：「壞道沙喧天外雨，崩崖石走地中雷。千年冰雪
晴還濕，萬木雲霾午未開。」《大烏稽》：「棲水貂鼠驚頻落，蟄樹熊羆穩獨懸。」
這些都是寫蒼蒼茫茫的原始森林。《海邊獨眺》寫蒼茫無際、煙靄迷空、水流
變幻的忽汗海，亦即鏡泊湖：「九霄迷積氣，萬象變靈潮。」《九月十六夜之密
將訪馮侍御炳文》：「磧裏沙昏野燒微，城頭霜淨戍煙稀，」這是寫深秋密將山
的野景。其他如《同諸公登中後所城樓》之「平沙暮卷山頭樹，落日晴翻海上
潮」；《晚自雞頭崖至天龍屯》之「媽嘶古磧寒沙白，鴉亂荒城夕照黃」；《寄琢
之》之「秋風穹帳松花戍，夜雪雕戈大葉關」等等，則是其地習見的景象，其
詩中極多。寫其地富有特色的社會生活者，如：

　　　　錦袖臂鷹輕，分弓出柳營。

　　　　飛身驕馬足，仰手落雕聲。

　　〔註3〕吳兆騫《秋笳集》，上海古籍出版社，2009年版，第30頁。

鼓合風林動,圍開雪野平。

歸來金帳飲,一片月通明。(《校獵即事》)〔註4〕

金環島戶雕為屋,石砮種人魚作衣。(《送阿佐領奉使黑斤》)

〔註5〕

連山見野火,隔浦聞漁歌。

榆溪秋半率冰合,石樑夜深賴鯉多。(《山夜觀打魚》)〔註6〕

在吳兆騫之前,到其地的文人很少,他們所寫反映當地的自然景觀和社會風貌的詩歌也很少。大量地以詩歌寫此類內容,吳兆騫正是第一人。

吳兆騫在流放期間所作描寫抵抗沙俄入侵的詩,有很高的價值。順治初年,俄國商人葉羅費‧哈巴羅夫徵募「志願軍」,企圖侵佔我國黑龍江流域,最後被中國軍隊全部消滅。順治十五年,俄國人建立尼布楚要塞,此後,俄國軍隊常侵擾我國邊境。吳兆騫所處流放地,正靠近抗擊俄國軍隊入侵的前線。

清初詩壇上,以抗擊俄國軍隊入侵為作詩題材的詩人,屈指可數,且都是與吳兆騫一起的流人。其中方拱乾、祁班孫、張賁,僅各有數首而已,而吳兆騫所作此類詩歌,就比他們多不少,涉及這一題材的詩則更多。這與他在其地待的時間比方拱乾等遠為久、他與其地最高軍政首長兼抗俄統帥巴海的關係非同一般等因素有關。

吳兆騫在流放地所作詩歌,淒涼、悲傷、哀怨、消沉,是其基調,但他有關抗俄鬥爭的作品,恰恰是例外!如:

朔漠自來征戰地,欲將書劍一論功!(《一藍岡夜行》)

還憐豪氣在,長嘯學從軍!(《登西閣》)

羈戍自關軍國計,敢將筋力怨長征!(《可汗河曉望》)

旅食寄弓刀,驅車敢告勞!(《交河山中夜行》)

開邊天子意,何敢怨長征!(《送人從軍》)

我國傳統的知識分子,血液中都有濃厚的愛國思想,一旦接觸到這一主題,血液就會沸騰起來,愛國的激情,就會壓倒一切!平時,吳兆騫寫詩,抒發綿綿的鄉思,無盡的憂傷,但一旦遇到沙俄入侵之事發生,當局進行抗擊,他就會為此而愛國激情勃發,發為詩歌,一掃平日詩風,而慷慨激昂,

〔註4〕吳兆騫《秋笳集》卷二,上海古籍出版社,2009年版,第50頁。
〔註5〕吳兆騫《秋笳集》卷二,上海古籍出版社,2009年版,第56頁。
〔註6〕吳兆騫《秋笳集》卷三,上海古籍出版社,2009年版,第112頁。

熱情洋溢地歌頌抗俄鬥爭，甚至摩拳擦掌，躍躍欲試，想親自參加抗俄戰爭，建功立業，連到對自己所受的種種苦難，也都在愛國的大主題下，重新作了理解。

這一類寫抗俄鬥爭的詩歌中，直接寫軍事行動的，也有幾首。如《奉送大將軍按部海東》《奉送巴大將軍東征邏察》等。茲舉《秋笳集》卷三《秋夜師次松花江，大將軍以牙兵先濟，竊於道旁寓目，即成口號示同觀諸子》云：

> 落日千騎大野平，回濤百丈棹歌輕。
> 江深不動黿鼉窟，塞迴先馳驃騎營。
> 火照鐵衣分萬幕，霜寒金柝遍孤城。
> 斷流明發諸軍渡，龍水滔滔看洗兵。〔註7〕

「大將軍」，名巴海，姓瓜爾佳氏，駐防寧古塔總管沙爾虎達長子。順治十六年，沙爾虎達卒，巴海接任寧古塔總管。康熙元年（1662），改總管為將軍，巴海仍任此職務。他在任期間，屢次打敗入侵俄軍。此詩即寫在巴海親自指揮下的一次軍事行動。首聯寫先頭部隊到江邊。「落日」、「大野」為實寫，背景寥廓闊大。「回濤百丈」寫江流水急，「百丈」，有渲染意味。「棹歌輕」為反襯。這些，都用以突出水勢之盛，驚心動魄。此二句，都是以自然景物之雄偉，來烘托軍容之盛，軍威之壯。次聯寫牙兵（亦即先頭部隊）渡江。出句承上寫江，「不動黿鼉窟」，一是突出江之深，乃上一聯渲染自然雄偉的追加，江水之深，寓險怪莫測，也起到烘托的作用；二是突出先頭部隊渡江之輕捷。先頭部隊，人數不多，行動以輕捷為尚，故「不動黿鼉窟」。這既突出了先頭部隊的特點，又為下文想像大部隊過江，留下了餘地。次句寫先頭部隊過江後將承擔先鋒任務，「塞迴」一語，進一步突出背景之廣闊。第三聯寫駐紮江邊，等待渡江的大軍，雖為實寫，但也有渲染意味。尾聯在此基礎上作自然推想，想像次日大軍渡江的盛況，並由眼前江水而設想「洗兵」，極為自然地表達了詩人一舉殲滅入侵之敵、徹底肅清邊患的願望，也是對大將軍及其所率軍隊的祝願。此詩所寫，乃詩人目擊之事和由此所感，全篇構思，以時間為序，「落日」而「火照」，而「霜寒」，而「明發」，亦是與由實生虛的筆法相一致，目擊之事為實，所生推想和祝願的感情為虛，如此安排，既自然而然，又使詩歌的結尾引人神往，留有餘味，祝頌之意，也表達得更為明顯，更為有力。全詩境界開闊，取象雄壯，措辭豪健，軍隊非凡的聲威與

〔註7〕吳兆騫《秋笳集》，上海古籍出版社，2009年版，第93頁。

詩人激越的愛國豪情相得益彰。此外，此詩中不乏色彩，如「落日」、「回濤」、「火」、「鐵衣」、「霜」、「金柝」等，如此則雖然寫日暮、夜間所見，而使詩顯得亮麗有加。因此，此詩儘管一掃吳兆騫詩平日詩風，但還是體現了其詩文采斐然的特點。

吳兆騫前期身處明清易代之際，激楚悲涼，正是當時社會知識分子極為普遍的心情，他自然有之，且切身所關，其強烈可知。其後期，以無妄之災流放塞北，怨憤悲痛，其強烈亦可知。發而為詩，其感人可知。吳兆騫《歸來草堂尺牘》一卷中載其父親吳錫晉與吳兆騫書云：「見汝詩，詞調悲涼，反覆展閱，一字一淚。三閭大夫之處憂愁而賦《離騷》，其文至今，當不過此。」〔註8〕吳兆騫又以多才著稱。如此情富才多，宜其詩中多長篇。其長篇詩中，最為出色的，是七言歌行。如：

> 海郎山色倚巉岩，山半靈湫映曉嵐。公主舊臺餘翠岫，神女新祠傍綠潭。神女嬋娟豔瑤彩，霏煙曳月迷年載。怨入青娥憶漢宮，魂依白鶴長遼海。含睇凝情不可親，乘風颯颯如有人。虛無瓊佩空山雨，杳渺鸞驂絕島雲。和親當日悲登隴，遺恨千秋塵滇洞。寶鏡何時別紫閣，玉衣無處尋青冢！（《秋笳集》卷二《海郎山靈湫神女歌》）〔註9〕

> 玉壺綺饌當軒開，卷幔荷風面面來。花枝入座香欲動，皎如月出臨瑤臺。庭影離離媚將夕，池光泛灩凝珍席。素裳欲逐鮮飆輕，粉態愁侵晚雲濕。起坐高歌按採蓮，笛聲嘹亮驚四筵。惆悵邊塞易零落，容華傾國誰相憐！（《秋笳集》卷三《張坦公侍郎齋中觀白蓮歌》）〔註10〕

> 侯家甲第起紅塵，十二重樓連鳳翼。三千復帳結鴻紛，香車半掩油幢暖。……繡戶宵籠雲母扇，晶盤曉進月兒羹。既傾燕尾臨芳沼，還問桃根向石城。……回首南朝事惘然，月明麋鹿故宮前。獨有石頭春水碧，煙波夜夜送潺湲。（《秋笳集》卷五《金陵篇》）〔註11〕

吳兆騫的七言歌行，遠學唐初四傑和中唐元白，近取吳偉業，滾滾滔滔，

〔註8〕吳兆騫《歸來草堂尺牘》，民國十四年（1925）石印本。
〔註9〕吳兆騫《秋笳集》，上海古籍出版社，2009年版，第60頁。
〔註10〕吳兆騫《秋笳集》，上海古籍出版社，2009年版，第84頁。
〔註11〕吳兆騫《秋笳集》，上海古籍出版社，2009年版，第152頁。

枝繁葉茂，藻采紛披，對仗工整，音調哀怨，達到了很高的藝術水準。若於吳偉業後找一七言歌行成就最高、作品最富的詩人，清初詩人中，乃至整個清代詩人中，只能是吳兆騫。其七言歌行中的佳作還有《白頭宮女行》《春日篇》《美人篇》《榆關老翁行》《春草園林歌贈友》《少年行》《代姬人寄錢茂才方叔》《八月十五日望月有作》《置酒歌》《觀姬人入道歌》等，幾乎美不勝收。前人論其詩歌，云「雄渾」，云「沉雄」，云「蒼涼雄麗」，云「悲涼抑塞」，都是切當的。

此文載范培松、金學智主編《插圖本蘇州文學通史》第三冊，
江蘇教育出版社 2004 年版，南京。

清代詩文考證五題

一、清初詩僧原志考

　　清初吳越間高僧、詩僧原志（1628～1697），字碩揆，俗姓孫，名耀生，一作曜生，江蘇鹽城人。著有《碩揆尺牘》十二卷，《借巢集》七卷，《青溝偈語》《碩揆語錄》等。

　　孫耀生到吳越間之前，其經歷有濃厚的傳奇色彩。順治初年，鹽城起兵反清。主要領導人物有鹽城都司酆某、吳彭、司石盤、孫光烈、厲豫、王完五等。孫耀生也參加了其中某支反清武裝。兵敗，諸人或死或逃。在逃亡途中，孫耀生被兩個可疑之人尾隨。因為他「弱冠，美丰姿，狀如佳麗女子」，那兩人明顯欲圖謀不軌。耀生乃向一旅館主人老者求助，偽認老者為舅舅。老者遂認耀生為外甥，讓耀生住下，既而認耀生為兒子，並讓耀生安心讀書。三年後，老者讓耀生上京師謀求功名。在往京師的途中，耀生被強盜劫至山寨，並且強迫他入夥。耀生不從，伺機得脫。回到旅館老人那裡，老人已經去世。三年喪畢，耀生落髮為僧。回到鹽城，耀生乃知其父親孫陞早已為仇家所殺，乃殺仇家，為父親報仇。這些，俱見陳鼎《留溪外傳》卷三孝友部《孫孝子耀生傳》。

　　關於其為父親報仇，有不同的說法。陳鼎《留溪外傳》卷三孝友部《孫孝子耀生傳》云：「（耀生）佯與仇家交甚密，使不疑。陰令客以利啖仇家。仇家悅於利，乃共出貨為賈，偽言販粟武昌。揚帆竟入淮南湖，夜泊中流。客乘月與群從豪飲畢，即執仇家，厲聲責曰：『汝知罪乎？孫太公與汝何怨，而汝害之？吾奉其郎君命，來取汝頭。汝合死，毋多言。』勒作書報家人，託言販貨東粵，歸期遙遙且不定。書畢，即殺之。持其頭報耀生，陳祭父冢。飄然他往。

仇家子得書，以父且遠客遲歸，竟不問。」[註1] 馮桂芬《（同治）蘇州府志》卷一百三十四則云：「（耀生，即原志）父陛任俠，為惡少年所害。志泣血遁行。數年，卒手刃其仇，祭告父墓，遂辭母出家。」[註2] 厲鶚《增修雲林寺志》卷五王澤弘《碩揆和尚塔銘》云：「師父玉庭公，尚氣任俠，以明末四方變亂，結客梁、宋、齊、魯間，加意老成，凡伍諸狙。諸狙怒，常欲死公。順治丁亥，公卒為諸狙所害。師泣血遁荒數年，而後得逞於仇，手刃之。乃還鄉里，告祭父墓，部置其母與弟得所，然後辭去。庚寅，師年二十三，至通州佛陀寺，去氏祝髮，師事元璽老宿。」[註3] 綜合分析，孫陛也參加反清軍事活動，且背井離鄉，和耀生不在一起，被部下所殺。《留溪外傳》中關於耀生收買殺手報仇的情節，曲折生動，但不免有小說氣息。《（同治）蘇州府志》所載，明顯從《碩揆和尚塔銘》中來，而此塔銘，乃碩揆的兩位弟子「徒步三千里至京師，以狀乞銘」的，其可靠性應該勝過《留溪外傳》。

據《碩揆和尚塔銘》，碩揆在南通出家後，「投靈隱具公受戒」。此後，他在吳越間許多著名寺院學法、弘法，影響很大。「己巳，車駕南巡。二月既望，幸靈隱，問答稱旨。賜御書『雲林』二字，命易寺額，命賜帑二百兩。當是時，朝野歡騰，而師以為法門慶，不自以為喜也。」[註4] 此即是康熙二十八年皇帝南巡時事。康熙三十六年（1697）農曆七月十五，碩揆去世，「世壽七十，法臘四十七」。王士禎《帶經堂詩話》卷二十八云：「靈隱碩揆禪師，昔與予別於揚州禪智寺，今住常熟之三峰，即漢月和尚祖庭也。丙子冬十月，寺中桃花盛開。明年四月，梅花又開，花葉相間。碩揆與老友錢湘靈陸燦書來徵詩，予賦六絕句寄之，至則師已化去矣。」[註5] 這可以和《塔銘》相互印證。《（同治）蘇州府志》卷四十四云：「康熙三十八年，聖祖仁皇帝南巡。住持僧原志奏請御書，賜額曰『三峰清涼禪寺』。」[註6] 按，康熙三十八年，碩揆早已去世，此時間當有誤。

〔註1〕陳鼎《留溪外傳》，《叢書集成續編》本，上海書店出版社，1994 年版，第 30
　　　冊，第 536 頁。

〔註2〕馮桂芬《（同治）蘇州府志》，清光緒九年（1883）刻本。

〔註3〕厲鶚《增修雲林寺志》，《叢書集成續編》本，上海書店出版社，1994 年版，第
　　　58 冊，第 79 頁。

〔註4〕厲鶚《增修雲林寺志》，《叢書集成續編》本，上海書店出版社，1994 年版，第
　　　58 冊，第 79 頁。

〔註5〕王士禎《帶經堂詩話》，人民文學出版社，1982 年版，第 802 頁。

〔註6〕馮桂芬《（同治）蘇州府志》，清光緒九年（1883）刻本。

　　清初吳越間，風雅極盛，著名詩人很多。碩揆和他們，多所文字往還。王士禛《帶經堂詩話》卷十四有對碩揆詩的評論。王士禛《帶經堂集》卷三十六《得碩揆道人書乙巳別於揚州山光寺十七年矣》詩，同書卷五十九有《碩揆禪師住三峰祖庭有十月桃花四月梅花之異老友錢湘靈孫赤崖皆為賦詩自吳中來徵予作為賦六絕句寄之》。張丹《張秦亭詩集》補遺有《渡江行贈碩揆上人》詩。陳維崧《湖海樓詩集》卷二有《七夕集蜀岡禪智寺碩公房送王阮亭入都》詩。阮元《兩浙輶軒錄》卷十一載毛宗文《除夕同佟鍾山別駕入靈鷲看雪兼訪碩揆上人》詩，孫枝蔚《溉堂集》前集卷二有《七夕復集禪智寺碩揆上人房送別阮亭儀部》詩。汪文柏《柯庭餘習》卷六有《次韻酬三峰碩揆禪師》詩，附錄碩揆之寄懷原倡。阮元《兩浙輶軒錄補遺》卷九錄碩揆《李南枝秋日同佟鍾山見訪》詩。

　　阮元《兩浙輶軒錄補遺》卷九所著錄的碩揆所著《借巢詩集》，不知道是否還在人間？

二、陳坤維出售《元人百家詩》賸詩考

　　厲鶚《樊榭山房集》之《續集》卷三詩丙有《桑弢甫水部買得元人百家詩，後有小箋，黏陳氏坤維詩。蓋故家才婦以貧鬻書者，惜不知其里居顛末爾。讀之有感，次韻一首，並徵好事者和焉》詩，附錄陳坤維原作云：「典及琴書事可知，又從案上檢元詩。先人手澤飄零盡，世族生涯落魄悲。此去雞林求易得，他年鄴架借應癡。亦知長別無由見，珍重寒閨伴我時。」自注云：「丁巳又九月九日，廚下乏米，手檢《元人百家詩》付賣，以供饘粥之費。手不忍釋，因賦一律賸之。陳氏坤維題。」〔註7〕和此詩者不少。阮元《兩浙輶軒錄》卷四十載女詩人戴佩荃《讀厲樊榭集，有和閨秀陳坤維丁巳閏九手檢顧秀野元詩選賣供饘粥詩，有感次韻》，潘衍桐《兩浙輶軒續錄》卷三十二載汪適孫《次閨秀陳坤維手題元人百家詩韻》。〔註8〕好事者把原作和這些和詩匯為一冊，汪遠孫《借閒生詩》卷一有《次閨秀陳坤維手題元人百家詩韻詩在方雲泉鷔處》詩，胡敬《崇雅堂詩鈔》卷八有《次閨秀陳坤維手題元人百家詩韻詩冊為方雲泉所藏》詩。張應昌《煙波漁唱》卷四有曲

〔註7〕厲鶚《樊榭山房集》，《清代詩文集彙編》本，上海古籍出版社，2009年版，第271冊，第334頁。

〔註8〕潘衍桐《兩浙輶軒續錄》，浙江書局，清光緒十七年（1891）刊。

《方雲泉以所藏閨媛陳坤維手題元詩選，屬譜樂府。乾隆時桑弢甫先生買得元百家詩，後有陳詩，記鬻書易米事。屬徵君次陳韻題之，並徵好事者和焉。詩載樊榭續集。書今歸方氏。原作原和，墨蹟具存》。可見，此事引起了不少人的關注，成為詩壇佳話。真如屬鶚所云，陳坤維的里居生平，皆不可考，僅僅可以知道她是「故家才婦」而已。沈善寶《名媛詩話》卷十二亦載其事並陳坤維之詩。

據陳坤維自注，此詩作於丁巳閏九月重陽節。鄧之誠《骨董瑣記》卷三云，康熙十六丁巳年無閏月，陳坤維此詩，或作於明萬曆四十五年丁巳。〔註9〕蘇州大學圖書館藏鄧之誠《骨董瑣記》，有陸翔（字雲伯）的批語。此條上，陸翔批語云：「按康熙十六年固無閏月，而謂是詩作於萬曆間則誤。顧俠君輯《元百家詩》，刻成於康熙癸酉，即卅二年。陳氏決不能上溯至明季。按丁巳閏九月為乾隆二年，其後嘉慶二年丁巳，則閏六月，而非閏九月。鄧氏考之未審耳。丁亥正月十一日。」此丁亥為 1947 年。陸說甚當。因此，陳維坤此詩，當作於乾隆二年（1737）。

陳坤維此詩首句「典及琴書事可知」，明顯本於陸游詩。陸游《劍南詩稿》卷六十三《示子遹》之頷聯云：「勞兼薪水奴初去，典到琴書事可知。」〔註10〕陳籲《宋十五家詩選》亦選錄此詩。康熙、雍正和乾隆間，特別是浙江地區，宋詩曾經比較流行。陳坤維化用陸游句，也是一個證明。

三、詩人邵大業被遣戍之原因

邵大業（？～1772），字在中，一字厚庵，順天大興（今屬於河北）人，祖籍浙江余姚。雍正十一年進士。著有《謙受堂集》十二卷、《讀易偶存》六卷。陶梁《國朝畿輔詩傳》卷三十三、徐世昌《晚晴簃詩匯》卷六十八，都選錄其詩歌多首。

大業和當時詩人，多所往來唱和。袁枚《小倉山房集》之《文集》卷十九有《與邵厚庵太守論杜茶村文書》論詩文之道，是袁枚詩學理論中的重要文章。其《隨園詩話》卷八有云：「邵厚庵太守治蘇，有惠政，以忤大府罷官。有口號云：『江山見慣新詩少，世味嘗深感慨多。』又『老來兒女費周旋』，七字亦頗

〔註9〕鄧之誠《骨董瑣記》，1933 年排印本，頁面不連貫。

〔註10〕陸游著、錢仲聯校注《劍南詩稿校注》，上海古籍出版社，1985 年版，第 3574 頁。

是人情。」〔註11〕李宏《戢思堂詩鈔》卷下有《和答邵太守厚庵》，又《和逍遙堂歌》題下自注云：「彭城郡署有逍遙堂額，蘇長公守徐時作也。年久失去，葆存其名。太守邵厚庵聞粵中有顏魯公所書逍遙樓三字，遣人摹得逍遙二字，以朱文公『明倫堂』『堂』字補之，遂復舊觀。作歌記事。」〔註12〕沈維材《樗莊詩文稿》之《文稿》卷三有駢文《賀禹州刺史邵厚庵先生得男之喜》，項樟《玉山詩鈔》卷四有《題合肥廖尹行樂圖次邵厚庵同年韻》詩，夏之蓉《半舫齋編年詩》卷十七有《觀邵在中范西坪奕》《答邵在中同年》詩，卷十九有《項芝庭邵在中兩同年先後至白下晤於鍾山講舍詩以紀之》《中秋無月邵在中同年攝江寧守以酒饌餉院中諸子並舉晏元獻絃管吹開之句命各賦詩餘作古風一篇報之》詩。可見大業雖然是官場中人，但也是好風雅、懂風雅、有學問者，也是風雅中人。

大業在官場數十年，可謂宦海沉浮。中進士後，他在湖北黃陂縣當知縣，後來兩至河南、兩至江蘇，先後擔任過開封府同知、禹州知州、蘇州知府、蘇松兵備道、代理江蘇布政使、開封知府、江寧知府、徐州知府等。他一直在社會治理的第一線解決民生難題，所至有惠政。《蘇州府志》《徐州府志》中，都記載了他很多惠政。他被列入《清史列傳》和《清史稿》的《循吏傳》，可謂名副其實。

可惜，他的宦海生涯，以遣戌結束。《清史列傳》卷七十五本傳云：「（乾隆）三十四年，循例引見，還，道聞訛言妖匪割辮事，至，即坐是革職，謫戌軍臺。三十七年，卒。」〔註13〕《清史稿》本傳也有這樣的記載。王先謙《東華續錄（乾隆朝）》之六十八記乾隆三十三年九月上諭，言「匪犯偷割髮辮一事，傳諭各該督撫，率屬悉心緝捕，務盡根株。此事蔓延山東、直隸各省，而江浙實為先發覺之地」。於是，朝廷追究責任，其中說到邵大業：「至邵大業、申夢璽，乃屢經獲罪復用之員，在江南久任方面大員，號稱能事。其實薰染上和下睦之頹風，素性模棱兩可，謂可自居無過，從不肯實心任事，以致地方釀成匪案，又一切置之不問，其情更為可惡。俱著革職，發往臺站效力贖罪。」〔註14〕乾隆帝高深莫測，邵大業等就這樣因為所謂「匪犯偷割髮辮」之事，莫

〔註11〕 袁枚《隨園詩話》，人民文學出版社，1982 年版，第 260 頁。
〔註12〕 李宏《戢思堂詩鈔》，《清代詩文集彙編》本，上海古籍出版社，2009 年版，第 331 冊，第 684 頁。
〔註13〕 《清史列傳》，中華書局，1987 年版，第 19 冊，第 6200 頁。
〔註14〕 王先謙《東華續》，《續修四庫全書》第 373 冊，上海古籍出版社，1995 年版，第 214 頁。

名其妙地被罷官遣戍了。至於「匪犯偷割髮辮」之事是否屬實，嚴重到什麼程度，對社會造成了哪些影響，他們又為什麼要偷割人家的髮辮，這些簡單的問題，朝廷竟然沒有思考過，竟然也沒有官員提出過。這一切，無非就是顯示皇帝無上的專制權力，可以超越事實，超越常識，超越常理，超越邏輯！在時間方面，《東華續錄（乾隆朝）》的記載和《清史列傳》的記載，有所不同。乾隆三十三年九月，就有把邵大業革職遣戍的上諭，那麼，就不會有次年的「循例引見」等了。

李興盛《中國流人史》沒有提到邵大業及其被遣戍事，故此文也有補其缺之用。

四、邱庭灤遣戍黑龍江考

石韞玉《獨學廬稿》之《三稿》卷二《聞劉金門遣戍黑龍江賦詩奉寄兼懷丘芝房六丈二首》之二，寫邱芝房云：「塞外交遊更有誰，江南才調憶丘遲。蓬山作賦知名早，瘴海從軍奏績奇。墨吏攫金偏有術，書生毀玉竟無辭。清時頻聽雞竿詔，何日恩波及海湄。」〔註15〕就第三聯看，似乎丘芝房之被遣戍，是無辜的。許兆椿《秋水閣詩文集》卷八《送丘芷房同年之黑龍江芷房自山東藩使居憂回里以事牽累遣戍》云：「君戊辰生，小予三月。」〔註16〕此戊辰為乾隆十三年。張之洞《（光緒）順天府志》卷一百二十六《藝文志五》云丘庭灤作有《芝房剩稿》。庭灤字芝房，一作「芷房」，宛平人。乾隆三十七年進士，歷官山東布政使。他是湖南布政使葉佩蓀的三女婿，葉紹本的姐夫，見朱珪《知足齋集》之《文集》卷三《湖南布政使司布政使葉君墓誌銘》。葉紹本《白鶴山房詩鈔》卷三《贈李松雲太守》有「故人萬里懷希範，舊句聯珠憶寶牟」之句，前句自注云：「謂丘芷房太守，與君至交，余姊之夫也。」〔註17〕葉作此詩的時候，丘庭灤已經在戍所，故有「故人萬里」云云。丘芷房被遣戍，其中有什麼隱情在呢？

許兆椿《秋水閣詩文集》卷八《送丘芷房同年之黑龍江芷房自山東藩使居

〔註15〕石韞玉《獨學廬稿》，《清代詩文集彙編》本，上海古籍出版社，2009 年版，第 447 冊，第 284 頁。
〔註16〕許兆椿《秋水閣詩文集》，《清代詩文集彙編》本，上海古籍出版社，2009 年版，第 420 冊，第 181 頁。
〔註17〕葉紹本《白鶴山房詩鈔》，《清代詩文集彙編》本，上海古籍出版社，2009 年版，第 490 冊，第 123 頁。

憂回里以事牽累遣戍》之一云：「縲臣嚴遣赴龍沙，布被輕裘下澤車。恩遇兩朝虛報國，居官卅載尚無家。心期可信丹仍赤，蹤跡何憑柳揚花。長祝天皇無量壽，金雞十月聽宣麻。」〔註18〕詩云邱庭瀍居官清正廉潔，無奈環境紛擾耳。但是，從這些詩歌中，我們無法得知丘庭瀍被遣戍的詳細原因。

王先謙《東華續錄（嘉慶朝）》之《嘉慶二十七》嘉慶十四年部分，記載丘庭瀍被遣戍之案情。〔註19〕略云：嘉慶十一年，刑部侍郎廣興作為欽差大臣到山東審案。此人以貪酷著名。濟南府知府張鵬升、曹州知府金湘慮及廣興性情貪暴，恐招待不妥被斥，遂聯銜向當時擔任布政使的丘庭瀍提出，於庫存節省項下借領銀四萬九千九百餘兩，以備招待和饋送廣興之需。丘庭瀍因關係庫項，遂將此事稟告巡撫長齡。長齡當下將稟帖交還，旋於是晚差家人告知丘庭瀍，令其暫行借領，丘庭瀍隨即從藩庫借給銀四萬九千餘兩。後來，邱庭瀍丁母憂，離任回家守孝，那時候，這筆款項，張鵬升等還沒有歸還。案發，張鵬升等盡快將這筆錢補上，但他們的責任，還是要被追究。此案的結果是，丘庭瀍、金湘遣戍黑龍江，張鵬升遣戍吉林，長齡遣戍伊犁。

此案中，邱庭瀍作為布政使，當然是有很大的責任的，可是，他沒有從中得到一兩銀子，主觀上也沒有貪污銀子的意圖。石韞玉、許兆椿在詩歌中對他的信任，是完全正確的。他的悲劇，完全是當時病態的官場生態造成的。在那樣的官場生態中，很難獨善其身。嘉慶十四年正月，刑部侍郎廣興以此前在山東、河南審理案件及在途中，婪索錢物，累計數萬，而被執行絞刑，其在通政司任職的兒子蘊秀，被革職並遣戍吉林。石蘊玉之所云「墨吏」，正是指廣興等人。

在戍所，邱庭瀍為喻文鏊詩歌在黑龍江的傳播，起了很大的作用。張維屏《國朝詩人徵略》卷五十三云：「劉金門侍郎云，前年在黑龍江，丘芷房方伯見行篋中所攜《紅蕉山館詩》，諷誦不釋手，又為人講解。於是黑龍江無不知有《紅蕉山館詩》者。」〔註20〕《紅蕉山館詩》，作者喻文鏊，字冶存，號石農，湖北黃梅人，貢生。劉金門，即劉鳳誥，他因在浙江省主持鄉試中出的問題遣戍黑龍江，故在那裡和邱庭瀍相往來。

〔註18〕許兆椿《秋水閣詩文集》，《清代詩文集彙編》本，上海古籍出版社，2009年版，第420冊，第181頁。

〔註19〕王先謙《東華續錄》，《續修四庫全書》本，上海古籍出版社，1995年版，第375冊，第23、24、25頁。

〔註20〕張維屏《國朝詩人徵略》，明文書局，1985年影印本。

五、徐松遣戍新疆考

「千秋著作天公畀，故遣甘英度玉關」，〔註21〕這是詩人程恩澤《程侍郎遺集》卷五《贈徐星伯前輩》中的詩句，揭示了徐松在學術史上具有開創性的巨大學術成就和他被遣戍新疆之間的直接關係。

徐松，字星伯，順天大興人。嘉慶六年（1801）舉人，十年進士，殿試二甲第一，改庶吉士，散館授編修。十五年八月，放湖南學政，次年十一月，被查勘而解學政任。十七年，被遣戍伊犁。二十五年，從戍所歸。道光元年，特用內閣中書，轉禮部主事，晉郎中，簡陝西榆林府知府，未幾卒。

那麼，徐松被遣戍的原因是什麼呢？劉錦藻《清朝續文獻通考》卷一百三十二《職官考》之十八云：「（嘉慶）十七年，議覆侍郎初彭齡等奏湖南學政徐松，考試勒索，併發賣書籍漁利等情一案。此案，已革學政徐松考試出題割裂文義，並違例濫取佾生，不派教官監場，失察家人書役轎夫勒索喜錢，散賣熟食，搶拾箭枝，並令優等生員出錢刊刻試卷。各款或咎止降罰，或贓非入己，均屬輕罪。其將書籍分派教官，轉令童生購買。除去工本銀兩外，計得利銀四百七十六兩。依律罪止杖一百，流三千里。惟該學政賣書漁利，種種失察，又復任意派令家人查號，割裂出題，以致士論沸騰，實屬猥鄙不職，應請旨發往新疆效力贖罪。」〔註22〕於是，朝廷下令，徐松被遣戍新疆伊犁。

在清代的官員體制中，學政儘管負責一省在文化教育方面的事宜，有重要的責任，也稱為「學臺」，也屬於省級官員，但其品級，這是不確定的，因為幾乎都是京官外派擔任，其品級就是該京官原來的品級。擔任學臺的京官，可以是翰林院編修，也可以是某部的侍郎，其間的品級，相差很大。徐松在嘉慶十五年秋出任湖南學政，此時他中進士才五年，官職僅僅是編修，正七品而已，相當於知縣，但又沒有知縣的那些錢財等資源，在當時湖南的官場中，自然是處於弱勢。再者，他的長處在學問和詩文，而不是為政，更加不擅長處理官場關係，也不擅長約束家人，因此，在當時的官場生態中，他是很容易被傷害甚至犧牲的。

就初彭齡指控諸項看，這些幾乎都是彈性很大的問題，可大也可小，甚至

〔註21〕程恩澤《程侍郎遺集》，《清代詩文集彙編》本，上海古籍出版社，2009年版，第548冊，第169頁。
〔註22〕劉錦藻《清朝續文獻通考》，民國間影印《十通》本。頁面不連貫。

也可以捕風捉影，誇大其詞。至於最為關鍵的一項，即通過教官賣書給學生，也可以作別的解釋，例如，很多學生想買徐松的書，徐松乃是根據學生或者教官的要求而這樣做。具體情形到底如何，現在缺乏可靠的材料，也很難還原了。可是，徐松的朋友或者輿論，認為徐松被遣戍，是被冤枉的。如孫爾準《泰雲堂集》詩集卷六《聽鐘集》之《寄徐星伯時謫戍伊犁》之一云：「儀羽翔霄落禍機，憐君嚴譴值明時。飛霜六月興梁獄，落日長途作楚累。絕塞何年生馬角，傾城自誤在蛾眉。訟冤誰理陳湯疏，牘背心傷法吏詞。」〔註23〕他明顯是在為徐松鳴冤叫屈。吳嵩梁《香蘇山館詩集》卷十三《與徐星伯舍人譚伊犁舊事感賦》云：「徐子論學有根柢，餘事亦復工詞章。巍科早登意氣盛，出持文柄臨湖湘。搜求積弊務除盡，眾怨所歸騰謗傷。吏議一罫罪難白，隻身萬里投窮荒。」〔註24〕此則更進一步，說徐松在湖南當學臺，「搜求積弊務除盡」，得罪了那裡的既得利益者，而遭到他們誹謗，因而獲罪。

徐送之被遣戍伊犁，是在嘉慶十七年。他在戍所，為當地將軍松湘浦延入幕府，掌奏議箋書，還和將軍一起飲酒打獵等。鄧廷楨《雙硯齋詩鈔》卷五有《喜徐星伯入關以詩迓之二首》詩，編年在嘉慶二十五年庚辰（1820），因此，徐松之從戍所回內地，是在此時。他在新疆，前後達八年之久。

在伊犁期間，徐松除了完成將軍幕府的工作外，以巨大的熱情，對新疆的地理、氣候、歷史、宗教、經濟、民俗等等，進行了實地調查。張之洞《（光緒）順天府志》卷一百三《人物志》十三云：「松博極群書，尤精地理。出關後，將軍松筠令撰《新疆事略》，於南北兩路，壯遊殆徧。每所之，攜開方小冊，置指南針，記其山川曲折，下馬錄之。至郵舍，則進僕夫、驛卒、臺弁、通事，一一與之講求。積之既久，繪為全圖。乃遍稽舊史方略及案牘之關地理者，筆之為記。又以圖籍所紀異文蹐駁，使夫覽者歎其混淆，一以欽定《西域同文志》寫之，元元本本，殫見洽聞。國朝開闢新疆，視同畿甸，為千古未有之事。松所作，亦千古未有之書。」〔註25〕吳嵩梁《香蘇山館詩集》卷十三《與徐星伯舍人譚伊犁舊事感賦》云：「天山絕頂有遺碣，君往拓之苔老蒼。烏蘭嶺下拜雙烈，班鄂大節扶臣綱。此地古人未親涉，風俗地理安能詳？君於

〔註23〕孫爾準《泰雲堂集》，《清代詩文集彙編》本，上海古籍出版社，2009年版，第497冊，第108頁。
〔註24〕吳嵩梁《香蘇山館詩集》，《清代詩文集彙編》本，上海古籍出版社，2009年版，第482冊，第271頁。
〔註25〕張之洞《（光緒）順天府志》，光緒二十年（1894）版。

暇時恣考核，一一著錄收奚囊。」〔註26〕程恩澤《程侍郎遺集》卷五《贈徐星伯前輩》之一云：「指掌河源米聚山，蒲昌蔥嶺屹中間。千秋著作天公畀，故遣甘英度玉關。」其二云：「兩賦已傾耶律博，（先生著《新疆賦》，為千古奇作。耶律文正詩中，多說西域事。）一編還證小顏疏。（《漢書西域傳補注》）誰憐雪海冰山外，獨據銀鞍纂異書。」其三云：「小策青驪顧盼奇，刀光如雪擁新詩。材官伏地先生笑，勒馬天山自打碑。（先生手拓《姜行本紀功碑》，海內只此一本。）」其四云：「數載流沙賦《采薇》，刀環夢繞馬頭飛。袖中拈出崑崙影，抵得封侯萬里歸。」〔註27〕這些，都是徐松在那裡作實地調查研究的真實記錄。

徐松從戍所回內地的時候，還帶了不少在新疆得到的文物。「西域石」即是其中之一。吳振棫《花宜館詩鈔》卷六《西域石詩有引》的小序云：「石徑尺許，形圓而上下稍平，上刻番字，不可辨識。石亦粗劣，不測何用。徐星伯松戍西域歸，攜以贈陳扶雅善，陳出示客，漫為此詩。」文廷式《純常子枝語》卷二十五引蕭山王端履重《論文齋筆錄》卷一載陳善語，云：「此石為唐古忒所書《綽霍勒贊旦經》。嘉慶己卯秋，徐星伯從伊犁將軍晉昌獵於哈什河，得諸吉裏自虎嶺。嶺下舊多石墣，上鐫蒙古及唐古忒字佛經。蓋其先壘石為主以祀神，謂之鄂博，因刻佛經其上。此書自左而右，橫行讀之。特紀元無可考。哈什河為烏孫，距京萬一千餘里。星伯歸，贈余。余載以歸杭。」〔註28〕可知徐松得到此石和以之贈陳善等因緣。胡敬《崇雅堂刪餘詩》不分卷之《西域哈什河經石》自序云：「石色微黝，高六寸，廣一尺，厚寸五分，形略如梭。一面刻番字佛經。徐星伯從塞外攜歸，凡七枚，云得諸哈什河。以一贈陳扶雅。哈什河屬漢烏孫地，疑為漢刻，無顯證。」〔註29〕由此可知關於此石更為詳細的信息。姚元之是徐松的進士同年，其《竹葉亭雜記》卷三，記載了關於徐松在新疆實地調查以及從新疆攜回的不少古物，這些石頭，即是其中的一部分。

〔註26〕吳嵩梁《香蘇山館詩集》，《清代詩文集彙編》本，上海古籍出版社，2009 年版，第 482 冊，第 271 頁。

〔註27〕程恩澤《程侍郎遺集》，《清代詩文集彙編》本，上海古籍出版社，2009 年版，第 548 冊，第 169 頁。

〔註28〕文廷式《純常子枝語》，揚州廣陵古籍刻印社，1936 年版。

〔註29〕胡敬《崇雅堂刪余詩》，《清代詩文集彙編》本，上海古籍出版社，2009 年版，第 493 冊，第 685 頁。

徐松以在新疆實地調查所得資料，包括那些古物，撰寫了很多學術著作。張之洞《（光緒）順天府志》卷一百三《人物志》十三云，徐松「自撰《漢西域傳補注》《西域水道記》，均極賅博。松筠奏進《事略》，並敘其勞，特旨赦還」。〔註30〕王先謙《東華續錄（道光朝）》之《道光二》云，就在嘉慶二十五年十二月，朝廷「以纂輯《新疆識略》，賞已革翰林院編修徐松內閣中書。」〔註31〕徐松和新疆有關的這些著作，對朝廷開發和治理新疆，有巨大的實用價值，他得到這樣的回報，完全是應該的。他的這些著述，不僅給他帶來了良好的前途和官位，更為重要的是，給他帶來了很高的學術聲譽和在學術界的地位。桂文燦《經學博採錄》卷二云：「歙縣程春海侍郎稱榆林（徐松）湛深經術，陽湖李申耆大令稱榆林淵沈通敏，甄綜典墳，敦切朋友，信實金石，蓋學行俱無愧古人已。榆林曾緣事謫戍伊犁，著有《西域水道分記》《漢書西域傳補注》《新疆賦》三書，於荒僥異聞，考證最悉，已刊入《山西楊氏叢書》。又嘗輯《中興禮書》《宋會典》兩書，稽鉤異同，拾遺補墜，為故宋一代考證淵藪。聞湘潭袁漱六編修言，其稿本存沔陽陸任子家，癸丑金陵之陷，陸氏籍沒，其書今為官物云。」〔註32〕徐松的著作，還有《新疆識略》《徐星伯先生小集》等。其中《西域水道分記》《新疆識略》和《新疆賦》三書，都是徐松在新疆所著。

龔自珍《龔自珍全集》第十輯《己亥雜詩三百十五首》有寫徐松者云：「夾袋搜羅海內空，人材畢竟恃宗工。笥河寂寂覃溪死，此席今時定屬公。」〔註33〕「笥河」為朱筠，「覃溪」為翁方綱，他們都是乾嘉間文化界特別是漢學界的領袖人物。這「己亥」為道光十九年，龔自珍認為，當時文化界特別是漢學界的領袖地位，應該屬於徐松了。徐松憑什麼能夠有這樣的地位？當然是憑他那些開創性鮮明的著作，其中主要是和新疆有關的著作。這些著作的成就，當然是由他在新疆的經歷直接決定的。

被遣戍新疆，絕對不是徐松的選擇，當然是他的大不幸，但是，最後的結果，卻是學術的大幸，甚至對徐松來說，也可以理解為幸事。

此五題皆為未刊稿。

〔註30〕張之洞《（光緒）順天府志》，光緒二十年（1894）版。
〔註31〕王先謙《東華續錄》，《續修四庫全書》本，上海古籍出版社，1995 年版，第375 冊，第 246 頁。
〔註32〕桂文燦《經學博采錄》，1941 年排印本。
〔註33〕龔自珍《龔自珍全集》，上海人民出版社，1975 年版，第 512 頁。

論梅曾亮的散文

一

從方苞到姚鼐的桐城派文論，標榜孔孟程朱的道統，主張文章要發明、宣揚儒家義理，而不言以文章反映社會現實、為社會現實服務。因而他們的文章，談儒家義理者多而有社會現實內容者少。

嘉慶、道光時代，社會大變動一個接著一個醞釀、爆發。社會日趨腐敗，清王朝各方面的危機日益加深。龔自珍、魏源、賀長齡等，或寫作、或編選為經國濟世服務的文章。文章為社會現實服務，這是時代的需要。大談孔孟義理而與現實社會相脫離的文章，當然更與時代不相適應。這時，一些桐城派中人的文論、文章，也較他們的前輩有了轉變，開始面向現實社會。梅曾亮就是其中最重要的一個。

梅曾亮（1786～1856），字伯言，江蘇上元（今南京市）人，道光二年（1822）進士，官至戶部郎中。著有《柏梘山房文集》十六卷、《文續集》一卷、《駢文》二卷、《詩集》十卷、《詩續集》二卷行世。彭國忠、胡曉明所點校《柏梘山房詩文集》，上海古籍出版社 2012 年版，最為通行。

章太炎《章太炎全集》第五冊《太炎文錄續編》卷六上《書梅伯言事》，云太平天國定都南京，梅曾亮曾參與該政權，入「三老五更」之列，言之鑿鑿。〔註1〕1924 年 11 月《華國》雜誌二卷一期載汪士鐸《悔翁乙丙日記補》云，梅曾亮與包世臣、汪士鐸同居太平天國政權三老之列。此事真相到底如何，俟考。

〔註1〕章太炎《章太炎全集》第五冊，上海人民出版社，1985 年版，第 319 頁。

　　梅曾亮師事姚鼐，與管同、方東樹、姚瑩有「姚門四大弟子」之目。但他的文論和文章，都與姚鼐有顯著的不同。梅曾亮《答朱丹木書》云：「惟竊以為文章之事，莫大乎因時。立吾言於此，雖其事之至微、物之甚小，而一時朝野風俗好尚，皆可因吾言而見之。」〔註2〕即主張文章要描寫具有典型性的事物，來反映社會現實，文章之「應時」也是為現實服務。他在《送陳作甫敘》中推崇這樣的「豪傑之文」：「開張王霸，指陳要最，前無所襲於古而言當乎時論，不必稽於人而事覈其實。」〔註3〕這更是明確主張文章要為現實服務。

　　梅曾亮主張文章要反映現實、為現實服務，這就與他的老師姚鼐有所不同了。姚鼐《停雲堂遺文序》云：「苟有聰明才傑者，守宋儒之學，以上達聖人之精，即今之文體，而通乎古作者文章極盛之境。……可以為文章之至高。」〔註4〕而梅曾亮《復汪尚書書》則曰：「夫言有託於經而甚尊，出於口而無弊，予人主以易緣飾之事，可受之名而實無益於人國者，固君子所宜深察而明辨之者也。」〔註5〕那麼，姚鼐所謂「文章之至高」，在梅曾亮看來也應該是「託於經」的無用之文了。

　　文章對現實的作用當然在政治之下，但文章也是一種建功立業的手段。梅曾亮《上汪尚書書》曰：「以為士之生於世者，不可苟然而生。上之則佐天子宰制萬物，役使群動；次之則如漢董仲舒、唐之昌黎、宋之歐陽修以昌明道術、辨析治亂是非為己任。」有志之士若無法以政治作為來實現自己經國濟世的抱負，就應用文章來為現實服務。梅曾亮自己當然就是這樣「不可苟然而生」的有志之士：「其待時而行者，蓋難幾矣；其不待時而可言者，雖不能逮，而竊有斯志。」〔註6〕

　　總之，文章要反映現實，要為現實服務，這是梅曾亮論文的核心，是桐城派文論的一大轉變，也是梅曾亮自己為文的方向。

〔註2〕梅曾亮《柏梘山房詩文集》之《文集》卷二，上海古籍出版社，2012年版，第38頁。

〔註3〕梅曾亮《柏梘山房詩文集》之《文集》卷三，上海古籍出版社，2012年版，第52頁。

〔註4〕姚鼐《惜抱選詩文集》之《文集》卷四，上海古籍出版社，1992年版，第53頁。

〔註5〕梅曾亮《柏梘山房詩文集》之《文集》卷三，上海古籍出版社，2012年版，第31頁。

〔註6〕梅曾亮《柏梘山房詩文集》之《文集》卷二，上海古籍出版社，2012年版，第24頁。

二

梅曾亮的散文表明，他確是向著他那用文章反映現實、為現實服務的方向努力的。他的散文反映了他所處的那一個多事之秋的社會現實，並「昌明道術、辨析治亂是非」，審時度勢，指陳方略，來為現實服務。

鴉片戰爭是梅曾亮所處時代的一次大的歷史事變。對這次歷史事變，梅曾亮是堅定地站在愛國主義立場上的。1841 年，梅曾亮就在其《與陸立夫書》中向當時任天津兵備道的陸建瀛獻計獻策，提出了在陸地「致敵而接戰」、用塹壕避敵炮之長的戰術。曾國藩用塹壕戰對付太平天國，那是後來的事情了。在《王剛節公家傳》中，梅曾亮描寫並讚頌了在定海抗戰中犧牲的三總兵之一、安徽壽春鎮總兵王錫朋的英雄行為，同時也譴責並諷刺了在是役中先擁兵不戰、後又臨陣逃脫而對是役失敗要負重大罪責的浙江提督余步雲。

梅曾亮還讚頌了林則徐、鄧廷楨等堅決主張禁煙、抗戰並勇負重任的愛國官員，抨擊了主張投降賣國以求苟安的腐朽官吏，筆鋒所至，亦及最高統治者。作於 1841 年的《蔣少麓家傳》借論蔣氏曰：「夫古之任事者，因將以息事也，而世或以畏事者息之。畏事而生事，則反加任事者以首禍之名。事所以少成而多敗也。」〔註7〕說古實今，明論蔣氏，實為林、鄧鳴不平。林、鄧主張禁煙、抗戰並勇任其事，就是為了息事，也只有這樣，才能禁絕鴉片，打敗侵略者，根治外患，真正息事。林、鄧在 1840 年分別堅守廣州、福建，使英軍不能於此二地逞其志。但其餘海疆守土大員，有許多畏英軍進攻，不作守備攻戰之具，以此希求英人鑒其主和之誠心而不加進攻。畏事求息事而事生，定海由此失陷。罪責卻都歸到了任事者林、鄧的頭上。繆荃孫《續碑傳集》卷二十四載金安清《林文忠公傳》云：「浙撫烏爾恭額張皇入告，京師大震，訾議漸起。」〔註8〕《清史列傳》卷三十八《林則徐傳》云，道光帝也稱林、鄧所為「轉致別生事端，」〔註9〕遂將他們撤職，而琦善、奕山等畏敵如虎，一味主張投降賣國、犧牲民族利益和尊嚴來暫時滿足侵略者的欲望以求苟安的畏事者，倒反被認為息事者，先後被派往談判「息事」。不過他們以畏事息事，結果都生出了失地、賠款等事來。林、鄧由此更倒了大霉，被流放到伊黎去了。

〔註7〕梅曾亮《柏梘山房詩文集》之《文集》卷八，上海古籍出版社，2012 年版，第192 頁。

〔註8〕上海古籍出版社編《清代碑傳全集》，上海古籍出版社，1987 年，第917 頁。

〔註9〕《清史列傳》，中華書局，1987 年版，第 10 冊，第 2967 頁。

梅曾亮 1844 年作的《帝鑒圖詩序》中引用了蘇轍的觀點：「權臣不可有而重臣不可無。」「夫負高世之才者，不憚糜爛其身，而必一出其胸中之奇，寧負跋扈之名，而不使有所牽制者之敗吾事」，這就是重臣。梅曾亮讚揚張居正就是這樣的重臣。但重臣的命運又往往是不妙的。「為人君者，往往能容權臣而不能容重臣」。「成大功立大名者，未有不害於庸眾者也。豈惟庸眾而已，當其專已獨行，即君子亦疑其心，而群思有以快其後，則其禍不旋踵，固無足怪也。」故張居正勢敗於身後。他生前也是覺察到危險的，但仍一無反顧：「觀太嶽（按：張居正）與時人書，亦自知所踞之危且難矣。及已至是，進亦敗，退亦敗耳。彼其先固有所不能忍者也，則當其得為之時，又豈復為後悔者計哉！」〔註10〕林則徐一貫敢作敢為，在鴉片戰爭中也是如此，實為國家重臣。他也既不容於皇帝，又受忌於庸眾，還被疑於君子。他也早就看到自己任禁煙事的艱險，但他知難而為，毫不動搖。林則徐《與鄭夫人書》云：「外間悠悠眾口，都謂我激起夷釁。……予明知禁煙妨礙奸夷大利，必有困難。而毅然決然不敢稍存畏葸之心者，蓋以身許國，但求福國利民，與民除害，自身生死且尚付諸度外，毀譽更不計及也！」〔註11〕實比張居正更令人欽佩。梅曾亮有《贈林侍郎序》《林少穆以欽差大臣使廣東，作此呈送，時兩廣總督為鄧公嶰筠》等作，可見他與林則徐有所交往。從時間和常情論之，梅曾亮此時應該尚未讀到林則徐的《與鄭夫人書》，但以他所見所聞的林則徐的其他言行，他對林則徐對禁煙事艱危的認識，以及林則徐所作的置生死於度外的思想準備，他不會無所知。故我們可知《帝鑒圖詩序》雖明讚張居正，實則在頌揚林則徐，抨擊那些誣陷、排擠林則徐的琦善等庸眾，表現了對不能容林則徐的道光帝的不滿，並希望曾對林則徐採取錯誤態度的君子們認識錯誤。

清王朝的腐朽，對外，導致了戰爭的失敗；對內，給人民帶來了深重的災難。這後者，在梅曾亮散文中是有所反映的。如《贈林侍郎序》反映了漕運給人民、特別是供歲漕之半的江蘇人民造成的苦難，並對他們表示了深切的同情。

對腐敗的吏治，梅曾亮尤力加抨擊。當時，許多官吏好按例辦事。梅曾亮在《劉簾舫先生行狀書後》中指出：「夫例雖便一切為功，然亦以寡吏過而防

〔註10〕梅曾亮《柏梘山房詩文集》之《文集》卷六，上海古籍出版社，2012 年版，第 141 頁。

〔註11〕范文瀾《中國近代史》第一分冊，上海書店出版社，1949 年版，第 32 頁引。

民害者也。變其例時若有益而循其例或不生害。」只要有益於民，「循例」「變例」都無不可。但不少官吏養尊處優，惰於吏事，辦事只圖安逸方便，不思有益於民，甚至有害於民也不管，還常以「循例」為自己辯護。若循例辦事而對己不利，他們就以此例非例而以為異。對此，梅曾亮尖銳地指出：「廢事養安而便文自營，且曰：『吾循例』，是循弊而已，非循例也。以弊之便於己也，而謂之為例，則宜其以例之苦於己者為異也！」〔註12〕這些庸吏即使不像貪官污吏一樣魚肉人民，但對人民危害亦非淺。其《上汪尚書書》云：「今為州縣者皆苦無權。夫州縣非無權也，擅桎梏人之刑，敲樸之罰，中人之產一日破之有餘力，鄉民見胥吏如遇怪物，震懾而卻足。如此而曰無權者，何也？」但州縣吏因「有六七級之上官以臨其上，即有六七級之胥吏以撓其下」。即使「足以有為之才，而逆阻於文書階級之煩擾以自敗其意，聽其破壞於冥冥中者，蓋十八九矣。」因此他得出了「其權足以撓良善而不足以懲姦邪，可以為弊而不可以為功」的結論。〔註13〕這是對當時州縣吏治狀況的最好概括。讀這些文章，我們不免發出感慨，梅曾亮正是基層社會治理的一把好手，其所論中有些觀點，即使在今天，還是有意義的。

　　梅曾亮把減輕人民痛苦的希望寄託在一些清官能吏身上。例如於漕事，他在《贈林侍郎序》中指出：「唯明哲公溥體國之重臣，深權密幾，調陽劑陰，使官不病民，漕不病官，皆優游寬舒，應務有餘，然後能勤民急公，豐財和眾，禮俗達而政教成。」林則徐就是這樣的重臣。他任江蘇巡撫時，適逢大災。但「寶穡將薦，報災過期」，他不顧個人利害，奮勇「破例告災，請減漕數」，致「下蘇民生，官清吏安，家老甘寢。連年以來，嘉生順成，風雨不災，貨商流賑，疲癃寢伏。」〔註14〕雖有未必之詞，實非諛頌之文。《栗勤恭公家傳》寫栗毓美精於物理，治河時創效高力省的以磚代石之法，治河之功甚著。《蔣念亭家傳》中的蔣作梅，任四川南川令時，興利除弊，「獄為之空」。後督理西藏糧臺事務，「撫軍民皆有恩」，不受重賄，不從受重賄的駐藏大臣的強迫，給殺人犯以應有懲罰，得到了人民的崇敬。

〔註12〕梅曾亮《柏梘山房詩文集》之《文集》卷六，上海古籍出版社，2012 年版，第 139 頁。

〔註13〕梅曾亮《柏梘山房詩文集》之《文集》卷二，上海古籍出版社，2012 年版，第 24 頁。

〔註14〕梅曾亮《柏梘山房詩文集》之《文集》卷三，上海古籍出版社，2012 年版，第 57 頁。

當時能為人民做些好事的清官能吏是不多的，他們給人民的好處也是有限的。這些清官能吏，大多命途多舛。林則徐不用說，皇上不容重臣；蔣作梅不受利誘威脅嚴懲殺人犯，結果是被以監守盜誣，把腦袋丟了。對此，梅曾亮憤怒地指出：「甚哉！廉吏之難為也！非獨廉之為難，而上官同其廉之為難也，苟不能同其廉，則害其廉，既已害其廉而加之罪，則必以大不廉之名被之，以為非是不足以中仁主之深惡而去其疾也。」〔註15〕從這些文章中，我們又可以看到當時官場黑暗的另一面，也由此看到梅曾亮觀察社會之細緻、思考之深刻，能夠洞悉隱微，矛頭所指，不僅是「不能同其廉」的高官，而且還有自以為是的愚蠢皇帝。

梅曾亮抨擊官場黑暗腐敗，頌揚清官能吏，主張於人民行善政，在客觀上是有利於人民的。當然，與那些官吏行善政一樣，這同時又有其緩和社會矛盾、消除人民反抗因素的目的在。梅曾亮深知飢寒會引起人民反抗，給統治者造成很大的威脅。其《守濬日記書後》曰：「古大亂之成，常出始事所不及料。迫飢寒而起，其亂必成。」「是以長國家者恤民為心，有萬年之基。」〔註16〕其《贈李紫藩序》勉勵李氏為官要「其保民也若母，其蓄民也若虎，鞭其後，無迎其怒。」〔註17〕這些，無論如何，對安定社會，增進民眾的福祉，是有積極意義的。

梅曾亮為許多鎮壓農民起事的官員樹碑立傳，表彰他們的「勳業」；稱參加會黨反抗封建統治者的人民為「亂民」，「奸民」，並向清廷陳策以消滅會黨。這些，儘管在客觀上與清廷政策是一致的，完全符合清王朝的利益，也和當時從廟堂到草野的絕大部分知識分子的思想是一致的。但是，梅曾亮這些觀點的背後，其實還有深層次的思想在。其《十六國宮詞序》論十六國這些小朝廷政權曰：「然方其克一脆敵，據一敝州，莫不窮極奸酷，剝民命而饕兵威。出死力以爭之，百敗而不挫，亦若秦漢之君，貽子孫帝王萬世之業也。其得之艱難也既如此，而其人又皆人頭畜鳴，人肝為羞，人血為飴。竭天下之物，無可以勝其暴者。而不能不牽於靡曼之好，極情縱慾，喪其所力徵經營者而不

〔註15〕梅曾亮《柏梘山房詩文集》之《文集》卷九，上海古籍出版社，2012年版，第208頁。

〔註16〕梅曾亮《柏梘山房詩文集》之《文集》卷四，上海古籍出版社，2012年版，第82頁。

〔註17〕梅曾亮《柏梘山房詩文集》之《文集》卷三，上海古籍出版社，2012年版，第65頁。

悔。嗟夫！鬼妾怨耦，拏首墨面，於椹斧刀鋸之餘，而憂笑於熊咆鯨呿之側。吾固見其事、悲其人，震掉而不忍視。」〔註18〕這頗似黃宗羲《原君》之所言：「其未得之也，屠毒天下之肝腦，離散天下之子女，以博我一人之產業，曾不慘然。曰：「我固為子孫創業也。」其既得之也，敲剝天下之骨髓，離散天下之子女，以奉我一人之淫樂，視為當然。曰：『此我產業之花息也。』然則為天下之大害者，君而已矣！」〔註19〕梅曾亮雖然沒有像黃宗羲那樣鮮明地把矛頭指向封建君主，但他以激憤的語言，揭露了統治者在爭奪天下時對人民生命財產的血腥破壞和取得天下後為滿足其獸欲而對人民的殘酷壓迫剝削，表現了他對被殘害、被奴役的人民的深刻同情。中國古代歷史上，大大小小的野心家，以各種名義起事造反，從打家劫舍到建立政權，乃至爭奪天下，幾乎都是如此，他們和當時朝廷之間、他們之間的龍爭虎鬥，遭殃的還是百姓，所謂「興，百姓苦；亡，百姓苦」是也。梅曾亮這段活，加在清統治者頭上，同樣恰當！清人攻佔中原，揚州十日，嘉定三屠，較以往歷代帝王之得天下者，其殘酷有過之而無不及；清得天下後，對人民的殘酷壓迫剝削，也絕不在歷代統治者之下。這些，梅曾亮不會不知。因此，梅曾亮《十六國宮詞序》中的這段活，是不會不包括他對清統治者的強烈憤慨的。梅曾亮是否當過太平天國的官，這還有待考證，但即使是傳言，其產生和流傳，也不會沒有原因的。他的這些言論，就也可以作為部分原因，因為這些言論中，顯然包含了譴責清王朝的內容。那麼，如果他真的參加過太平天國政權，這又如何解釋呢？也許，在梅曾亮看來，清王朝已經病入膏肓，以他的名位和力量，無法作出有效的匡救，可是，當時的他，對太平天國政權，也還不夠瞭解，因此，他還幻想著利用所獲得的為政平臺，施展自己經國濟民的抱負，對該政權有所匡救，甚至引導該政權走向正確的道路。孔子欲參加公山弗擾、佛肸的反政府起事，儘管後來沒有參加，但孔子所說參加的理由，也是有一定道理的，梅曾亮如果真的參加太平天國政權，就是把孔子的意圖，化為了實踐。

在清代及其以後的士林，明末的復社、幾社，都是正面形象。可是，梅曾亮對此二著名社團，也有批評。《書復社人姓氏後》云：「夫君子相遊處，講說道藝，名高則黨眾，黨眾則品淆。蓋必有人為吾取怨於天下，而激吾以不能庇

〔註18〕梅曾亮《柏梘山房詩文集》之《文集》卷六，上海古籍出版社，2012年版，第126頁。
〔註19〕黃宗羲《明夷待訪錄》，梁溪圖書館，1925年版，第2頁。

同類之恥，故有爭。爭則所以求勝之術，或無異乎小人，而所營救者，又不必皆君子，而君子遂為世之詬病。」即使是高尚的黨社，發展到一定的規模，就難免有小人混入，該黨社中的君子，出於黨社的利益，庇護同一黨社中的小人而與其他黨社或集團相爭，甚至以並不光明正大的手段求勝，如此則無異於該黨社被小人劫持，不免違背其初衷，而逐漸走向其反面，甚至在人們的意識中被拋棄。至於該黨社的主導權被其中的小人所劫持，則益不可言了。讀這些，我們不能不驚歎梅曾亮的智慧。梅曾亮此文又云：「以一時之習尚，使後世謂士氣不可伸，而名賢亦為之受垢，馴至清議不立，廉恥道消，庸懦無恥之徒，附正論以自便，則黨人者，亦不能無後世之責也夫！」此從明末黨社的歷史影響而言。明末黨爭，即使一向被認為是正義的一方，亦即東林、復社、幾社等，缺陷也是很明顯的。明王朝滅亡，黨爭也是一大原因。明王朝之滅亡，不足惜，但其滅亡的過程中，會消耗大量的社會資源，給百姓造成深重的災難。清統治者有鑑於此，遂以此為藉口，不僅明確禁止士人結社，而且嚴格限制士人的言論自由，看看乾隆以後的文字獄多發於士人論政，我們就可以明白了。「廉恥道消」等等，就是其後果。在這裡，梅曾亮也批評了清當局這些打壓士風的舉措。

梅曾亮還有許多表彰貞、烈、孝女之作。此類作品雖多封建糟粕，但也有較好者。如《錢烈婦家傳》描寫了汪氏這樣一個被封建勢力壓迫最終被吞噬的弱女子的形象。她受婆婆虐待：「其姑嚴，雖寒餓不敢告也。」雖跪泣不能使丈夫去掉嗜賭惡習。丈夫死後，她又受到封建族權的壓迫，想以某為嗣子而眾議不可，終於自殺。這反映了封建社會底層婦女的悲慘命運。梅曾亮也予以深切同情：「蓋烈婦所遇之夫及其家所以遇，烈婦固無一事可稍行其意志，能獨行其意者，唯一死耳！此所以自為計而無出於此者也。悲夫，悲夫！命定矣，雖天且奈之何哉！」〔註20〕那麼，是哪些原因，導致了該女子的悲劇呢？這就更加發人深思了。

三

梅曾亮的散文藝術也是很高的。

他善於對題材加以精心開掘，並將其和現實社會中的普遍現象或重大社

〔註20〕梅曾亮《柏梘山房詩文集》之《文集》卷九，上海古籍出版社，2012 年版，第 210 頁。

會事件聯繫起來。這樣,即使是寫小題材、平凡題材或歷史題材的文章,也能具有較充實的社會內容。這是他主張文章「因時」「雖事之至微、物之甚小而一時朝野風俗好尚皆可因吾言而見之」的觀點在藝術上的表現。

梅曾亮為文,常借題發揮,由本題生發出帶有普遍性、哲理性的議論來反映或評價社會現實。如《觀魚》《惜字紙說》《馮孝女墓誌書後》《鄱陽縣知縣吳吾家傳》《蔣念亭家傳》等都是如此。有的文章即使作為純粹的論史之作,也已具有相當的價值,但其真正的價值遠不至此。這些文章的用意十分含蓄,似與現實無關。但結合現實,則可見其所論,或有對最高統治者的批評、告誡乃至抨擊在,或有對現實的批判在,或有對某重大社會事件或問題的評論在。如《帝鑒圖詩序》《十六國宮詞序》等,都是如此。又如《平準書書後》,明論漢武之失而實論乾隆之失;明言隋煬帝、唐玄宗仿傚漢武帝好大喜功而終敗,實誡嘉慶帝不要仿傚乾隆政治而蹈他們的覆轍,要像漢昭帝那樣,「善持其後」。雖一字未及乾、嘉而其意卻在乾、嘉。

梅曾亮文說理細緻入微而透徹有力。不但篇幅較大的如《民論》《刑論》《上汪尚書書》等如此,即使一些短論,如人物傳記論贊等也是如此。他常常在論述時舉出兩個相反、相對或相關的概念,由此加以辨析、論述。其論證也頗具辯證法思想。例如《蔣少麓家傳》中提出了「任事者」和「畏事者」、「息事」與「生事」這兩對概念。認為任事者任事是為了息事,也只有任事者才能息事;而畏事者不但不能息事,而且會生事。如此論述,以證世人及最高統治者認為任事者生事、畏事者息事而將實由畏事者所生事之禍歸咎於任事者之非。《劉簾舫先生行狀書後》提出了「循例」與「循弊」的概念。按例辦事而於民有利謂之「循例」,按例辦事只能便於為政者自己而無益於民者謂之「循弊」,以證二者之別,使偷換概念者無可逃遁,明循弊者以「循例」自我辯護之謬。

梅曾亮的遊記之作,造詣亦深。如《缽山餘霞閣記》《通河泛舟記》《遊小盤谷記》《馮晉漁舍人夢遊記》《遊瓜步山記》等,多堪稱佳作者。這些遊記寫景,都能創造出清峻、幽美的意境。如《遊瓜步山記》曰:「夫導數客偕主人至,移肴核於補山亭。兩峰翼張,亭承其腋。蓋去廟西不數十步,而岡隆谷窪,匿蠶獻秀;遠江近渚,回瀾就目;雜花周阿,迎桃送杏。既醉飽,復登西峰之太平庵。山風冷然,異香出於寺,則兩老梅,數百年物也,高出樓,大蔭一畝,

方盛開。諸人皆錯愕瞪視,既乃太息。坐臥其下,日暮而後去。」〔註21〕這明顯是受有柳宗元、姚鼐的影響。

梅曾亮論文,雖不主考證,但其遊記之作中亦有考證處在。這是受了宋代某些散文和姚鼐的影響。如《遊小盤谷記》云:「由寺北行,至盧龍山,其中坑谷窪隆,若井灶齦齶之狀。或曰:「遺老所避兵者,三十六茅庵,七十二團瓢,皆當其地。」〔註22〕不過,這些內容,在其文章中並不多。

梅曾亮的遊記,好發議論。這明顯受了宋代散文的影響。王安石、蘇軾諸遊記散文,多於結尾處發議論者,著名的如《遊褒禪山記》《石鐘山記》,即是其例。梅曾亮在遊記散文中所發的議論,往往是獨特的見解,且含有深刻的哲理,豐富的意蘊。現舉其論「樂」者為例。《遊瓜步山記》曰:「夫待山林皋壤而樂者,將失之而悲,是樂也,達者之所笑也。」《馮晉漁舍人夢遊記》則曰:「吾又以知天下之樂,無有如無是事而心設之者矣。」《通河泛舟記》曰:「余嘗遊金焦迷失,舟檣折於錢塘潮。大風雨過彭蠡湖,舟幾覆。祝終身不經江湖,以為快耳。今乃見是水而樂之。亦以見人情歆厭有常,而物之好醜不可恃有如此也。」〔註23〕後者道出了這樣一個美學原理:只有不妨礙欣賞者安全的事物,才有可能於欣賞者成為美的對象,給欣賞者以美感。《缽山餘霞閣記》,以諸人因自然景物論文結尾,亦見其妙。

桐城派文論在散文語言方面有許多清規戒律。散文語言的雅潔簡練是他們的共同特點。這對救散文語言的蕪雜之病,是有作用的,但往往失之拘謹乏力。他們主張在文章中談儒家義理,胸無激情,語無煙火。這種散文語言當然是和其內容相適應的。但用這樣的語言寫為現實服務的文章,其社會作用則會為其語言所限制。梅曾亮的散文語言較他的桐城派前輩們變得活潑有力,這是一大發展。這也是他文章要為現實服務這一宗旨決定的。

梅曾亮的散文語言,有的斬釘截鐵,峻峭巉刻,可以明顯看出韓非、王安石等對他的影響,其議論語言中,此類很多。有的則把中心內容化作帶有強烈感情的感歎句迸發出來,既見其所持之論,又能以強烈的感情感染讀者。

〔註21〕梅曾亮《柏梘山房詩文集》之《文集》卷十,上海古籍出版社,2012年版,第237頁。

〔註22〕梅曾亮《柏梘山房詩文集》之《文集》卷十,上海古籍出版社,2012年版,第222頁。

〔註23〕梅曾亮《柏梘山房詩文集》之《文集》卷十一,上海古籍出版社,2012年版,第245頁。

例如《論魏其侯灌夫事》曰：「嗚呼，勢力之怵於人也甚死生哉！」此乃由竇嬰、灌夫悲劇得出的帶有普遍性的結論；《平準書書後》曰：「甚哉，利之為禍烈也！」此控訴漢武等帝王的政治經濟政策給人民帶來的災難。這類句子在一些論說、書後、人物傳記論贊中較多，顯然也是受司馬遷的影響。有的則較含蓄，真意以疑問句出之，足見其師姚鼐的影響。如《劉簾舫先生行狀書後》：「例之能病人乎？抑亦人之病例者甚乎？先生子星房為言官，其將有擇於斯言。」〔註24〕《從戎記事圖記》言梅洪溪有三次大戰功，按規定，有其一就能受到重賞，然無所得，而「世之以軍功得勇爵者」，「彼未嘗身搴旗喋血，而代人受功」。這種現象的造成，「世之專閫權司賞罰者，於功罪何如也？」〔註25〕這種句子，啟人深思。既使讀者能通過思考把握他的觀點，又有一種強大的力量在，使讀者不能不接受他的觀點。似疑實斷，柔中具剛。這又見出其對其師姚鼐的變化。

為了捍衛散文語言的所謂純潔性，桐城派文論把駢文語言擯之於散文藝術宮殿之外。梅曾亮絕大多數散文的語言雖保持著這種所謂純潔性，但他既以發揮文章的社會作用為目的，就不能不在必要時吸收駢文等語言之長以增強散文語言的藝術表現力。梅曾亮也是這樣做的，他並不拘於桐城派前輩之說。如其《陳拜薌詩序》云：「吾亦嘗客幕中，與主人燕飲。簫管四合，萬籟屏聲，錦繡豐潤，膩肌醉骨。當是時，客如垣牆，僕如流川；千指萬木，各有所趣。念吾一身，駁駁樽俎，塊然如一槁木枝委曠野耳，烏睹所謂高臺深池，華燈明燭者哉！」〔註26〕句有排偶，詞采明麗，鋪陳誇飾，頗具氣勢。把封建末世統治者們花天酒地、醉生夢死的生活反映了出來，並表現了他的極大反感，亦能激起讀者的同感。讀此，令人想到《老子》之「眾人熙熙，如享太牢，如春登臺」那一章。《吳松驗功記》《宣南夜話圖記》等文也成功地吸收了駢文語言之長。

梅曾亮的文章，除少數外，大多篇幅短小。但在這些短小的篇幅中，無論敘事、寫人、寫景、議論，他都能游刃有餘。劉聲木《桐城文學淵源考》卷七

〔註24〕梅曾亮《柏梘山房詩文集》之《文集》卷六，上海古籍出版社，2012年版，第139頁。
〔註25〕梅曾亮《柏梘山房詩文集》之《文集》卷十，上海古籍出版社，2012年版，第240頁。
〔註26〕梅曾亮《柏梘山房詩文集》之《文集》卷五，上海古籍出版社，2012年版，第112頁。

評梅曾亮時有「精悍簡質」之語，〔註27〕是很確當的。

結語

　　總之，在文論方面，梅曾亮一變以前桐城派前輩關於文章要闡發儒家義理之論，提倡文章反映現實、為現實服務。在散文內容方面，他講究社會內容、思想內容之充實。其文章內容之豐富，思想之深刻，在桐城派古文中，是少有的。在散文藝術方面，梅曾亮能較廣泛地吸收前人之長，對他以前的桐城派作家的散文藝術，繼承之中，也頗有成功的變化在。這些都表明，梅曾亮的文論和散文有較高的成就，理應引起我們所重視。

此為本人讀碩士期間修鄭學弢先生所開設
「明清散文研究」課程的課程論文，一九八三年元月定稿，
發表於中山大學中文系編《中國近代文學研究》第二輯，
廣東人民出版社 1985 年版。

〔註27〕劉聲木著、徐天祥點校《桐城文學淵源考》，黃山書社，1989 年版，第 243 頁。

姚燮與當時浙東詩人群

　　近代浙東的學林藝苑中，有一位巨匠，長期沒有得到應有的重視。其姓姚，名燮，字梅伯，號野橋，又號復莊。他學問淵博，多才多藝，其詩、詞、駢文、書畫，皆有名於當時，於經史、地理、佛道、戲曲、詞學等之研究，於總集之編纂，於駢文、小說之評點等方面，都有很大的成就。例如，其《今樂考證》一書，就在戲曲研究史上佔有很高的地位；其《紅樓夢類索》和對《紅樓夢》的評點，在紅學史上的地位，也不可以忽視。他最負有盛名的、成就最大的，則當推詩歌創作。如其描寫普陀、四明等風光的山水詩，洋洋數十首，幽奇劖刻，在有清一代的山水詩中，僅錢謙益的黃山詩，高心夔的匡廬詩，劉光第的峨眉詩能與之比美；其反映鴉片戰爭的愛國詩篇，蒼涼古樸，沉鬱頓挫，無愧史詩，直逼杜甫在安史之亂期間所作；其長篇敘事古詩《雙鳩篇》能與《孔雀東南飛》後先輝映。姚燮《復莊詩問》卷首載同時代的陳文述評其詩云：「其博大昌明，如摩詰之王；其出神入化，如少陵之聖；其枯寂空靈，如閬仙之佛；其飄忽綿邈，如太白之仙；其幽豔崛奇，如昌谷之鬼。君才誠不可斗石量也，後有論者，當目為詩中之神。」〔註1〕這些雖然是溢美之辭，但從此我們也可以看出姚燮詩風格之多樣和成熟，且為人推崇之甚。

　　姚燮能在詩歌創作方面取得這樣高的成就，原因當然是多方面的，然而，其前輩詩人對他的啟迪，他與同輩詩人的切磋，是非常重要的原因。他詩歌創作成就既高，對浙東後起詩人影響之巨，自不待言。本文將闡述姚燮與他同時代浙東幾個詩人群的關係。

〔註1〕姚燮《復莊詩問》，道光二十八年戊申（1848）二月刊。此下引此書，同此版本。

一、姚燮與其祖父輩、父輩浙東詩人群

徐時棟《煙嶼樓文集》卷七《姚梅伯傳》言姚燮「周歲未能言，而識字二百餘。坐大父膝頭，手指無謬者。有客過其父，某伯方五歲，索佩囊，不與而啼。客笑曰：能作《燈花詩》，當與汝。琅琅賦五言二韻。客大驚，解佩囊而去」。〔註2〕周歲識字，五歲賦詩，姚燮先天稟賦之異與後天所受教育之憂，於此可見。

姚燮的家庭是一個詩人的家庭。其祖父姚昀，號丹峰；父姚成，字惟青，號耐生；兩叔父，一曰鎮西，一曰松生。他們都能詩善文。文士風流。加之姚燮家所居小有居，為鎮海城中名園，故其家常高朋滿座，漫溢著學術和藝術的氣氛。姚燮《蛟川詩系》云：小有居「維時泉石奇邃，花木茂盛，猶居勝一城。」「春秋佳日，大父每招邀耆碩，觴豆結歡。惟謝錦林、栗軒、寅士諸先生恒在座焉。而若李寶山、王西堂、張無我、陳劍舟、應汝昆、盧召廬、曹仰山暨謝書堂、方來諸先生及從父鎮西、松生兩先生與先文學結文字社，往來巾屨，具復極盛一時。燮年方髫，惟執弟子禮，趨蹌左右與其間。」〔註3〕在這樣的環境中，天賦極高的姚燮，耳濡目染，學到的東西必不會少。五十年後，他對當時的情景猶能如此歷歷在目，可見在他頭腦中印象之深，對他影響之大了。

「小荷才露尖尖角，早有蜻蜓立上頭」。姚燮的作詩天才，隨著他所詠的燈花發出閃光，引起了人們的注意，得到了人們的勉勵和讚揚。《蛟川詩系》卷二十九《謝國賢小傳》云：「燮六歲時作《燈花詩》，蒙先生大加讚賞，謂先大父曰：君之令孫將來當樹一邑之先聲，不僅僅為君家寶樹。宜好自培植之。」同書卷二十五《胡於錠小傳》云：「燮童弱時，猶及見先生。時先生年已八十餘。」「一日，率其伯子小白先生扶杖過西鄰謝寅士先生家，笑撫燮頂曰：汝即髫齡能詩者耶？適塾師書堂先生在座，遂顧語曰：此等弟子，須好自培之，將來為汝門下光也。」這些讚美、鼓勵之辭，對年幼的姚燮是有強大的感召力的，並使他感受到了藝術創造的喜悅。同時，他的長輩和老師，對他所抱的希望就更大，對他更有信心，從而更好地培養他。

姚燮的祖父等前輩詩人，在姚燮幼年時就教他作詩，一直到他青年時代，還有人要給他改詩。姚燮《復莊詩問》卷十一《過謝家堂少時故居感作六章》之三云：「髫年入鄰塾，按卷治毛詩。名物辨異同，穎悟頗有資。課餘還學吟，

〔註2〕徐時棟《煙嶼樓集》，清同治、光緒間刊本。此下引此書，同此版本，不再注明。
〔註3〕姚燮編《蛟川詩系》，民國二年癸卯（1913）活字版。此下引此書，同此版本，不再注明。

撏扯三唐辭。每博大父歡，點首笑拈髭。」可見姚燮幼年學詩就從唐詩入手。其詩受杜甫、李白、李賀、李商隱、元稹、白居易、張籍、王建的影響，並非偶然。胡湜教姚燮作詩之事，姚燮在《蛟川詩系》卷二十五胡湜小傳中敘述得很是具體：「燮髫歲執經於文學謝畫堂先生門，庶常（胡湜）家居，故與文學稱莫逆，時時來館中飲。既命酒，拉燮坐几旁，授題命賦詩。限酒止當詩成。成而善，即握管加密圈讚賞。或不成，為反覆示做法開導之。如是以為常。」姚燮二十二歲成秀才時，胡湜還要為他改詩。「後自捷第歸，遇先生於途。先生拉燮手曰：近復作多少詩？汝明日鈔一通來，胡先生當替汝改削。」限定時間做詩，訓練了姚燮敏捷的才思，「反覆示做法開導之」，則主要從詩歌藝術技巧方面訓練了姚燮。這些，對初學做詩的人來說，是很重要的，也是必不可少的。陳景范也是姚燮做詩的老師。《蛟川詩系》卷三十一陳景范小傳云：「燮髫年時，雪蓮社同課友或集詩課呈先生甲乙之，抉臧論否，一以古法為尺繩，不阿不隱也。」以古法為準繩，能使姚燮學詩循正途而進。張本均、張錫祉、王日欽、陳懋含等前輩詩人，姚燮都親炙過，有的還交往頗為密切。見《蛟川詩系》。

　　包括姚燮的祖父輩、父親輩在內的這些浙東前輩詩人，他們的詩歌創作成就都不是很顯著的，有的根本就沒有詩歌流傳下來，有的靠了《蛟川詩系》和董沛的《四明清詩略》等地方性總集傳了一些下來，數量也很少。因此，我們也很難探討他們詩歌創作的特點。但是，正是這些良師嚴師，他們對姚燮的影響，他們對姚燮詩歌藝術技巧方面的訓練，姚燮做詩方面的天才火花才沒有熄滅，才能由閃光的燈花，發展成為詩壇上一顆光芒四射的明星。

二、姚燮與枕湖詩社同人等同輩詩人

　　姚燮學詩時，袁枚已經故世多年，但袁枚的性靈詩風，在當時詩壇上仍然有很大的影響。姚燮早年做詩，也曾經宗性靈詩風而為。其《問己齋詩集序》云：「曩予為詩，取法袁簡齋（枚），下筆立成，覺抒寫性靈，具有機趣。」〔註4〕姚燮若沿著性靈詩風之路走下去，他的詩歌創作，就決不會取得這樣大的成就，因為當時性靈詩風已經不適應時代的變化和詩歌本身的發展了。就姚燮的存詩來看，除了若干集外詩可見性靈詩風的影響外，《復莊詩問》中詩，全非性靈詩面目。不僅如此，姚燮對性靈詩風，抨擊特別激烈。其《復莊詩問》

〔註4〕張培基《問己齋詩集》卷首，清光緒二年（1876）年刊。此下引此書，同此版本，不再注明。

卷二十九《論詩四章與張培基》之二云：「施（閏章）王（漁洋）樹壇坫，其實皆俳優。後來草竊輩，乃有袁（枚）趙儔。」因此，姚燮的詩風和論詩觀點，是有個大轉變的。說到這一轉變，其主要原因固然是大勢所趨，時代及詩歌發展的趨向使然，但論其機緣，就要說到枕湖詩社了。

姚燮在二十四歲那年，參加了枕湖詩社。《復莊詩問》卷三十三《過攬碧軒悼葉文學元堦並弔孫明府家谷厲山人志兩先生即寄枕湖社同社諸公得長歌六十句》云：「社中十五人同調，年二十四吾最少。一年三十六社集，各抱心機織天妙。」慈谿葉元堦，出身望族，家中巨富，有別墅在寧波月湖之畔，名攬碧軒，另有別墅在白湖之畔，名小隱山莊。元堦等浙東詩人常於此二地雅集做詩，是為枕湖詩社。該社的成員，除姚燮詩題中題到的三位外，還有：陳僅、張恕、尹嘉年、陳福熙、阮訓、李作賓、王梁閎、鄭喬遷、佘梅、孫漆、王淑元等。陳僅等人。其中大部分人，或遠宦，或早逝，或蟄居，或很少參加詩社的活動，與姚燮的交往並不多，關係也並不密切，對姚燮的詩歌創作，也沒有什麼明顯的影響。

枕湖詩社中，與姚燮交往最久、關係最密切的，就是姚燮在詩題中提到的那三位：孫家谷、葉元堦和厲志。孫家谷，初名家棷，字曙舟，號幼蓮，鄞縣人，道光進士，官襄陽知縣，丁憂歸鄉後，參加枕湖詩社，著有《襄陵詩草》《種玉詞》等。葉元堦，字仲蘭，號心水，別號赤堇山人，諸生，有《赤堇遺稿》等，厲志序其詩，有「清真刻摰，力避庸懦」等語。厲志，字心甫，一字駭谷，定海人，諸生，有《白華山人詩鈔》行世。徐世昌《晚晴簃詩匯》卷一百二十九《詩話》言厲志詩「純學太白，清微細靜，不力貌襲。」〔註5〕董沛《四明清詩略》卷二十三《厲志》條董沛云：「吾師王梨門先生論山人之詩，謂原本東野，戞戞生新，尋常習見語，不涉毫端。」〔註6〕葉元堦之姻弟陳福瀚，在其為《赤堇遺稿》所題詞中，述葉、厲、姚、孫同做詩的情況云：「及心水交幼蓮孫君，白華厲君，梅伯姚君，結社於月湖之攬碧軒，白湖之小隱山莊，昕夕砥礪，互相搜討，而心水詩學，乃日益進。於是盡棄其少作，而獨標真諦。」〔註7〕詩學日益進，並「盡棄其少作，而獨標真諦。」的，不獨葉元

〔註5〕徐世昌編《晚晴簃詩匯》，中國書店，1988年版，第46頁。
〔註6〕董沛編《四明清詩略》，中華書局，1930年版。頁面不連貫。此下引此書，同此版本，不再注明。
〔註7〕葉元堦《赤堇遺稿》卷首，退一居清道光間刊。此下引此書，同此版本，不再注明。

塏，姚燮也是如此。正是此時，他才離開了性靈詩風之路。其《問己齋詩集序》
又云：「中歲晤定海厲君駭谷，慈谿葉君心水，規予返本還原，究心漢魏，約
擬古作課程。如是數月，覺詩較進。閱前所為詩，雖若可驚可喜，勿取也。」
為了反對模仿唐宋詩的詩風，袁枚性靈詩風注重詩才和獨創性，至於向前人學
習的作用，則並不強調。僅僅就藝術而言，袁枚、趙翼等的性靈詩，失之浮
滑率易，末流所趨，流弊更甚。張培基《問己齋詩集序》卷首《集評》載沈禮
云：「詩者，自袁趙諸公專主性靈，近時作者失之太易，甚至荒蕪鄙俚，雖委
巷小家語，亦褻然成集。竊謂袁趙之弊，不減前代公安、竟陵。」故葉元塏、
厲志、姚燮等，踏踏實實擬古，從向古人學習入手，來獲得比較深厚的藝術功
力，使詩才入於正途。這樣來克服性靈詩風藝術上的弊病，還是行之有效的。
《復莊詩問》中，就有許多擬漢魏詩之作。但是，姚燮並沒有走上明七子的老
路，而是擬古而不為古所拘，擬古而創新，如他的古今樂府，就有漢魏詩之長，
還參之以元白新樂府、張王小樂府之長，具有他自己的面目。

除了枕湖詩社同人外，與姚燮關係比較密切而詩歌創作成就頗大的浙東
同輩詩人，是鄞縣的徐時棟。時棟字定宇，號柳泉，又號同叔，道光二十六年
（1826）舉人，歷官內閣中書，著有《煙嶼樓文集》《詩集》等。時棟學問淵
博，《鄞縣志》言其「藏書六萬卷，盡發而讀之，自夜徹曉，丹黃不去手。」
「後進高材生咸出其門，主四明壇坫三十餘年。」〔註8〕他於經、史、地方文
獻皆有研究，著述甚多。董沛《四明清詩略》卷二十六評其詩云：「以樂府、
七古為最渾浩流轉，中仍復段落分明，不失古法。次則五律，次則五古，並稱
傳作。餘體亦清勁。在吾郡諸名家中，洵足自樹一幟。」其樂府、七古「不失
古法」，宗漢魏盛唐無疑。其詩如《臨高臺》《八月湖水平》《鬼頭謠》《乞兒曲》
《孤兒行》等佳作，可與姚燮《太守門》《兵巡街》《毀廟神》《鎮海縣丞李公
向陽殉節詩》《諸將五首》《誰家七歲兒》《賣菜婦》等詩比美。當時浙東詩壇，
姚燮下推一人，即當是徐時棟無疑。

姚燮與時棟之間，也像他與葉、厲等之間一樣，全沒有文人相輕的惡習，
而是相敬相親。他們常相互唱酬。

當時浙東詩壇，並不是姚燮一峰獨秀，而是還有著與之相連的眾峰，只是
姚燮之峰奇秀高峻，在眾峰之上。葉元塏、厲志二峰，雖然不是很突出，但他
們對姚燮詩歌創作的正面影響，卻是不可忽視的。在他們的勸告下，姚燮捨棄

〔註8〕張恕等修《鄞縣志》，光緒三年（1877）刊。此下引此書，同此版本，不再注明。

了性靈詩風，注重向前人學習，擬漢魏詩以把握其藝術技巧，再加上他在唐詩的功夫，終於使其詩逐步鎔鑄漢魏詩、唐詩的許多優點，形成了豐富多彩的藝術風格。不僅如此，姚燮後來以這種宗漢魏詩、唐人詩的詩學觀和通過擬古入手把握詩歌藝術技巧進而創新的創作經驗，在浙東培養了許多詩人，從而繁榮了浙東詩壇，這是後話了。

在有清一代詩壇上，先是宗唐宗宋之風彌漫，袁枚出而性靈詩風大盛，復古宗風得以掃除，而浮滑率易之弊亦甚。仁和宋大樽出，提倡學古，以救性靈詩風之弊。其《學古集》中，就有學古歌謠、漢魏六朝及唐人李白、王維、孟浩然等人之作的詩歌。葉元堦、厲志、姚燮、徐時棟等學唐人而外，注重學漢魏，或受有他們鄉先輩宋大樽的影響。

三、姚燮與姚門弟子等後起詩人

姚燮詩名大盛，科名卻不得意。他在道光十四年中舉人後，五試進士不第，此後便絕意仕進，發奮著述，教授弟子。其著述之多，達四十餘種。其弟子之眾，有數百人。他對浙東後起詩人的影響，很突出地表現在他的弟子身上。

鎮海籍的姚門弟子，有林嵩堯、吳有容、陳繼聰、陳繼揆等。林嵩堯，初名廷彥，字餐英，光緒二年（1876）進士，有《雲臥樓詩》行世。忻江明《四明清詩略續稿》卷三引《鎮海縣志稿》稱其為姚燮的入室弟子。其詩《醉歌》等，想落天外，思接千載，富有浪漫氣息。《古意》、《雜詩》、《讀姚復莊師哭湯戶部鵬詩題後七章》等，真摯古樸。其反映鴉片戰爭的《昭忠祠落成弔裕靖節公暨諸將吏》《張烈婦》等，沉鬱蒼涼，雄健有力。這些，都明顯受有其師的影響。他有的詩，被姚燮收到《復莊詩問》中作為附詩。陳繼聰、陳繼揆，也有姚燮的入室弟子之稱。繼聰，字駿孫，同治九年（1879）舉人，其詩集《海巢詩鈔》，未刊。繼揆，字舜百，號舵岩，同治六年丁卯並補同治三年甲子科舉人，著有《拜經樓詩集》。董沛《四明清詩略》卷二十九云：「舜百為姚復莊先生妹婿，與其兄駿孫從遊最早，稱入室弟子。駿孫伉爽，舜百縝密。於師門皆稱轉手，而其為傳作則一也。余與舜百同舉鄉試。其詩才學兼到，白璧無瑕，元則遺山，明則大復，洵可嗣響矣。」這是董沛對他們詩的總體評論。就他們現存的詩，即《四明清詩略》和《蛟川詩系續編》中所選他們的詩來看，繼揆詩在繼聰之下。其佳作如《茶婦行》《雜詩四章》等，

語言古樸，章法縝密。陳繼聰是鎮海籍姚門弟子中成就最高的一個。其在鴉片時期所作《擬古今樂府》多首，歌頌為國犧牲的愛國英雄，斥責庸懦無能、臨陣逃脫的誤國官員，抨擊賄敵求苟安等辱國賣國罪行，揭露敵人的暴行。這些詩，風格酷似姚燮反映鴉片戰爭的詩。如其《冒暑行》《後冒暑行》，就明顯繼其師《冒雨行》《後冒雨行》之軌。然其詩亦往往有其師未到之處，如《奏捷書》之大膽揭露各級軍官謊報軍功，直至欺君。其七律《有感》等詩，雄渾有力，是有過於其師之作的。

　　咸豐十年（1860）前後，是姚門弟子最多的時期。當時，象山歐景辰倡詩社，以「紅犀」名其館，因為象山的紅木犀之名自南宋即著之故也。該社請姚燮主持。董沛《紅犀館詩課序》描述當時盛況云：「當是時，象山之能詩者，司馬（歐景辰）主之，鄧普庵（克旬），孔曉園（廣森），王紉香（蔣蘭）、硯農（蔣蕙）昆季左右之，而吾鄞郭恬士（傳璞）從而先後之。近自臺、越，遠暨杭、湖，聞風而應者，無慮數十家。閨秀方外之作亦參列其間，可謂盛矣。……社之例一月一舉，雜擬古今體詩，糊名易書，而先生（姚燮）判其甲乙焉。」〔註9〕除了以上所列者外，常參加社集的還有馬嗣澄、姜鴻維、伍芝昌、歐景岱、姚景皋等。太平天國事起，詩社不一年而散。《紅犀館詩課》即是該社師生社集活動所作詩歌的合集，共有十集，前八集以集次，後二集分別為《丹山唱和詩卷》和《海山小集分韻詩卷》。此十集，都是姚燮手定，收詩一千多首。這些詩的題材很廣，有擬古、詠物、詠史、弔古、應制、風景等，詩體有樂府，五、七言古詩，五、七言律詩，絕句等。就擬古而言，也不拘一家，有擬漢詩者，有擬陶淵明者，有擬長慶體者，有擬李賀者等等。這些詩，絕大部分沒有現實內容，主要是為了訓練藝術技巧而作。

　　社員中最有名者，當推郭傳璞、王蔣蘭。郭傳璞，字怡士，號晚香，又號伽又，同治丁卯並補甲子科舉人。忻江明《四明清詩略續稿》卷三忻江明云：「先生為姚復莊先生高弟，駢儷文得其嫡傳，兼工詩詞。」〔註10〕其著作行世者有《金峨山館文甲乙集》，詩詞則無刻本。據忻江明語，其詩集有《遊心於淡室詩鈔》兩冊，《吾悔集》一冊，《江左詩草》一冊，共有詩二百五十多首。《四明清詩略續稿》卷三錄其詩二十多首，絕大部分是朋友贈答和題畫之作。

〔註 9〕姚燮編《紅犀館詩課》，同治四年（1865）刊。此下引此書同此版本，不在著名版本。

〔註10〕忻江明編《四明清詩略續稿》，中華書局，1930 年刊。頁面不連貫。此下引用此書，同此版本，不再注明。

因此，郭傳璞還是以駢文傳世的。從《金峨山館文甲乙集》看，他與其師姚燮的關係是很密切的，其中有為姚燮《玉樞經籤》寫的序言，有致王蒔蘭書談刊行姚燮遺稿的事。

姚門弟子中，與其師關係最密切的，要數王蒔蘭了。王蒔蘭，初名尚忠，字紉香，號渚山，貢生，著有《渚山詩文草》。其父親立誠，與姚燮同年補博士弟子員。蒔蘭幼即好學，但後來科場很不得意，遂專意於詩古文詞。《四明清詩略》卷二十八引用其弟蕙蘭語云其「有所感，輒託之於詩。其詩從建安入手，繼浸淫於鮑謝，故擅長在五七古，偶為近體，亦蒼勁無媚態。」就此評語看，其詩是體現了姚燮的影響的。蕙蘭又云：「鎮海姚復莊師倦遊家居，先生延之家塾課子弟。……師臨別握先生手，託其幼子曰：吾交遊遍天下，可以信之於身後者，惟吾子一人。」蒔蘭又為姚燮刻《復莊駢儷文榷初編》和《二編》，各八卷。

姚門弟子中，詩歌成就最大、名氣最大、地位最高的，無疑要推董沛了。董沛，字覺軒，號孟如，鄞縣人，光緒三年（1877）丁丑進士，官江西建昌知縣，著有《正誼堂全集》等。其詩集為《六一山房詩集》。其稟賦之特別、讀書之廣博、學力之深厚，幾可直追其師，生平著述亦甚多。忻江明《四明清詩略續稿》卷一忻江明評論其詩云：「根底三唐，浸淫漢魏，感時詠史諸作，尤為雋上。」「根底三唐，浸淫漢魏」，正是姚燮的真傳。姚燮主張學詩要模擬漢魏詩，並且身體力行，董沛也是這樣做的。其集中《短歌》《公無渡河》《擬古謠辭》《雜擬漢人詩》《咄咄辭》《平陵東》等，形式上擬漢魏而內容寫時事。長篇七言歌行體《雙雉篇》，為集中奇構。詩寫一對青年男女自幼相愛，男主人公為父親所迫，遠出經商，女主人公被其父母另許他人。男主人公歸，有情人不得成眷屬，終於雙雙飲恨自盡。哀感頑豔，纏綿悱惻。題材、語言、技巧、風格，都受其師《雙鴆篇》的影響，但又不為之所囿。他在《正誼堂文集》卷十七《姚復莊先生墓表》中自稱：「余自弱冠始侍先生，詩法皆先生所授。」〔註11〕從他的詩歌來看，也確實如此。

鄞縣張培基，字子彝，號梅史，諸生。就年齡而言，他與姚燮是同輩，他也並不是姚燮的弟子，但他的詩名成得比較晚，所以也可以歸為姚燮的後起詩人的行列中。他做詩受到姚燮的指導，走的也是姚燮的路子。姚燮為他《問己齋詩集》作的序言中言之甚詳細：「張子梅史，積學者也。余與交契甚切。初

〔註11〕董沛《正誼堂文集》，清光緒二十七年（1901）年刊。此下引此書同此版本，不再注明。

見時年二十餘，如是十餘年，絕口不論詩，惟專治散行文。梅史年三十餘矣，始贈予以《病聾》詩，予讀之，擊節稱賞，始驚其能詩，且非凡響也。」張培基十八歲以前所作被焚棄，二十歲時所作未敢示人，此後絕筆十多年。姚燮認為，張培基雖不作詩，「於詩之道，譬諸行路，自臨歧望洋而返。十數載閱歷，已識指歸，試進而趨之，庶幾升堂入室矣」。「乃假以李徵君因篤所注漢詩，令先擬之。梅史從予言，為擬鐃歌、郊祀、清調、平調、大曲各體。古拙茂盛，的為漢人嗣響」。其《問己齋詩集》卷三即為《問己齋擬古》，收錄這些擬古詩。足見張培基是下了一番擬苦工夫的。工夫不負有心人。此後，其所作詩「質古拙峭，不蹈才人習氣，人謂與予四十後詩相似」。「未見其可驚可喜，覺自然入情入理」。「蓋時既至而功亦深」。其詩集中也確實不乏佳作，如《題姚孝廉詩問草兼送北上》等，妥帖自然，詞采豔發，《乍浦劉烈女詞》等，古樸深沉，已不見擬古痕跡而能自織精妙。

姚門弟子和張培基的共同特點，就是在詩歌藝術上都走姚燮的路子。他們很注重藝術技巧訓練，宗法漢魏唐人，並通過模擬漢魏詩或唐詩，來努力把握詩歌的藝術技巧，進而達到自創新貌的目的。

姚燮還通過作序言等向詩壇和社會推薦後起詩人，並為他們所作詩歌的流傳做了許多工作。如張培基《問己齋詩集》，慈谿秦豐岐《珍琴館寄生草》，葉元坊《意雲樓詩》，鎮海胡邁《凌伯遺草》，姚燮都作有序言。即使是困苦不達的無名詩人，只要其詩歌有價值，姚燮亦珍視之。鎮海戴鏊，《四明清詩略》卷二十六引曹珊泉語，言其應省試七薦不售，「家居授徒，暇輒苦吟以寫其胸臆，沉思獨往，語多奇險」。著有《聽鸝山房詩草》，年四十九而卒。姚燮讚譽其詩為「另是一家筆墨」，並將其遺稿整理為三卷，擬採入《蛟川詩系》，因姚燮不久即逝世而未果。

姚門弟子等受姚燮沾溉的後起詩人甚多，但有一定成就的卻不多。其中原因當然是很多的。除了極為少數外，這些人的科名幾乎都不高，且幾乎沒有機會交接天下名流，漫遊祖國大地，又沒有得到有力者的護持和薦揚，創作成就自然就不容易提高，更不容易為人所重視。他們的詩流傳下來的不多，傳播的面不廣，也是一大原因。

此文發表於臺北市寧波同鄉會《寧波同鄉》第 447 期，
2006 年 10 月版。

論江湜的詩歌

　　江湜（1818～1866），字持正，一字弢叔，江蘇長洲（今蘇州）人，府庠生，三應鄉試不第，曾遊幕山東，又長期在其表丈彭蘊章福建學政幕中。後捐從九品官，候補浙江，曾掌杭州都轉鹽運司文書，後又任溫州長林鹽課大使等職務。有《伏敔堂詩錄》十五卷、《續錄》四卷行世。生平事蹟，見黃華《長洲江弢叔先生傳》。

　　江湜論詩的觀點，主要見之於其《詩錄》卷十一《小湖以詩見問戲答一首》詩，云：「詞曰詩者情而已，情不足者乃說理。理又不足徵典故，雖得佳篇非正體。一切文字皆歸真，真情作詩歸得人。後人有情亦被感，我情哪不傳千春。君詩恐是情不真，真氣隔塞勞苦吟。何如學我作淺語，一使老嫗皆知音。讀上句時下句曉，讀到全篇全了了，卻仍百讀不生厭，使人難學方見寶。此種詩以人合天，天機到得寫一篇。寫時卻憶學時苦，寒窗燈火二十年。二十年學一日悟，乃得真境忘蹄筌。江子說詩未云足，李子掉頭心不服。曰君之詩欠官樣，只是山歌與村曲。」〔註1〕首先，真實是文學的生命，抒情是詩歌最基本的功能，江湜主張寫真情，既與他對詩歌抒情功能的正確認識相一致，又與為作詩而造情者、無病呻吟者劃清了界限，「一切文字皆歸真」，對文學的真實性予以充分的重視。其次，他主張詩歌應該「作淺語」，也就是通俗暢達，但又決不是直露粗率，而是應該耐人諷詠。這就要求詩人下苦工夫，達到「成如容易卻艱辛」的境界，語言雖然淺近，但表達效果最佳。這當然是很不容易的，比堆砌典故和辭藻為詩困難得多。

　　江湜的詩歌創作是實踐了他的詩歌理論的。首先，他的詩確實表現了他

〔註1〕江湜《伏敔堂詩錄》，上海古籍出版社，2008年版，第228頁。

的生活，他的真性真情。遊幕、低品級候補官、低品級官員，都是失意文人為之，江湜亦然。他落魄終身，成年後幾乎沒有過歡娛的時光。與此相應，其詩歌內容上最大的特點，就是言窮說苦者很多。如《詩錄》卷七《貧況效沈山人體》云：「典及琴書計更非，一寒漸受物情譏。三間屋底無薪火，十月風前有葛衣。為學詎能親貨殖，上書絕意到京畿。便懷七十二奇策，難救殘年八口饑。」﹝註2﹞但是，他的目光，決不是僅僅侷限於一身一家的不幸和苦難，而是放眼整個社會，如《哀流民》《泉州》《雨中感事》《讀京報》《重入閩中至江山縣述懷》《志哀九首》《有自杭城來者道經浙東各郡縣述所聞見無涕可揮採其語為絕句十首》《錢倉》《夷場二首》等，都抒發了他對苦難中人民的深切同情，對社會衰敗、動盪的深沉憂慮，體現了他寬廣闊大的胸懷。更可貴的是，他並不是僅僅停留在關心上，還努力為社會作些切實的貢獻。道光三十年（1850）年，他寫信給彭蘊章談吳地水利事，並附《與彭表丈書言三吳水利復呈一詩》，云：「天回日月轉時機，使節方回謁帝扉。新政欣逢今上聖，故鄉猶困隔年饑。知公素抱唯民物，聽我狂言果是非。亦欲因親說貧況，區區恐被昔人譏。」﹝註3﹞此見《詩錄》卷七。前人以寫窮愁痛苦者，以孟郊最為著名，但孟郊詩中，寫個人窮愁的多，而寫社會苦難的很少，為改造社會而建言之作，就幾乎沒有了。因此，在這個方面，江湜無疑較孟郊為勝。

江湜長期生活在異鄉，詩集中有關吳地的詩不多，甚至連到寫吳地山水名勝的詩也極少。但《詩錄》卷二《黎里祀徐俟齋先生詩為徐丈山民達源作》一詩，很有文獻價值。徐俟齋，清初蘇州明遺民徐枋。此詩序云：「先生祠在天平山之麓，即上沙之澗上草堂也。既百數十年，吳江有先生同姓名達源者葺之，又輒毀，且春秋頗遠。因先生曾遊分湖蘆墟之間，始即所居黎里為祠。又採錢謝山之說，以山陰戴先生南枝、嘉善吳先生稽田、南嶽大師儲公，又自以長洲布衣張先生蒼眉共四人配食。今春曾共展謁，因祠既有記，為妥神侑享之詩以寄，俾歌以祀焉。」﹝註4﹞葉廷琯《鷗陂漁話》云：「徐俟齋先生澗上草堂，在天平山南之上沙，即潘稼堂為其寡媳孤孫贖歸使住、並奉先生栗主為祠堂者。門外有小澗，其地至今稱澗上。吳江徐山民待詔丈達源，其族裔也，嘉

﹝註2﹞江湜《伏敔堂詩錄》，上海古籍出版社，2008年版，第134頁。
﹝註3﹞江湜《伏敔堂詩錄》，上海古籍出版社，2008年版，第125頁。
﹝註4﹞江湜《伏敔堂詩錄》，上海古籍出版社，2008年版，第31頁。

慶初嘗為修葺。洪稚存太史小篆題額曰：『高風亮節』。陳仲魚徵君隸書楹帖曰：『遯世克承文靖志，窮居不愧孝廉名。』唯潤沙常淤塞，水輒漫溢入祠屋。不數年又傾圮。嘉慶末至道光中，待詔復約同志兩度修之。後十餘年，郡人復修，蓋第四度矣。」〔註5〕可與此詩相參閱。

　　在蘇州的同輩友人中，與江湜友誼最深的，是蘇州詩人沈謹學和寓居蘇州的四川畫家劉泳之。江湜詩與二人有關者不少。《詩錄》卷五《夢中示沈山人劉彥沖》詩序云：「七月十五日夜，夢山人、彥沖同集一室，談笑如平生，因作詩示之。二君皆嗟歎，且言君學日進，詩更佳也。醒後挑燈追錄，尚得其全。」〔註6〕卷七《讀沈山人詩感賦》云：「八口只今計豈完，當時貧況有餘酸。更憐詩裏其人在，獨可燈前與我看。吾道非耶良友盡，秋風起矣壯心寒。孰知廣廈成虛願，衾冷多年自少歡。」〔註7〕關於劉泳之的詩特別多，其中又以題其圖的詩為多，如《題彥沖桃花便面》《觀彥沖畫感懷有作》《新得彥沖畫兩卷為詩紀之》《彥沖長江月雁圖》《彥沖畫羅浮蝶》《題彥沖山水景四首》等，這些詩歌，對研究劉泳之的畫，很有參考價值。

　　江湜有《彭表丈屢賞拙詩抱愧實多為長句見意》一詩自評其詩，見《詩錄》卷五，詩云：「豈可向人獻窮狀，更令讀者損歡顏。旅懷伊鬱孟東野，句律清奇陳後山。」〔註8〕言其詩有孟郊、陳師道的特色。後來所作《近年》一詩，則強調其詩的獨創性，見《詩錄》卷七，詩云：「近年手創一編詩，脫略前人某在斯。意匠已成新架屋，心花哪傍舊開枝。漫愁位置無多地，未礙流傳到後時。要向書坊陳起說，不須過慮代刊之。」〔註9〕其自信可知。其詩之特點，確實不為孟郊和陳師道所限。如《詩錄》卷七《歲除日戲作二詩》之二云：「有人來算屋租錢，小住三間月二千。使屋如船撐得動，避喧應到太湖邊。」〔註10〕這樣的諧趣，決非孟郊或陳師道詩中所有，而多見於黃庭堅和楊萬里詩中，然黃庭堅詩好用典故，此則為白描，楊萬里詩多風景、哲理而罕談窮愁。在藝術上，江湜取法的範圍比較廣，他能鎔鑄諸家之長而形成自己的面目。

〔註5〕葉廷琯《鷗陂漁話》不分卷，新文化書社，1934 年版，第 40 頁。
〔註6〕江湜《伏敔堂詩錄》，上海古籍出版社，2008 年版，第 89 頁。
〔註7〕江湜《伏敔堂詩錄》，上海古籍出版社，2008 年版，第 128 頁。
〔註8〕江湜《伏敔堂詩錄》，上海古籍出版社，2008 年版，第 86 頁。
〔註9〕江湜《伏敔堂詩錄》，上海古籍出版社，2008 年版，第 139 頁。
〔註10〕江湜《伏敔堂詩錄》，上海古籍出版社，2008 年版，第 140 頁。

　　總的來說，其詩藝術方面有顯著的特點。一是白描。其詩很少用典故，即使用典故，也是極為尋常者；所用詞語，色彩感很淡，絕無批紅抹綠的藻采。二是曲折。曲折表現在多方面，如思想感情方面，詞語的組合方面，句子的結構方面，章法的安排方面等。如《詩錄》卷七《典衣買彥沖畫一幅賦詩解嘲》云：「豈曰無衣一敝裘，質錢不與婦相謀。將沽官釀供朝飲，卻買山圖作臥遊。四壁尚存聊潤色，百年難度此消愁。君看畫手劉梁塈，早枕青山成古丘。」〔註11〕生活之窘迫，對朋友之情誼，情趣之高雅，意緒之詼諧，以白描和曲折出之。此詩實為江湜的代表作。

　　　　　　　　　　　　　　　　　　　　　　　　　　　此文為未刊稿。

〔註11〕江湜《伏敔堂詩錄》，上海古籍出版社，2008 年版，第 128 頁。

越南本佛教漢籍《歷傳祖圖敘贊》研究

　　釋道原《景德傳燈錄》等五種燈錄，以及其綜合整理本普濟《五燈會元》，比較詳細地反映了禪宗在這些燈錄完成之前的傳播狀況。可是，此後禪宗的傳播，相關資料就比較分散了。

　　越南本《歷傳祖圖敘贊》，書內題「歷傳祖圖贊，敕封弘覺禪師住明州天童山弘法禪寺嗣祖沙門道忞撰」，線裝一冊。我們稱之為「越南本」。此書以代代單線傳承的方式，記錄了該派禪宗師生之間的衣缽授受，包括古印度、中國和越南三個部分，其中包括越南在內的一部分，是後人加上去的，因為道忞是明末清初的人物，而此書的最後一位禪師，去世的時候，已經是 1940 年了。（以下引用此書，同為此本，不再注明版本。）此書成書的過程比較曲折，其佛教文化意義、文獻意義和文學意義也比較豐富，因此，本文擬對此書作些探討。

一、成書過程和編撰宗旨、體例

　　此書前有「濟宗三十二世住廣州報資新寺江陵本果曠圓」作於「康熙辛未仲冬下浣」的序文。「康熙辛未」，為康熙三十年，公元 1691 年。根據這篇序文，明代弘覺國師道忞住天童寺之時，將釋迦摩尼到天童密雲圓悟禪師這一路傳法祖師，依次繪圖制贊，供養山中。其讚語後來載《寶積錄》中行世。讀者讀其讚語，而不得見圖。「隱元琦和尚開化日本，門人雪絳一公刻有圖贊，傳彼國。今秋壽宗韶子寄一冊至廣州，欲刻之，傳於安南。因採其行述，圖其祖像，易以先師之贊，並補刻其像而贊之，而不肖陋影亦濫入者，韶子之請也。」據此，日本和尚雪絳一公編刻的祖圖贊，其收入的祖師及其次序，和道忞所收

相同，但是，圖是他們自己繪製的，行述和讚語，也是他們自己編寫的。我們沒有見到這個本子，且把這個本子稱為「扶桑本」。本果曠圓把扶桑本中的讚語，換上道忞所撰的讚語，再增刻道忞的象和行述，還有他自己的象。因此，此書正文開頭，就有「歷傳祖圖贊，敕封弘覺禪師住明州天童山弘法禪寺嗣祖沙門道忞撰」字樣。這個本子，我們稱之為「康熙本」。

那麼，越南本，是不是康熙本呢？不是的，是康熙本的增補本。正文第一個祖師，是「始祖釋迦牟尼佛」，也有傳記，圖和讚語。此下從「第一祖摩訶迦葉尊者」到「第二十七祖般若多羅尊者」，再到第二十八祖菩提達摩，這些都是外國和尚，接下來「第二十九祖慧可尊者」起，到「第三十三祖慧能尊者」，都是稱「祖」，此下從「第三十四世南嶽懷讓禪師」開始，就稱「世」而不稱「祖」了。根據本果曠圓的序文，道忞繪圖制贊的祖師，到第六十七世天童圜悟禪師（也就是道忞的老師）就結束了，扶桑本，也是如此。康熙本，多了道忞的象和行述，還有本果曠圓自己的象。越南本中，道忞為「第六十八世道忞弘覺國師」，有行述而無讚語，但有一偈。本果曠圓的像，沒有了。緊接著道忞的，是「六十九世壽宗和尚」到「第七十一世明鉉子融祖師」，都是中國禪師。從「第七十二世寔耀了觀祖師」到「第七十八世清泰慧明和尚」，則都是越南禪師。從道忞到慧明，也都各自有圖像、有行述，但是都沒有讚語。這和書內所題「歷傳祖圖贊，敕封弘覺禪師住明州天童山弘法禪寺嗣祖沙門道忞撰」是一致的，因為此書中，除了道忞寫的讚語之外，沒有其他人寫的讚語了。此外，我們必須注意的是，越南本中，從開頭的本果曠圓作的序文，到第六十七世天童圜悟禪師的圖和行述，都是同一板式刻印的，六十九世壽宗的也是如此，而六十八世道忞以及七十世以下，圖是手繪的，字是手寫的了，且到七十六世性天是一種字體，七十七、七十八兩世，也就是此書的最後兩位禪師，其行述是另外一種手寫字體。由此可見，越南本是在康熙本的基礎上繼續往下編寫的。

中國文化中，從政治、學說、社會組織到宗法，非常重視所謂的正宗或者正統，重視淵源，並且無不以淵源正大為尚。儒家如此，道家如此，佛家同樣是如此。道忞寫《歷傳祖圖贊》，從釋迦摩尼、大迦葉一路下來，到他所在的天童寺，法乳傳承，只敘直系，而不及旁支，以示其淵源正大，法乳醇正，得到釋迦摩尼的嫡傳，非野狐外道、教外別傳者所能比擬。那麼，日本雪絳一公刻的圖贊，所敘法系，為什麼和道忞所敘一樣呢？喻謙《新續高僧傳》四集卷五十六《清黃蘗山寺沙門釋隆琦傳》云，隆琦字隱元，他和道忞一樣，也是圜

悟禪師的學生。〔註1〕他到日本弘法，雪絳一公正是他的門人。本果曠圓序文中說的「隱元琦和尚」，正是隆琦。因此，隆琦承接的法脈，和道忞的是完全一樣的。他讓門人雪絳一公刻圖贊，在日本流傳，也是顯示其淵源正大和正統的意思，門人當然也樂意加以宣揚了。本果曠圓正是道忞的學生，他編刻康熙本《歷傳祖圖敘贊》，一仍道忞和雪絳一公，但加上道忞和他自己，意圖又何嘗不是如此！越南禪師繼續編寫下去，從中國禪師一路接續到越南禪師，到慈孝寺清泰慧明和尚結束，其意圖也是如此。越南本的編寫者，不出這一支的禪師，而最後的編寫者，當是慧明的學生。

在編排方面，此書是師生嫡傳，世世相承，直系分明而不及旁支。除了道忞及其以後的禪師外，每一位禪師，都有圖、行述和讚語三個部分，道忞及其以後的禪師，都有圖和行述，而讚語闕如。該書中的禪師，絕大部分不見於瞿冠群、華人德主編的《中國歷代人物圖像索引》，當然，該索引也沒有覆蓋此書。

二、此書與《五燈會元》之關係

此書從「第一祖摩訶迦葉尊者」，到「第五十一世天童咸傑禪師」，世系傳承，全本《五燈會元》。從「第五十二世臥龍祖先禪師」以下各位禪師，因為年代在後，都不見於《五燈會元》，其世系傳承，當出於道忞所撰。道忞根據相關的文獻，確定嫡傳世系。

此書中每個禪師的行述，是對禪師的介紹，也是「敘贊」中「敘」的部分。

（一）材料來源

對這些禪師的介紹，當然是有所依據的，是有來源的，編者不能生造，否則就不真實了。其材料來自哪裏呢？例如，第二十九祖慧可尊者部分云：「祖武牢姬氏子，名神光。參祖達摩，摩曰：『汝久立雪中，當求何事？』祖曰：『願開法門，廣度群品。』摩曰：『諸佛妙道，曠劫精勤難行。能行非忍而忍，豈以小德輕心所可希冀？』祖自斷左臂，置座前。摩曰：『諸佛最初求道，為法忘形。汝今斷臂求，亦可在。』遂名曰慧可。祖曰：『諸佛法印，可得聞乎？』曰：『法印非從人得。』祖曰：『我心未寧，乞師安心。』摩曰：『將心來，與汝安。』祖良久曰：『覓心了不可得。』摩曰：『與汝安心。』竟乃授衣，付偈曰：『吾本來茲土，傳法度迷情。一花開五葉，結果自然成。』祖壽一百單

七。」唐代釋道宣所撰《續高僧傳》卷十六有《釋僧可傳》，雲僧可即慧可，「俗姓姬氏，虎牢人」。「天竺沙門菩提達磨遊化嵩洛，可懷寶知道，一見悅之，奉以為師，畢命承旨。從學六載，精究一乘，理事兼融，苦樂無滯。而解非方便，慧出神心。可乃就境陶研，淨穢埏埴，方知力用堅固，不為緣陵。」〔註2〕他和達摩之間的因緣，此傳所載，也就是這些了。他確實曾經失去一條手臂，但是，不是他為了顯示自己「為法忘形」而自己主動下手砍去的，而是「遭賊斫臂，以法御心，不覺痛苦。火燒斫處，血斷帛裏，乞食如故，曾不告人。」〔註3〕至於「立雪」和關於「安心」的問答，達摩授以偈等情節，此傳中都毫無蹤影。越南本中「武牢」即是此傳中「虎牢」，因避唐高祖李淵的祖父李虎之諱也。查《五燈會元》卷一《初祖菩提達磨大師》和《二祖慧可大祖禪師》，可知越南本中慧可的行述，就來自此二傳。我們將越南本《歷傳祖圖敘贊》中的行述和《五燈會元》仔細核對，發現前者中從《第一祖摩訶迦葉尊者》到「第五十一世天童咸傑禪師」，他們的行述，幾乎都是來自《五燈會元》。

和《景德傳燈錄》等五種燈錄相比較，在顯示禪宗傳播方面，《五燈會元》不僅最為齊全，也最為簡潔、清楚。《歷傳祖圖敘贊》敘錄禪宗師生直系嫡傳關係，以《五燈會元》為材料來源，也是非常自然的。

臥龍祖先以下的禪師，既然不見於《五燈會元》，他們的行述，當然也不可能出於《五燈會元》，而來源比較雜。例如，臥龍祖先、徑山師範、高峰原妙、中峰明本、千嵒元長、萬峰時蔚、月心德寶、天童圓悟和道忞等，《明高僧傳》等僧人傳記集中，是有傳的，他們的行述，有些部分，是來源於這些傳記。其他的禪師，他們的行述，就來源不那麼集中了。因為宋代以後，關於禪宗流傳的文獻，比較分散，尚無類似於五種燈錄乃至《五燈會元》那樣的集大成的、具有總結性的文獻，所以，此書從臥龍祖先以下，材料來源，除了《明高僧傳》外，都是比較分散的，有的甚至沒有來源，其本身就是第一手資料。總之，《五燈會元》中所無的這些禪師的行述來源，得一一詳細考證，才能得其實。

（二）重在佛法之傳承

可是，《五燈會元》所記載諸禪師的行事，畢竟還是比較詳細的，《歷傳祖圖敘贊》中他們的行述，相比之下，則要簡略得多。這就有選擇、剪裁的問題。如何選擇、剪裁呢？除了交待禪師的籍貫等信息外，於其他行事略而主要記述

〔註2〕上海古籍出版社編《高僧傳合集》，上海古籍出版社，1991年版，第231頁。
〔註3〕上海古籍出版社編《高僧傳合集》，上海古籍出版社，1991年版，第232頁。

各禪師得其師傳法之事。禪宗理論認為,學佛不必讀佛經,不必苦行,更加不必禮拜佛菩薩等偶像,舉凡日常生活,情景環境,都能使人悟佛道。《歷傳祖圖敘贊》從《五燈會元》中選取的,大多重在這些內容:某個和尚對某個尋常的問題或者尋常的情景,有獨特的見解,或其舉動被禪師認為有獨特的見解,於是得到禪師的認可,甚至賞識,被認為悟得了佛道,禪師甚至付與一偈,於是,這和尚就成了禪師嫡傳的佛法繼承者,乃至傳法譜系的嫡傳繼承者。例如「第三十祖僧璨尊者」條云:「祖初以白衣謁二祖慧可,請為懺罪。可曰:『宜依佛法僧住。』祖曰:『今見和尚是僧,未審何名佛法?』可曰:『是心是佛,是心是法。佛法無二。僧寶亦然。』祖曰:『今日始知罪性不在內,不在外,不在中間,如其心然,佛法無二也。』可深器之,即為剃髮,曰:『是吾寶也。宜名僧璨。』後付衣法偈曰:『本來緣有地,因地種華生。本來無有種,華亦不曾生。』」這些內容,見《五燈會元》卷一《二祖慧可大祖禪師》。〔註4〕至於該書《三祖僧璨鑒智禪師》中的許多內容,《歷傳祖圖敘贊》的行述部分,則沒有加以收錄。

(三)「傳」與「承」之差異

《歷傳祖圖敘贊》中的禪師,凡是見於《五燈會元》的,其行述幾乎都是來自《五燈會元》。可是,其中各禪師行述中的主要內容,也就是他和他的師父之間的傳法因緣,在《五燈會元》中,是見之於他的師父名下的,而不是他本人名下的。例如,《歷傳祖圖敘贊》中第二十九祖慧可的行述,主要見之於《五燈會元》中慧可的老師第二十八祖達摩的部分;第三十祖僧璨的行述,主要見之於《五燈會元》中僧璨的老師慧可的部分;第三十一祖道信的行述,主要見之於《五燈會元》道信的老師僧璨的部分。以此類推。那麼,為什麼有這樣的差異呢?師生佛法授受的事情,當然可以寫在老師的名下,也可以寫在學生的名下。不過,兩種寫法,是有區別的。《景德傳燈錄》等五種燈錄中,《五燈會元》中,師生佛法乃至衣缽授受的事情,是記錄在老師名下的。這些燈錄,對佛教禪宗各個支派而言,相對而言,還是比較客觀的,是禪宗傳法的宗譜,不專錄一派或者一支,嫡傳支傳,直系旁系,都予以收錄,因此,其客觀性就比較強。「傳燈」,就是傳佛法,佛法如燈,去人愚昧,而傳之者,老師也,故傳法之事,不管是傳給誰,都記錄在老師的名下。更何況,一個老師,一般來說,不會只把佛法傳給一個人,有的甚至傳給十幾個人,這些燈錄中都有

〔註 4〕釋普濟撰、蘇淵雷點校《五燈會元》,中華書局,1984 年版,第 47 頁。

記載。《歷傳祖圖敘讚》則只敘一支，並且將這一支作為嫡派嫡傳，還不錄任何旁系，旨在誇耀，因而著眼於「承」，於是將師生佛法乃至衣缽授受之事，記錄在學生自己的名下，而不是老師的名下了。

（四）「敘」與「讚」之參差

《歷傳祖圖敘讚》中，從大迦葉到圜悟，都是有圖、有敘、有讚的。「敘」也就是行述。讚是韻語，其實相當於詩歌。行述是散文，那麼，可以看作是「序」了。在我國古典詩詞中，不少詩詞，是有序的。詩詞和其序之間，當然是有聯繫的，序可以幫助讀者理解詩詞本身，當然，序文本身，也是文學作品，有的也是可以獨立的。這樣的例證，是不少見的。

《歷傳祖圖敘讚》中的讚語和行述，其間的關係，也是如此。不過，和古代帶序文的詩詞不同的是，此書中的讚語和敘文，出自不同的人。讚語是道忞寫的，而敘文則不是道忞寫的，很可能是出於道忞的師兄或者師弟隆琦。這樣，讚語和作為敘文或者序文的行述之間，就會出現一些參差。行述對我們理解讚語，確實是有很大幫助的，因為都是寫的同一個禪師，可是，這樣的幫助，也是有限的，我們僅僅根據行述，不看這禪師其他的事蹟等資料，是無法完全理解讚語的。例如，「第三十二祖弘忍尊者」的行述云：「祖先為栽松道者，因四祖大師囑曰：『倘若再來，吾當遲汝。』遂託生周氏女。童時有智者見而歎曰：『此子缺七種相，不逮如來。』後復遇大師，出家，納戒，付法，傳衣偈曰：『華種有生性，因地華生生。大緣與性合，當生生不生。』」讚語云：「身前身後不多爭，白髮猶能復稚嬰。矗矗青松長自老，滔滔濁港幾時清。有人和得完圜句，許見祖師眉一莖。速道速道！」讚語中「白髮」句，就是行述中栽松道者遵照道信的囑咐，託生於周氏女之事。可是，「濁港」句、「有人」二句，僅僅憑行述，我們還是無法理解的。《五燈會元》卷一《五祖弘忍大滿禪師》云，弘忍的母親無夫懷孕，被家裏人趕出。弘忍出生後，被認為不祥而拋入濁港。讚語中「濁港」指此。〔註5〕這個部分，又載弘忍以徵偈語的方式求可承衣缽之人一事，讚語中「有人」二句，指此。〔註6〕讚語和行述，作者不同，文體不同，儘管寫的對象是同一個人，即使材料也是來自同一本書，甚至是同一篇或者是相同的兩篇文字，取捨也還是有不同的。因此，不管矚目於讚語還是矚目於行述，都要參看其淵源所自，如《五燈會元》等材料才是。

〔註5〕釋普濟撰、蘇淵雷點校《五燈會元》，中華書局，1984年版，第51頁。
〔註6〕釋普濟撰、蘇淵雷點校《五燈會元》，中華書局，1984年版，第52頁。

　　凡見之於《五燈會元》的禪師，對他們的讚語，也幾乎都是參照《五燈會元》中他們各自的材料來寫的。道忞是詩文高手，在明末清初的佛教詩人中，是少見的大家。此書中，他給禪師們寫的讚語，實際上絕大多數是詩歌或者詞。例如《第四十六世白雲守端禪師贊》：「覷破春風笑裏刀，山河徹底沒谿橋。瓊樓玉殿莖茅見，今古白雲響夜潮。」此詩儘管僅僅是感歎歷史變遷，有虛無之感，但還是有佛理在，且風調卓絕，餘味無窮，還完全符合七絕的平仄、押韻等格律，可謂七絕中的佳作。又如《第六十四世絕學明聰禪師贊》云：「一關把定古山河，三尺龍泉照膽磨。無限飛鴻驚不度，華山突兀太行峨。」其中充滿了豪氣，富有陽剛之美。《第四祖憂波毱尊者贊》云：「玉塵橫拈時一掃，紛紛華雨來何早。五印風馳剛健倒，聲浩浩。頻添石室籌如草。　　春色屋頭誰戶少，殷勤未授無師道，心印確然非璅造。真明導，波旬嫉妒從茲薨。」這分明就是《漁家傲》詞，格律嚴謹。其中律詩、古體詩，也多可觀者。

三、該派禪宗在越南之流傳

　　根據本果曠圓的序文，康熙本的編刻，緣起「壽宗韶子」。他給在廣州報資寺的本果曠圓寄了一冊雪絳一公刻的扶桑本《歷傳祖圖敍贊》，想刻了在越南傳播。這「壽宗韶子」不是別人，就是越南本中的「第六十九世壽宗和尚」，生於順治五年（1648），卒於雍正六年（1728）。其行述云，他原籍廣東潮州府程鄉縣，俗姓謝。十九歲出家，得法於報資寺曠圓，法名元韶，字煥碧，「從中華來，初錫歸寧府，創建十塔彌陀寺，廣開象教，再回順化富春山起造國恩寺並普同塔」，既而奉越南王命，回廣州取佛像、法器等到越南，住河中寺。

　　這派禪宗此下在越南的傳承，是從他開始的。越南本中，他是該派禪宗中越南支的第一世，這當然沒有問題，而在該派中，他是第六十九世，上接第六十八世道忞，這就有問題了。本果曠圓在序文中稱道忞為「先師弘覺老人」，那麼，作為曠圓的學生，壽宗應該是道忞的再傳弟子，從傳法世系上說，道忞是第六十八世，曠圓應該是第六十九世，壽宗應該是第七十世，而不應該是第六十九世。據曠圓的序文，康熙本中，應該是有曠圓的像的，還是因為壽宗的請求而曠圓同意把他的像編刻進去的。可是，越南本卻把曠圓刪除，而以壽宗直接繼承道忞，讓他成為第六十九世。這顯然是不妥的，壽宗畢竟是得法於曠圓，而不是得法於道忞。其間原因，恐怕還是在於道忞的佛學、文學成就和影響，要比曠圓大得多的緣故。

關於壽宗，還有一個重要問題，值得一辨。其行述中說，他到越南傳法，是在乙巳年。《大越國王敕賜河中寺煥碧禪師塔記銘》中也有明確記載，元韶到越南的時間是「乙巳年」。〔註7〕元韶一生，經歷了兩個乙巳年。前一個是康熙四年（1665），當時，他虛齡十八歲，還沒有出家，當然不可能到越南傳教。後一個乙巳年是雍正三年（1725），那時，他已經是七十八歲的老人了，離開他去世，也只有三年的時間，他也不可能前往越南傳教了，且和碑文中「歷自航來余境，計五十一年矣」之說完全不符。更為重要的是，本果曠圓的序文中說：「今秋壽宗韶子寄一冊至廣州，欲刻之，傳於安南。」這序文作於康熙三十年（1691），根據其語義，當時壽宗應該已經在越南，或者將要去越南。壽宗「乙巳年從中華來」到越南的說法，和這些事實都不符合。越南佛教居士慶譜中人洪膏於保大六年（1931）五月畫的元韶禪師像上，也題文字，說元韶是「乙巳」從中華到越南傳法的。其實，《歷傳祖圖敘贊》中元韶的行述，還有元韶畫像上的文字，都是來自《大越國王敕賜河中寺煥碧禪師塔記銘》，也包括這個失誤。那麼，元韶山究竟是何時前往越南傳教的呢？答案也在《大越國王敕賜河中寺煥碧禪師塔記銘》中。此碑明確說，元韶「歷自航來余境，計五十一年矣」。〔註8〕結合元韶的生卒年推算，他前往越南傳教，是在康熙十六年丁巳（1677），當時，元韶正好虛齡三十歲。這和所有的事實之間，就沒有任何矛盾了，也符合情理。因此，碑文、行述等中關於元韶前往越南傳教的時間，「乙巳」當為「丁巳」之誤。

壽宗的法嗣超長大車、法孫明鋐子融，都在越南傳法，子融在慈曇寺，也就是當時的印宗寺。子融以下傳其法脈的，都是越南禪師了。第七十二世寔耀了觀（1667～1742），開天台山禪尊寺。第七十三世際仁覺圓，為報國寺住持，卒於1753年，卒前一年，傳法於其法嗣大徹。七十四世大近福揚，景興二十六年（1765）得法於際愍，際愍應該是際仁的師兄弟，而際仁的法嗣大徹也許由於種種原因不能作為該支派法系的繼承人，因此，儘管際仁和大近之間，沒有佛法傳承關係，還是讓大近繼際仁而成為七十四世祖，這類似於家譜中的嗣

〔註7〕潘張國中《多種史料視野下的元韶禪師之研究》，（越南）《覺悟月刊》，2015年12月號，第48頁。潘張國中《元韶禪師碑文再研究》，載（越南）《了觀雜誌》2016年8月號，第27頁。

〔註8〕潘張國中《多種史料視野下的元韶禪師之研究》，（越南）《覺悟月刊》，2015年12月號，第48頁。潘張國中《元韶禪師碑文再研究》，載（越南）《了觀雜誌》2016年8月號，第27頁。

子。七十五世道明普淨（？～1816），嘉隆十四年（1815）付一偈於其第一法嗣一元，但在上一年就將法偈付與性天一定（1784～1847），故七十六世為性天一定。大近、道明、性天，也都在報國寺。性天後來在楊春山創建安養庵。第七十七世海紹綱紀（1802～1890？），早年從性天一定創建安養庵，安養庵改名為慈孝寺，他為住持，後又重建靈光寺。第七十八世清泰慧明（1861～1940），出家於慈孝寺，受具戒於報國寺，後在靈山寺、聖緣寺、妙諦寺、大悲寺等寺院弘法，或者擔任住持等職務。

越南本《歷傳祖圖敍贊》中，從道忞開始，就沒有讚語了，但有些禪師名下，是有偈的，也可以當作讚語看。第六十八世道忞之圖，有偈，當出於本果曠圓之手：「道本元成佛祖先，明如紅日麗中天。靈源廣潤慈風普，照世真燈萬古懸。」若作為詩歌而論，這偈寫得非常平庸。就內容而論，不過是對「道」作描繪，其理論不僅合於佛家，也合於道家。第一句「道本」云云，明顯本於《老子》第四章對道的描述「象帝之先」而來。〔註9〕把「道」比喻成紅日、靈源、慈風、燈，都很平常，且平板重複，靈性全無，情感全無。這偈泛泛言道，根本沒有道忞的特點，看不出是為道忞寫的。不過，此偈完全符合七言絕句的平仄格律，可見作者也是將它作為七絕來寫的。

從六十九世到第七十一世禪師，都是華人，但他們都在越南傳法。他們行述後的偈，可能出於他們自己之手，也可能出於他們的越南傳人之手。第七十世超長大車祖師行述後偈云：「祖道戒定宗，方廣正圓通。行超明寔際，了達悟真空。」就押韻而言，「宗」在「二冬」，而「通」和「空」在「一東」，嚴格說來，韻部不同，但此二韻部相鄰，「宗」是首句，還是允許的。就平仄而言，前面兩句不符合五絕的格律，但後面兩句完全符合。可見作者也是知道詩歌格律的，但是，不擅長於此。形象和情感，此偈中幾乎看不到。第七十一世明鋐子融祖師行述後的偈，則全不符合平仄格律，押韻也不符合要求，形象、情感等也幾乎沒有。

從七十二世到七十八世，都是越南禪師了。各位禪師行述中的偈，有的是他們從老師那裡得來的，有的是他們給學生的，有的很難確定。七十二世寔耀了觀祖師，有四首四言偈，文學性很差，純粹言佛理而已。第一首不押韻，第二首押韻，第三首也是「二冬韻」和「一東韻」通押，而不在首句，按理也是不可以的。第七十三世際仁覺圓和尚給他的法嗣大徹的偈，五言四句，全不符

─────────────────────

〔註 9〕老聃著、王弼注《道德經》，上海書店，1986 年版，第 3 頁。

合五言格律詩平仄格式，押韻也是第一句用「二冬韻」，二、四兩句用「一東韻」，不嚴格。第七十四世大近福揚禪師付偈云：「祖德尊風濟世傳，法無說法話頭圓。於今念汝成標榜，弘道重光遍大千。」有佛理，有情感，有人，只是形象性差一些，不過，完全符合七言絕句的格律。第七十五世道明普淨和尚傳給法嗣一元的偈是：「一元授法先，心地發花園。道明傳心法，慧燈照滿天。」不符合平仄格律。「授」和「受」也被混淆了。第七十六世性天一定和尚的行述中，記錄普淨和尚給性天的法偈：「一定照光明，虛空月滿圓。祖祖傳付囑，道明繼性天。」押韻、平仄都不符合律詩格律，即使就佛理而論，也不高明。性天禪師本人，則堪稱詩歌高手。他在楊春山創建安養庵時，自題聯云：「身帶串珠閒歲月，手持錫杖樂春山。」對仗工整，平仄調諧，意境俱佳，且和其身份、修養等相稱，足見其漢學和佛學功底深厚。第七十七世海紹綱紀和尚，得到其師傅性天所付法偈：「紀綱經權不執方，隨機應用善思量。朝朝相識難尋跡，日日穿衣吃飯常。」有理致而不為佛理所限，也完全符合七絕的平仄格式，押韻也沒有問題。此行述中還有海紹遊山訪寺所詠「衣麻坐草身無礙，玩水看山志不移」，不僅完全符合平仄格式，且有佛理和詩情在。第七十八世清泰慧明和尚從他的老師那裡得到的偈云：「正色體圓明，心法本如然。虛空忟一照，繼祖永流傳。」這偈頌，佛理也是老生常談，平仄也不符合五絕格律，也就是稍微順口而已，似乎不應該出於海紹之手。

總體而言，越南禪師的偈，大多不能算高明，畢竟，對他們說來，漢語不是母語，更何況，掌握平仄、押韻等格律的難度，又是那麼大，佛法又是那樣高深，要理解漢文佛經，難度也是很大的。不過，有的越南禪師所寫的偈或者對聯，完全符合平仄、押韻等格律，情、理、形象還都不錯，這些，還是難能可貴的。

結語

越南本佛教漢籍《歷傳祖圖敘贊》，其成書實際上涉及中國、日本和越南三個國家的禪宗因緣。其大部分資料，來自於《五燈會元》，但是，遠遠不為《五燈會元》所限，即使來源於《五燈會元》的，也是經過精心剪裁的，因為其立意和《五燈會元》不同的。道忞所撰讚語，多詩詞，有較高的藝術水平。此書中關於該派禪宗在越南傳承的情況，對研究越南佛教，以及中越兩國的文化交流，有很重要的意義。

此文為未刊稿。

姚燮著述考

　　姚燮，字梅伯，號野橋，晚號復莊。別署有大梅山民、大某、某伯、疏景詞史、復翁、老復、復道人、二石、二石生等。姚燮學問淵博，多才多藝，著述宏富。詩詞、畫、駢文而外，其於經、史、地理、佛道、戲曲、詞學等之研究，於總集之編纂，於駢文、小說之評點諸方面，造詣頗深，成就甚大。姚燮尚有戲曲、小說之創作。除評點外，姚燮各種著述，約有八百餘卷之巨，實世所罕見。惜其未刊、散失者極多。今列其著述之可考者於此，並略加述考，庶幾有助於姚燮研究。〔註1〕

《胡氏禹貢錐指勘補》十二卷

　　未見刊本。蔡鴻鑒《復莊駢儷文榷二編序》所列梅伯未刊著述之目等處著錄。洪錫藩修《鎮海縣志》卷四十《藝文》下言有大梅山館藏本。《禹貢錐指》，清胡渭撰。胡渭原名渭生，字朏明，號東樵，浙江德清人。《四庫全書總目》卷十二《經部‧書類二》言宋以來傅寅、程大昌、毛晃而下，注《禹貢》者數十家，精核典贍，以朏明是書為冠。阮元刻《皇清經解》，收錄是書。梅伯能補其失，實為不易。陳遹聲修《國朝三修諸暨縣志》卷四十六《經籍志》甲部云：「燮所勘補，皆有確據，洵胡氏諍臣也。」〔註2〕

《夏小正求是》四卷

　　蔡鴻鑒《復莊駢儷文榷二編序》所列梅伯未刊著述之目等處著錄。是書後收入《四明叢書》第七集之中，據手稿排印。張壽鏞民國二十九年（1940）

〔註1〕本文所引姚燮著作中之文獻，不列版本。
〔註2〕陳遹聲等編《國朝三修諸暨縣志》，清宣統三年（1911）年版。頁面不連貫。
　　　　本文此下引用此書，同此版。

為是書作序云：「其稿藏於馮氏伏跗室，為咸豐辛酉手錄。書中亦題「辛酉九月復翁手錄稿」。咸豐辛酉，即 1861 年，是書殆成於此時。《國朝三修諸暨縣志》卷四十六《經籍志》甲部作《夏小正求是錄》四卷，云：「《夏小正》本《大戴禮》一篇，《隋書·經籍志》始於《大戴禮》外別出《夏小正》一卷。屢經傳寫，傳與本文混淆為一。宋傅崧卿始仿杜預編次《左氏春秋》之例，列正文於前而列傳於下。朱子作《儀禮經傳通解》，始稱考定之本。元金履祥續為注。爕此編，頗能補古人之遺，所論俱有確據。」

《課兒四子書瑣義》一卷

未見刊本。蔡鴻鑒《復莊駢儷文榷二編序》所列梅伯未刊著述之目等處著錄。洪錫藩、王榮商編《鎮海縣志》卷四十《藝文》下作《四子書瑣義》一卷，言有藏本。

《漢書日札》四卷

未見刊本。蔡鴻鑒《復莊駢儷文榷二編序》所列梅伯未刊著述之目等處著錄。洪錫藩、王榮商編《鎮海縣志》卷四十《藝文》下等處言有藏本。陳遹聲等修《國朝三修諸暨縣志》卷四十七《經籍志》乙部云：「此書摘錄漢事而附以考證，札記中佳本也。」

《瓊貽副墨》二十四卷

未見刊本。陳遹聲等修《國朝三修諸暨縣志》卷二十四《人物志》列傳八著錄。內容未詳。

《四明它山圖經》十二卷

未見刊本。蔡鴻鑒《復莊駢儷文榷二編序》列梅伯未刊著述之目等處著錄。洪錫藩、王榮商修《鎮海縣志》卷四十《藝文》下等處言有藏本。姚爕《復莊詩問》卷二十五有詩《僦居鄞江橋村絳山樓匝月，撰它山圖經，即事三章，示主人朱立淇並徐兆蓉、鄭星懷兩文學》。此詩編年在道光壬寅，即公元1842 年，時浙東蒙鴉片戰爭之禍，梅伯避亂鄉村。

《國朝三修諸暨縣志》卷四十七《經籍志》乙部作《四明它山水圖經》，云：「鄞故有它山水，其始大溪，與江通流，鹹潮沖接，耕者弗利。唐鄞令王元暐始築堰以捍江潮。陸南金開廣之。於是溪流灌注城邑，而鄞西七鄉之田皆蒙其利。歲久廢壞。宋嘉定間，鄞令魏峴言於府，請重修，且董興作之役。著《四明它山水利備覽》二卷。然未有圖經也。爕為此書，以補其闕云。」然梅

伯是書之功,實不至此。蔣敦復《嘯古堂文集》卷七《姚梅伯它山圖經序》
云:「姚君是書,凡深寧、清容、南雷諸先輩之說有舛漏者,引繩披根,悉加
釐正。討論之功,可謂不密乎!」〔註3〕並列是書十二卷之目云:「首《山經》,
挈綱領也;次《今水原委》,析條目也;次《防署編年紀》三卷,志豐功也;
次《封祀冊》,崇明德也;次《言行表》,徵里獻、錄寓賢也;次《藝文略》,
而終以《叢志》二卷,嚴體例也。」董沛《正誼堂文集》卷二十三《它山圖經
跋》評是書云:「敘述古雅,山水源委,皆得之目驗,實能盡其曲折。」而指
其瑕云:「考古頗疏。」

《大藏多心經注》三卷

未見刊本。梅伯《復莊詩問》卷二十六有詩《注大藏多心經三卷成,簡青
湘道人》,編年在道光癸卯,即1843年。青湘道人,即袁青湘,姚燮友人,浙
江鄞縣人,通玄氏之學。按所謂《大藏多心經》,即佛經《般若波羅蜜多心經》。
此經被誤為《多心經》,由來已久。

《玉樞經籥》二十四卷

是書已經行世,至少有如下版本:道光二十五年乙巳(1845)聚珍版,是
版止印三百部;顧氏為祈禱發願而刊之石印本;民國十一年(1922 年)排印
本,是刊經江起鯤、孫鏘再四勘校,而又分其句讀,增其圈點。

是書前有梅伯自序、張培基序、盧派序、郭傳璞序,有袁青湘之後序。民
國十一年之排印本,前增入梅伯友人陸璣序,蓋由江起鯤於友人處得郭傳璞
《蘭如集》鈔本,是序在鈔本中也。書後又增孫鏘鑄版跋。

是書梅伯自序云,「樞之者三千一百六十八言,而籥之者倍一十三萬餘
言」。盧序云,「名之曰籥,蓋將啟其重扃,而導夫入門之先路也」。洪錫藩、
王榮商修《鎮海縣志》卷四十《藝文》下著錄是書,稱《玉樞經瀹》,誤。

梅伯始著是書之時間,亦須略作一辨。梅伯是書之自序云,其在癸卯秋於
玉清道院養病期間,友人袁青湘促其注《玉樞經》,梅伯「未遽辭」。「逮疾既
就愈,輒復奔走涉世,身難室安,懸斯願而未之酬者幾二載也。今年夏居,袁
君過不佞,申前約,自五至八月而書成」。似此書始作於是年(杏根案:道光
乙巳,1845 年)之五月,實非。作於道光二十六年丙午夏五月而未刻入乙巳

〔註 3〕蔣敦復《嘯古堂文集》,上海道署,清同治七年(1868)刊。頁面不連貫。本
　　　文此下引用此書,同此版本。

聚珍版、顧氏石印本之陸序云：「夫復莊注經之由，其自序中約略言之，而未能盡，且有諱言之者，蓋仍拘於『儒者不道』感應之說也。……因謂復莊，子患疾而注經，經注而疾愈，人多知之，固不必諱，亦不可諱。」又，徐時棟《煙嶼樓文集》卷七《姚梅伯傳》云，梅伯「道光癸卯，大病幾死，養痾郡之報德觀。……是歲余客杭州，有傳梅伯死者。比歸，知無恙。過之觀中，方作道士裝，為人懺悔，相視而笑，出手注《玉樞經》，淪茗共讀」。〔註4〕故梅伯作《玉樞經籥》，應始於在玉清道院養病期間，也可能成於這期間。《鎮海縣志》卷四十著錄是書而誤為《玉樞經淪》，或由誤讀徐時棟此文所致。

諸序予是書評價甚高。陳遹聲等修《國朝三修諸暨縣志》卷四十八《經籍志》丙部作《玉樞經注》，言梅伯注此經，「收藏《道藏》書至二巨篋，於方外之旨，多心得矣」。或作《玉樞經鑰》，蓋「鑰」通「籥」也。

《復莊詩問》三十四卷

有道光二十八年戊申（1848）二月刊。編入《大梅山館集》中。會稽孫廷璋出資刊行。是書卷首有孫廷璋之序，陳繼揆之《題詞》，葉元坊、陸雲書之《書後》，徐時棟、張培基所作梅伯傳記，梅伯手定之《詩問總目》，另有各家評論甚多。

是集收梅伯所作詩歌三千四百八十八首，附友人唱和贈答之作八十一首。編年排列。存梅伯道光十三年癸巳以前之作十之一，十四年申午以後之作十之五，終於道光二十六年丙午。是集於道光二十六年丙午（1846）五月付刻，道光二十八年戊申二月始竣工。

梅伯編目既竟，而自言「詩問」之義云：「惟嘗持以問師友之能詩者，而多以為可詩也。……即持此以問後世之能詩者。而盡以為可詩也，亦曾內何益於身，外何補於世哉？」

《紅橋舫歌》一卷

范柳堂（壽金）所編《蛟川詩系續編》卷六載梅伯《紅橋舫歌》四十六首，皆不見於《復莊詩問》者。《蛟川詩系續編》，有民國甲寅（1914）三月活字版。野諲氏（即范氏）云：「此《紅橋舫歌》，乃邑人劉午亭所錄，云自墨蹟中鈔出，而原本為范茂才醒研所珍藏者。用特錄登斯編，且以見先生綺歲能詩已如此。」此卷皆七言絕句，題詠、描寫揚州風景、古蹟、風俗等，前有梅伯所作駢文序。

〔註4〕徐時棟《煙嶼樓集》，清同治、光緒間刊。以下引此書同此版本，不再注明版本。

《西滬棹歌》一卷

刊於羅士筠修《民國象山縣志》卷三十二《文微》外編下之中。是卷共七言絕句一百二十首,「半述山川半土風」。每首下有較詳自注。第一首之自注云:「咸豐庚申冬日,重客象山西滬,寓王氏翠竹軒二月餘,選勝攬俗,洵韜潛之樂土也。同人聳為棹歌之作。拉雜成之,以消客況。采風者或有取焉。」〔註5〕明寫作時間、寫作緣起。此庚申為咸豐十年(1860)。蔡鴻鑒《復莊駢儷文榷二編序》誤作八卷。

《紅犀館詩課》十集

同治四年(1865)刊。是書有董沛序。略謂象山紅木犀名,自南宋著。咸豐庚申(1860),歐景辰倡詩社,以紅犀名其館,而延客居象山之梅伯為祭酒。其首集之題,即《紅木犀詞》。社之例一月一舉,雜擬古今體詩,糊名易書,而由梅伯判其甲乙焉。是書所編凡十集,為詩千有餘篇,悉為梅伯親自鑒定,兼採眾體,不名一家。中有梅伯之作五六十首。十集之中,後二集不以集次,分別為《丹山倡和詩卷》與《海山分韻詩卷》。

《瑤想集詩》一卷、《蚶城遊覽倡和詩》一卷

此二種都無刊本。蔡鴻鑒《復莊駢儷文榷二編序》列梅伯未刊著述之目等處著錄。蚶城,象山之別稱也。

《詠史詩》

未有刊本。《復莊詩問》卷五《題鶴皋詠史圖》題下自注云:「葉赤堇山人元堦招余同厲白華山人志,閉門治史。葉君治兩漢,厲君治《晉書》,余治三國及南北史。自二月至九月,各得詠史詩七百餘章。」《復莊詩問》卷一至卷五乃道光癸巳(1833)前所作,故《詠史詩》亦當作於是年之前。

《疏影樓詞》五卷

有道光十三年(1833)刊。編入《大梅山館集》中。又有光緒十三年(1887)上湖草堂刊本。是集五卷分別為:《畫邊琴趣》二卷、《吳涇蘋唱》一卷、《剪燈夜語》一卷、《石雲吟雅》一卷,凡詞308首。

是集前有姚儒俠作於道光十三年(1833)花朝後三日之序。時梅伯尚未中舉,故儒俠序中稱梅伯為「甬上名秀才」。另有梅伯作於同年五月端四日之自

記，云：「迨弱冠後，日與世涉，哀樂漸多，兼以友朋宴遊，飢寒驅逐，每有感觸，即寄之。數年以往，共得千餘闋，並少作刪存六一，釐為五卷，各以類從。」道光十三年，梅伯二十九歲。是集五卷詞，乃此前所作也。或有誤作八卷、四卷者。

《疏影樓詞續編》一卷、《玉笛詞》一卷

此二種皆未有刊本。《國朝三修諸暨縣志》卷五十《經籍志》丁部下著錄，並云此二種乃梅伯「晚年之作未付刻者，較前集更為無上乘矣。乾隆後詞家必以爕為首選。今稿歸楓橋陳氏授經堂，乃爕子少復茂才所贈也」。蔡鴻鑒《復莊駢儷文榷二編序》所列梅伯未刊著述之目、俞樾修《鎮海縣志》卷三十《藝文·集部》均言梅伯有《疏影樓詞續鈔》四卷、《玉笛詞》二卷。

《苦海航樂府》一卷

未見刊本。蔡鴻鑒《復莊駢儷文榷二編序》所列梅伯未刊著述之目等處著錄。《國朝三修諸暨縣志》卷五十《經籍志》丁部下等處作二卷，誤。蘇州大學圖書館藏有是書鈔本，無名氏抄於戊申秋月，並於卷末題《沁園春》一首。

鈔本封面題《苦海航》。首頁題《苦海杭》，蓋「杭」通「航」也。題下，為梅伯自序，云：「復道人嘗為狹邪遊，今行年將五十，凡此中色聲香味觸法，殆盡閱矣。屢欲著之辭，以為世懲，而未果。今來遊滬，滬之堂名，其蠱人有甚於他方，閱歲閱月，蹈其中而不自拔，以至於而貧且賤而病且死，不知凡幾。道人憫之，因著《沁園春》詞一百有八闋，以當晨鐘百八，喚醒癡聾。如曼倩工諧，灌夫善罵，道人何敢焉。由他魑魅千般影，不出秦臺一鏡中。讀者其諒而省之。」王韜《瀛壖雜誌》卷一云滬城青樓極盛，「蛟川姚梅伯孝廉著《苦海航》樂府百有八闋，喚醒一切，可作清夜鐘聲」。〔註6〕《苦海航》雖為《沁園春》組詞，但詳述青樓之情狀，語言俚俗，多口語。方言和青樓專用語充徹其間，作者每加注釋。

道光二十八年為戊申，梅伯時四十四歲，不會自稱「今行年將五十」，故蘇州大學所藏是書之抄本，當無名氏抄於光緒三十四年戊申，即1908年。

《復莊駢儷文榷》八卷

咸豐四年（1865）刊，編入《大梅山館集》中。象山王蒔蘭編次並出資刊刻。是集共收梅伯駢文一百十二篇。曰「文榷」者，蓋梅伯自名之也。

〔註6〕王韜《瀛壖雜誌》，上海古籍出版社，1989年版，第10頁。

《復莊駢儷文榷二編》八卷

咸豐六年丙辰八月大梅山館姚氏刊，編入《大梅山館集》中。前有王蔣蘭、蔡鴻鑒二序。王序略謂蔣蘭既為梅伯刻《復莊駢儷文榷》八卷，而梅伯駢文存稿未定者尚盈數巨冊。蔣蘭請以續刻，梅伯便親自選訂，益之當時近作，授蔣蘭編為八卷，共一百二十五篇。刻印事宜，至咸豐十一年辛酉冬日始竣刻工。蔡序云：「王紉薌廣文為刻駢文初、二編，刻甫竣，遭兵火，世皆願見不得。」此說易使人造成初、二編俱遭兵火之誤解。實遭兵火者僅二編之雕板。郭傳璞《金峨山館文乙集》中《與王紉香書》云：「尊刊《文榷》二編，棗木已毀。同里蔡君季白重付剞人。」〔註7〕季白即鴻鑒也。蔡序又云：「癸酉之冬，先生伯子撝伯來郡訪予，以舊藏白紫清墨寶相質，予為重付手民。……校既畢，乃識數語於後。同治十三年歲次甲戌三月上澣。」故今存二編當係同治十三年（1874）刊刻。

《散體文酌》十二卷

未見刊本。蔡鴻鑒《復莊駢儷文榷二編序》所列梅伯未刊著述之目錄等處著錄。

《梅心雪傳奇》八卷

未見刊本。蔡鴻鑒《復莊駢儷文榷二編序》所列梅伯未刊著述之目錄等處著錄。蔣寶齡《墨林今話》卷十八姚燮條作《梅沁雪傳奇》。王韜《瀛雜誌》卷四亦作《梅沁雪傳奇，並云「已登木」，恐非。

《香山願樂府》

未見刊本。阮亨《瀛舟筆談》卷九言梅伯「在日下，譜《香山願》《退紅衫》傳奇，優伶爭演之，名重一時」。〔註8〕

《退紅衫院本》八卷

未見刊本。蔡鴻鑒《復莊駢儷文榷二編序》所列梅伯未刊著述之目等處著錄。王韜《瀛雜誌》卷四云「已登木」。

梅伯《疏影樓詞·剪燈夜語》中有《小樓連苑·自題退紅衫院本》云：「亂笳吹滿江城，歡聲還唱雙簫鳳。息園水繪，妝樓月豔，影庵梅凍。燕子詞箋，桃花畫扇，一般春夢。盡淒涼，寫出白門疏柳，與斜日寒波送。　　莫

〔註7〕郭傳璞《金峨山館文乙集》，清光緒間刊。
〔註8〕阮亨《瀛舟筆談》，清嘉慶二十五年（1820）年版。

是駕鴦眷寵，寄紅衫天涯愁種。瓊釵未合，金鼙忽變，酒翻燈動。黨社南戕，降書西乞，危軍朔擁。更甚人憐，恁多才李媚，苦吟江總。」味其詞意，知此院本乃以才子佳人之離合，反映明清之際史事，其主人公，似乎為冒辟疆和董小宛。《疏影樓詞》五卷，俱梅伯二十九歲以前所作，故《退紅衫》亦當作於是年之前。

《繭拇錄》一卷

未見刊本。蔡鴻鑒《復莊駢儷文榷二編序》所列梅伯未刊著述之目等處著錄。洪錫藩、王榮商修《鎮海縣志》卷四十《藝文》下言有藏本。《復莊詩問》卷首《詩評》有益陽湯海秋戶部評語云：「梅伯自遘辛丑間海夷之亂（按，即鴉片戰爭中英軍佔領寧波等地。），出入干戈，備嘗艱苦，空山拾橡，歌嘯傷懷。旋膺危疾，瀕死幾殆。時著《繭拇錄》一書，縷述事故，信而有徵。」或作《拇繭錄》。觀此，此書當為梅伯這一階段的紀事之作。

《琴譜雅音九奏》一卷、《洋煙述考》八卷、《狙史》八卷

以上三種俱未見刊本，蔡鴻鑒《復莊駢儷文榷二編序》所列梅伯未刊著述之目等處著錄，洪錫藩、王榮商修《鎮海縣志》卷四十《藝文》下言有藏本。

《十洲春語》三卷

《申報館叢書》正集《古今紀麗類》《香豔叢書》第十五集、《豔史叢鈔》皆收刊是書。蔡鴻鑒《復莊駢儷文榷二序》、陳遹聲等修《國朝三修諸暨縣志》、洪錫藩等修《鎮海縣志》、俞樾等修《鎮海縣志》、梅伯其他著述、梅伯友人著述中俱未提及梅伯有此著作。

是書署二石生著。梅伯其他著述，就筆者之所見，俱無署此名者，亦幾無此名出現。唯《姚梅伯題任渭長人物》中，梅伯為任氏題圖，偶署「二石」之名。查《民國象山縣志》卷二十六《寓賢》姚燮條，得：「姚燮，……儀徵阮元字以二石生，謂其詞似白石、畫似煮石也。」煮石，亦即煮石山農。朱彝尊《曝書亭集》卷六十四《王冕傳》云：「王冕，字元章，諸暨田家子也。……尤長畫梅，以胭脂作沒骨體。……攜妻孥隱會稽之九里山，號煮石山農。」〔註9〕梅伯祖籍亦諸暨。

為是書作序、題詞者甚多，然多署稀為人知之別號，如錢塘小巢居閣主、東泉池語石生、小虹橋居士、卍舲、璃因、味欖生、鐵頭陀、小顛、就里亭長

〔註9〕朱彝尊《曝書亭集》，陶氏寒梅館，清光緒十五年（1889）刊。

等。唯白華山人，則是梅伯摯友屬志之常用別號。

是書詳繪寧波青樓之情狀，述作者及友人與歌妓倡女之往還，描寫青樓女子之才貌、溫情、身世。有詩詞及其本事、雜述、評論等。

是書諸序皆作於道光辛丑，即 1841 年。白華山人序作於是年三月初三，為諸序中最早者。其中云：「余於二月中旬自郡東城徙居西郭。……聞有叩柴荊者，啟視之，乃三交門二石生，袖出書一卷，題曰《十洲春語》。」白華山人屬志，定海人。浙東遭英夷之禍，定海首當其衝。時山人在戰亂中破家，故至鎮海、寧波等地居住。此山人之友洞盧子《聞見闡幽錄》中略言之。又，《十洲春語》中言及庚子、辛丑事。故梅伯是書，當成於辛丑之一、二月間。

是書中詩入《復莊詩問》者甚多，現列舉於下，或指其詩題之異，或明其編年之誤：

是書卷首《錄十洲春語成自題七律十六首並雜感舊遊》，其中九首入《復莊詩問》卷十三，題為《悔曾九章》。編年在道光十七年丁酉（1837），係誤，因是書成於辛丑一、二月間。

是書卷中《評花小詩一百一首》，其中三十八首入《復莊詩問》卷十二，題為《扇影詞三十八章》。編年為道光丁酉，係誤。《評花小詩一百一首》有評一妓名沈瘦梅者云：「南來夷虜陷昌州，險奪名花出畫樓。漫恨不如毛惜惜，問誰枕刀護高郵。」「夷虜陷昌州」，指庚子六月（1840 年 7 月）英軍陷定海事。故《評花小詩一百一首》當成於庚子秋以後。

是書卷下載《花解樓本事詩四首》《本事續詩八首》《本事後詩十二首》，收入《復莊詩問》卷六，分別題作《閒情四章》《閒情續詩八章》《後閒情十二章》。編年為道光十四年甲午，係誤。詩皆為妓女王繡林而作。梅伯云：「庚子秋，車過閣中，（王繡林）則居然歌能貫笛，態可蕩帷，如玉之出於泥沙，光彩倍越。由是往來，漸與歡密，……頗思為量珠之聘」，因作諸詩云云。庚子秋，梅伯聞夷警而自京趕回鎮海。故諸詩當作於庚子秋以後。

是書卷中《飲玉立詞龕醉歌贈潤卿》，收入《復莊詩問》卷二十一，題為《席上醉歌贈妓》，略刪去幾句，編年在道光二十一年辛丑。

是書卷下有為初雲館主人題扇五律四首，收入《復莊詩問》卷四，題為《疏黛》。《復莊詩問》卷二十一之《聽歌》、《帛》，俱見《十洲春語》卷下，有本事而無題。

《今樂考證》十二卷

有 1935 年北京大學手稿影印版，題《復道人今樂考證》；《中國古典戲曲論著集成》叢書版，1959 年 12 月第一版，1980 年 7 月重印。

蔡鴻鑒《復莊駢儷文榷二編序》所列梅伯未刊著述之目等處著錄是書，作十卷。實此書未標明卷目。緣起、宋劇兩部分，再加著錄一至十，故可稱十二卷。《中國古典戲曲論著集成》版保留了北京大學影印版所附的馬裕藻跋，略去了趙萬里跋。

《詞律勘誤》

未見刊本。蔣寶齡《墨林今話》卷十八姚燮條、王韜《瀛壖雜誌》卷四姚燮條著錄。《詞律》為清萬樹所編，共收詞調六百六十，詞體一千八百四十七。梅伯是書勘其誤。梅伯友人葉申薌《天籟軒詞譜》亦攻《詞律》之失。

《蛟川詩系》三十二卷

民國二年癸卯（1913）活字版，凡三十一卷。是集搜採自隋唐迄清嘉、道間蛟川（鎮海）詩人凡三百四十五家，各系以小傳，各選詩數首或數十首。書成，梅伯藏於家。光緒十二年乙未（1895），鎮海盛炳緯得之於梅伯後人，由炳緯友人范柳堂讎校。范氏編有《蛟川詩系續編》八卷，民國三年（1914）甲寅三月以活字版印行。

蔡鴻鑒《復莊駢儷文榷二編序》、陳遹聲等修《國朝三修諸暨縣志》卷五十（經籍志）丁部下等處，並言梅伯有《蛟川耆舊詩系》三十二卷，未刊。洪錫藩等修《鎮海縣志》卷四十《藝文》下言梅伯《蛟川耆舊詩系》三十二卷，藏本，光緒乙未邑人盛炳緯購得原稿，校印行世，凡三十有一卷。此即指是集。《蛟川詩系續編》卷七錄梅伯弟子吳有容《壽大梅夫子六十》詩二首，第二首尾聯云：「誰採參苓儲藥籠，慚餘小草荷兼收。」自注云：「《蛟川詩系》附有諸弟子詩。」而今《蛟川詩系》三十一卷中，無姚門弟子詩，其非是書之全豹明矣。故依蔡鴻鑒《復莊駢儷文榷二編序》等處，標三十二卷。第三十二卷中，應該有姚門弟子詩。

梅伯少時，即得鄉賢前輩勉勵，始有編是集之心，並留意收集資料。是集詩人小傳中，往往言之。又梅伯《復莊駢儷文榷二編》卷四《魯瑤仙永興集序》云：「予家靜海曾勉為《交川詩徵》之輯。自弱冠獵訪以至於今，倖倖乎得三百數十家，而猶有偏而不舉之患。」洪修《鎮海縣志》卷二十七《人物傳》姚

燮條言梅伯:「臨卒數日前,猶選詩,撰先正小傳。可見是集編著時間之久,梅伯於是集用力之勤。由此推測,此書為未定稿,梅伯未及全部完成而卒。

《友聲詩錄》十二卷、《姚門七子詩選》七卷

此二種俱未有刊本。陳修《國朝三修諸暨縣志》卷五十《經籍志》丁部下著錄。並云:「此書蓋仿段成式《漢上題襟集》、顧瑛《草堂雅集》之例,前錄分著生平友人往還贈答之作,後集則七子各自為一卷。」可見此二種合為一書。

《玉笛樓詞學標準》八卷

未見刊本。蔡鴻鑒《復莊駢儷文榷二編序》所列梅伯未刊著述之目等處著錄。洪修《鎮海縣志》卷四十《藝文》下言有藏本。陳修《國朝三修諸暨縣志》卷三十四《人物志》之《列傳》八姚燮條亦著錄是集八卷,然卷五十《經籍志》丁部下則誤為五卷。並曰:「燮為乾嘉後詞人之冠,宋元詞集,無不手加丹鉛,故其別裁,足為法則。」

《皇朝駢文類苑》十四卷

光緒九年刊。前有郭傳璞序、梅伯敘錄。梅伯編是集,凡收清代駢文一百二十五家,計五百三十二篇,為類十五。梅伯選是集,未經謄鈔,僅有敘錄和選目。後張壽鏞據選目輯成梓行。有四十餘篇駢文因徵求不得而闕。第一類典冊制誥文,梅伯列此類而未有選目,亦闕。

《今樂府選》五百卷

未有刊本。蔡鴻鑒《復莊駢儷文榷二編序》所列梅伯未刊著述之目等處著錄。陳修《國朝三修諸暨縣志》卷五十《經籍志》丁部下云「《今樂府選》五百卷,每篇有燮手評,丹鉛錯雜於眉簡。其搜採之宏富,勘點之精當,為孫月峰、胡孝轅輩所不及。評定,裝成二百冊,欲付刊而艱於力。今原稿歸鎮海小江李廉水部郎濂家」。

《息遊園雜纂》八卷

未有刊本。蔡鴻鑒《復莊駢儷文二編序》所列梅伯未刊著述之目等處著錄。梅伯《復莊駢儷文榷二編》卷二《息遊園賦》云:「歲昭陽赤奮若(杏根案:咸豐三年癸丑,1853 年)秋,自郡城甘溪里移家小浹江北澨,賃顧氏屋一楹住,楹後隙地半畝。……或得偃息,用供遊覽,胡不適哉!名曰息遊。」故是集當在此後梅伯居此時所纂。

《國朝駢體正宗評本》十二卷

有《花雨樓叢鈔》附刊本。是集為曾燠選，梅伯評，張壽榮參，亦略採馮舸月之校語入眉評。凡梅伯之眉評，皆冠以「姚云」二字。梅伯之總評，其下皆有「某伯」二字。

《讀紅樓夢綱領》（《紅樓夢類索》）

稿本二冊，慈谿魏友棐藏。民國二十七年，友棐同里友人、《遠東日報》主筆洪荊山將此書稿連載於《遠東日報》，未終卷而報紙中輟。民國二十九年，上海珠林書店刊行是書，改題為《紅樓夢類索》，署「大某山人姚梅伯遺著，魏友棐、洪荊山校訂」。是書《原序》為梅伯自序，其中云：「姑分為二冊存稿，暇日校補完成，再行分卷可耳。咸豐十年庚申秋七月復翁手抄。」殆成書於此時。

《紅樓夢類索》分為《人索》《事索》《餘索》三卷。《人索》分本族、親屬、內眷、性情容貌、稱謂；《事索》分幻境寓言集述、紀年、都邑第宅、器物、藝文；《餘索》分叢說、糾疑、諸家撰述提要。是書統計、考證精確，被人稱為閱讀《紅樓夢》之工具書。

《增評補圖石頭記》

有光緒間上海廣百宋齋鉛印本，一百二十卷。每卷首卷目前題「悼紅軒原本，東洞庭護花主人評，蛟川大某山民加評」。此書又題作《增評繪圖大觀瑣錄》《石頭記》《繡像全圖增批石頭記》《精校全圖鉛印評注金玉緣》等，自光緒間至二十世紀三十年代，一再刊行。最常見者有題作《石頭記》的《萬有文庫》本、1933年《國學基本叢書》本。《清史稿藝文志補編·子部·小說類》著錄《大某山民加評紅樓夢》一百二十回，殆即指此種「東洞庭護花主人評、蛟川大某山民加評」的《紅樓夢》。梅伯《紅樓夢類索》之自序中所稱「至章晰條分，余別有著」，即指其對《紅樓夢》之評點。

另有合東洞庭護花主人、大某山民、太平閒人三家評語的《紅樓夢》評本，光緒間至1950年前也一再刊行。書名有《增評補像全圖金玉緣》《繡像全圖金玉緣》《增評全圖足本金玉緣》《增評加注全圖紅樓夢》《評注加批紅樓夢全傳》《紅樓夢》等。

護花主人，姓王，名希廉，字雪香，護花主人其號也。江蘇吳縣（一說震澤）人，舉人。其《新評繡像紅樓夢全傳》初刊於道光十二年（1832），梅伯

《紅樓夢類索》卷三《諸家撰述提要》中有介紹。太平閒人，張新之之號，新之又號妙復軒。其評點本《繡像石頭記紅樓夢》於光緒七年初刊。

《姚梅伯題任渭長人物》

有 1949 年前商務印書館珂羅版。共有任渭長畫十二幅，每幅有梅伯題詞。任渭長，名熊，浙江山陰人，工人物花鳥畫。曾住梅伯家作畫。

書名不可考之小說或綺語十數種

陸璣《玉樞經籲序》云：「復莊弱冠，即有才人之目，喜為豔詞。曾著小說，備檢搜羅。迨癸卯秋，養病玉清道院，恍惚中若有人告之者，多作綺語，當入無間獄，不獨疾之不愈也。乃猛然愧悔，即焚小說版。」徐時棟《煙嶼樓文集》卷七《姚梅伯傳》言梅伯癸卯秋養痢郡之報德觀，「忽大曉悟，取平生綺語十數種摧燒之」。此二人所云，當為同一事情。

此文原載上海古籍出版社《中華文史論叢》1985 年第二輯，獲稿費 140 餘元，即購「大雁牌」自行車一輛而學騎車。

論顧頡剛之民俗學研究

　　除了歷史研究方面的巨大成就外，顧頡剛先生在中國民俗學研究方面，也成就卓著，其煌煌數十冊的《顧頡剛文集》中，有兩冊是中國民俗學方面的研究成果。劉半農在 1926 年為顧先生所編《吳歌》所作序言中說：「前年頡剛作出《孟姜女考證》來，我就羨慕得眼睛裏噴火，寫信給他說：中國民俗學上的第一把交椅，給你搶去坐穩了。」〔註1〕盧前王後，很難評定學者們學術成果的高下，我們也無法判斷在當時的中國民俗學研究領域中，顧先生坐哪把交椅，但是，顧先生在中國民俗學研究中作為開創者的地位，是眾所公認的。他在中國民俗學研究方面卓越的成就，也絕不限於當時劉半農所看到的那些。

　　在研究民俗學之前，顧先生就已經是一個成熟的學者，因此，其民俗學理論和研究實踐，都體現著他成熟的學術思想，有其鮮明的特色。本文擬將管見和大家分享。

一、倡導瞭解民眾以推動社會發展

　　顧頡剛先生在《妙峰山進香專號引言》中說：「在社會運動上著想，我們應當知道民眾的生活狀況，」「等到我們把他們的生活知道得清楚了，能夠順了這個方向而與他們接近，他們才能瞭解我們的誠意，甘心領受我們的教化，他們才可以不至危疑我們所給予的知識。」〔註2〕我國先秦儒家，有豐富的「民本」思想，所謂「民為貴，社稷次之，君為輕」。《孟子·萬章上》引用伊尹語云：「天之生此民也，使先知覺後知，使先覺覺後覺也。予，天民之先覺者也；

〔註 1〕顧頡剛《吳歌·吳歌小史》，江蘇古籍出版社，1999 年版，第 32 頁。

〔註 2〕顧頡剛《妙峰山》，上海文藝出版社，1988 年 6 月影印國立中山大學語言歷史學研究所 1928 年 9 月版，第 4～5 頁。

予將以斯道覺斯民也。非予覺之，而誰也？」他「思天下之民匹夫匹婦有不被堯舜之澤者，若己推而內之溝中。其自任以天下之重如此。」〔註3〕然而，這些都停留在傳說中。在漫長的封建社會中，為黎民百姓的利益作種種努力的士大夫，固然不少，但是，他們很少認識到，社會改造必須有黎民百姓的有效參與，卻喜歡充當拯救者的角色，效果當然就不會很理想了。想以道「覺民」的士大夫，也不是沒有，但是，黎民百姓「覺」得如何呢？別的不說，儒家是提倡「詩教」的，古往今來許多詩人寫詩，對社會作「詩教」，結果如何呢？多少人有時間讀他們的詩歌？多少人讀得到他們的詩歌？多少人能夠讀得懂他們的詩歌？多少人又願意讀他們的那些詩歌、真心認同並且接受他們那些詩歌所表達的內容？那些詩歌中，從內容到形式，又有多少適合黎民百姓？白居易的詩歌號稱老嫗都能夠讀懂，即使是他的新樂府詩歌，普通老嫗真的能夠聽得懂嗎？願意聽嗎？其他人的詩歌，就更加不用說了。於是，士大夫和民眾之間，就有了隔膜。顧先生說：「本來我們一班讀書人和民眾離得太遠了，自以為雅人而鄙薄他們為俗物，自居於貴族而呼斥他們為賤民。弄得我們所知道的國民的生活只有兩種：一種是作官的，一種是作師的：此外滿不知道。他們呢，自然是自慚形穢，不敢來攀仰我們，於是我們即使懷了滿腹的誠意好意也苦於無從得到他們的瞭解。」可見在當時，和封建社會相比，讀書人和民眾的關係，還沒有實質的改變。

「自從民國成立之後，憲法上確曾寫明『人民一律平等』，但這原是僅僅一條憲法而已。在從前的賢人政治之下，只要有幾個賢士大夫就可以造成有聲有色的政治事業，這當然可以不理會民眾。但時移世易，到了現在，政治的責任，竟不由得不給全國人們共同擔負，知識階級已再不能包辦了，於是我們不但不應拒絕他們，並且要好好的和他們聯絡起來。」認識到民眾在社會政治中的重要，在法律上規定民眾的地位，這些都很重要，但是，僅僅有這些，還是遠遠不夠的。改變數千年中形成的讀書人和民眾隔膜的傳統，才是更為重要的。知識階級也認識到了這一點，提出了「到民間去」的口號。「然而因為知識階級的自尊自貴的惡習總不容易除掉，所以只聽得『到民間去』的呼聲，看不見『到民間去』的事實。」如果還是這樣，那麼，讀書人和民眾的關係如故，教化民眾仍然是空話，知識階級仍然包辦國家的政治責任，這和封建社會，究竟有多少區別？所謂「人民一律平等」也是徒具空文而已。

〔註3〕朱熹《四書集注》，中華書局，2012年版，第315～316頁。

顧先生說「我們真的要和民眾接近，這不是說做就做得到的，一定要有相互的瞭解。我們要瞭解他們，可用種種的方法去調查，去懂得他們的生活法。」〔註4〕而研究民俗學，作民俗調查，就是瞭解民眾的一個重要途徑。最早提出「到民間去」的人，應該不是顧頡剛先生，但是，顧先生肯定是最早身體力行「到民間去」的著名學者之一。

在瞭解民眾的基礎上，再著手教化民眾，提高他們的知識水平等素質。顧先生以妙峰山進香風俗說明之：「那些（借進香謀私利的）團體的所以能夠發達，一來是因為他們會迎合民眾的心理，二來是因知識階級不屑去顧問，由得他們出手做。我們若能就能力所及，隨時把他們的組織與黑幕調查發表，那麼，一般可進可退的中材自然會得因報紙的指導而不受他們的引誘了。要改革一件壞事，也須知道它的實在情形是怎樣的，它的壞到底壞到怎樣的程度，知道之後再和盤托出，加以批評，才可使對方和旁邊的人心服，斷不是空空一罵所能了事的。我們很希望因了記載進香而聯帶得到許多扶乩、靜坐、講經、集會等的材料，」〔註5〕發覆其中的奧秘，揭穿相關的騙局。顧先生的《一個全金六禮的總禮單》《一個光緒十五年的奩目》《兩個出殯的導子賬》，曾經收入《蘇粵的婚喪》一書，1928 年中山大學語言歷史研究所出版。這三篇民俗研究文章中，顧先生大力抨擊婚喪之禮中浮華虛偽、鋪張浪費的行為，移風易俗的宗旨，是很明顯的。

在瞭解民眾的過程中，也會發現其中有積極意義的內容，將這些內容傳播開來，可以促進社會的進步。顧先生在《妙峰山的香會》中，記述了香客進香的場景後說：「大家虔誠，大家分工互助，大家做朋友！他們正在高興結緣時，又如何的音樂班子來了，玩武藝的人來了，舞幡舞獅的人來了，他們眼中見的是生龍活虎般的健兒的好身手，耳中聽的是豪邁勇壯的鼓樂之聲。這一路的山光水色本已使人意中暢豁，感到自然界的有情，加以到處所見的人如朋友般的招呼，雜耍場般的遊藝，一切的情誼與享樂都不關金錢，更知道人類也是有情的，怎不使人得著無窮的安慰，彷彿到了另一個世界呢！我們號稱知識階級的人真慚愧：好人只有空談想像中的樂國，壞人便盡使陰謀來做出許多自私自利的事業，結果，我們看見的人不是奸險，便是高尚。奸險的人固然對於社會有

〔註4〕顧頡剛《妙峰山》，上海文藝出版社，1988 年 6 月影印國立中山大學語言歷史學研究所 1928 年 9 月版，第 4～5 頁。

〔註5〕顧頡剛《妙峰山》，上海文藝出版社，1988 年 6 月影印國立中山大學語言歷史學研究所 1928 年 9 月版，第 10 頁。

損無益，就是高尚的人，也和社會有什麼關係呢？我們知識階級的人實在太暮氣了，我們的精神和體質實在太衰老了，如再不吸收多量的強壯的血液，我們民族的前途更不知要衰頹的成什麼樣子了！強壯的血液在哪裏？這並不難找，強壯的民族的文化是一種，自己民族中的下級社會的文化保存著一點人類的新鮮氣象的是一種。」〔註6〕這就是以民俗文化中有積極意義的內容，補傳統的知識階級主流文化之不足，推動健康的文化的發展，實現社會的發展。

後來，中國新的主流社會切實廣泛地實行「知識分子和工農群眾相結合」，文學藝術是「為人民大眾的，首先是為工農兵的」，在深入瞭解人民大眾的基礎上，真正地代表他們的根本利益，引導他們接受先進的思想，發掘他們的高貴品質，激發他們的能量，動員他們投身到革命事業中，這對取得事業的輝煌成就，起有至關重要的作用。若反其道而行之，結果也就完全會相反的，這方面的歷史教訓，也是深刻的。

從數千年中知識分子和人民大眾之間如水油之相離，到新的主流社會知識分子和人民大眾之間如水乳之交融，不是一朝一夕能夠完成的，在實踐上、在邏輯上，其間都有不斷前進的階段，其中每一個階段，都凝聚著許多人的努力。顧頡剛先生他們「到民間去」，切實地瞭解人民大眾，包括瞭解和研究民俗，就是其中的一個階段。例如，上個世紀四十年代，中共在延安時期搞得如火如荼的文藝運動，其中最為主要的部分，都是在民間文藝的基礎上創造而成的，這些文藝運動，對推動中共事業的發展，其作用是難以估量的。可是，在此之前，顧頡剛先生早就大力提倡知識界必須注重包括民間文藝在內的民間文化，並身體力行，到民間去，搜集民間文藝等民間文化資料並進行深入的研究了。顧先生在民間文化研究理論和實踐上的成就，其深遠的意義，應該從這樣的高度來認識。

二、注重文化的多元和平等

在古代社會中，多元文化是客觀的存在，但是，主流社會在很大程度上是無視這樣的客觀存在的。在傳統的圖書和學科分類中，內容總是經史子集。乾隆年間編纂《四庫全書》，還是如此。白話小說、戲劇，是被排斥在傳統的文學殿堂之外的，至於民間文學等民間文化內容，就更不用說了。直到清朝末

〔註 6〕顧頡剛《妙峰山》，上海文藝出版社，1988 年 6 月影印國立中山大學語言歷史
學研究所 1928 年 9 月版，第 73 頁。

年，北京大學的監督葉廷琛，還下令把北京大學圖書館所藏傳奇、雜劇等戲曲文獻資料全部燒了。見顧先生的《我和歌謠》。這樣就導致了兩個弊病：一是學術研究的狹隘，二是文化尊卑觀念，也就是文化的不平等。所謂文化尊卑的觀念，主要包括兩個意思：社會階層文化的尊卑和地域文化的尊卑。在傳統的觀念中，上層社會的文化為尊，下層社會的文化為卑；強勢地區的文化為尊，弱勢地區的文化為卑。這兩個弊病導致的結症，就是學術文化中主流社會文化的「一尊」。這在漢武帝時期就是如此了，所謂「罷黜百家，獨尊儒術」，就是其寫照，此後的封建社會，莫不如此。

在上個世紀的二十年代，經過五四運動的洗禮，這樣兩個弊病，學術文化「一尊」的現象和觀念，得到了不同程度的改善，但是，並沒有徹底的改變，還是以不同的形式表現出來。例如，西方傳入的自然科學和人文社會科學，我國的白話小說、戲劇等，成為學術研究對象，對此，除了極少數頑固人物外，已經沒有異議。但是，包括民間文學在內的民間文化，尚未得到學術界應有的關注。古代主流社會的文化，西方主流社會的文化，得到學術界的研究和推崇，但是，我國人民大眾的文化，卻仍然被文化界的主流所鄙視。這些，都嚴重影響了學術的發展和社會的進步。顧先生是學術界中人，對這兩個弊病，可謂知之甚深，痛之甚切，呼籲改變這樣的狀況：「從前的學問的領土何等狹窄，它的對象只限於書本，書本又只以經書為主體，經書又只要三年通一經便為專門之學。現在可不然了，學問的對象變為全世界的事物了！……學問的材料，只要是一件事物，沒有不可用的，絕對沒有雅俗、貴賤、賢愚、善惡、美醜、淨染等等的界限。正如演戲一般，只有角色，並無階級，天神仙子和男盜女娼盡不妨由一人扮演。……在學問的研究上也是平等的。因此，我們決不能推崇《史記》中的《封禪書》為高雅而排斥《京報》中的《妙峰山進香專號》為下俗，因為它們的性質相同，很可以作為系統的研究的材料。我們也決不能尊重耶穌聖誕節的聖誕樹是文明而譏笑從妙峰山下來的人戴的紅花為野蠻，因為它們的性質也相同，很可以作為比較的材料。在現在的時候，稍微知道一點學問的人都覺得學問上的一尊的見解應該打破，但至今還沒有打破。」〔註7〕他身體力行，致力於收集民間文化資料、研究民間文化，正是用切實的行動和紮實的成果，打破這「一尊」的文化觀念及其傳統。他在《孟姜女故事研究》中，

〔註 7〕顧頡剛《妙峰山》，上海文藝出版社，1988 年 6 月影印國立中山大學語言歷史學研究所 1928 年 9 月版，第 7～8 頁。

引用了孟姜女故事的大量不同的傳本，這些傳本，出於經史子集、小說、戲曲、唱本、傳說、民歌中的，都有之，就地域而言，分別出於全國許多地區，可是，這些傳本，在顧先生那裡，都是他研究這一課題的材料，沒有優劣高下等等的分別。當時，學術界有人認為，唱本是出自「下等文人」之手，沒有什麼價值，顧先生在《蘇州唱本敘錄》中說：「若說這些下等文人造作的便無一顧之價值，則現在流行的戲曲何嘗不出於下等文人之手，何以又要去注意呢？所以實際說來，歌謠、唱本及民間戲曲，都不是士大夫階級的作品。中國向來缺乏民眾生活的記載，而這些東西卻是民眾生活的最親切的寫真，我們應當努力地把它們收集起來才是。」〔註8〕他倡導文化多元，反對文化尊卑觀念，這有利於學術和文化的發展，有利於社會的進步。他大力提倡並且身體力行研究民間文化，正是體現了這樣的觀念。

狹隘的文化觀念和文化不平等觀念，其總根源，乃是在社會觀念之中。我國古代的文化思想資源中，最為缺乏的，就是平等。整個社會的各種制度和禮俗中，從朝廷到家庭，莫不如此。主流社會階層憑藉著自身的優勢，不斷強化這樣的不平等。民國成立後，儘管憲法中明確規定「人民一律平等」，但是，實際上，平等離社會還是非常非常遙遠。究其原因，乃是佔據主流社會優勢的階層，不願意放棄他們的優勢地位，和沒有社會優勢的人們講平等，而沒有社會優勢的人們，又沒有力量爭取到平等，甚至還沒有意識到，他們應該擁有平等。作為上層社會中的人物，作為著名的歷史學家，顧先生擁有社會地位、精英文化等方面的諸多優勢，但是，他呼籲破除文化的狹隘觀念，消除文化的不平等，消除文化的歧視，其思想境界之高尚、見識之卓越，無疑是值得推崇的。即使是在今天的社會，平等仍然還是我們奮鬥的目標。

放在歷史的大背景下，顧先生在倡導、研究民間文化中體現出來的多元、平等的文化觀念，更加顯得在思維方式上的卓特。1928年，顧先生在中山大學作了一個演講，題目是《聖賢文化和民眾文化》。在這個演講中，顧先生大力宣傳聖賢文化和民眾文化平等的觀念，提倡「研究舊文化，創造新文化」。這在今天看來，似乎平淡無奇。可是，五四運動矛頭所指，正是舊文化，「打倒孔家店」的口號，正是否定舊文化的集中體現。當時，五四的熱情和精神，包括對舊文化的否定，影響仍然很大。五四新舊對立的思維，更是難以改變。在這樣的文化環境下，顧先生能夠堅持文化多元、平等的觀念，理性地、科學

〔註 8〕顧頡剛《吳歌·吳歌小史》，江蘇古籍出版社，1999 年版，第 683 頁。

地看待聖賢文化和民眾文化，確實是很不容易的，體現了學術大家的見識、胸襟和風範。要知道，上個世紀的六十年代，「破四舊」還曾經一度是席捲我國大陸的狂熱的社會風潮！全社會較多地接受文化的多元、平等的觀念，也就是上個世紀八十、九十年代的事情。因此，我們不能不深深地欽佩顧先生哲人的睿智！顧先生卓越的學術成就，雅俗文化結合的研究方法，和這樣的文化觀念，是密不可分的。

在當今全球化的大環境中，文化空前多元。文化和學術的狹隘觀念是否為我們所完全拋棄？文化平等的觀念，是不是已經真正貫徹到我們的自覺行動中，不同地區、不同社會群體的文化，是不是在我們的觀念中都已經是平等的？如果還不完全是，那麼，顧先生在其民俗學理論和研究實踐中體現出來的學術文化平等的思想，在今天還沒有過時，仍然有其指導意義。

三、注重原生態文化資料的收集和整理

史學是建立在史料的基礎之上的，我國傳統的史學，尤其如此。作為著名的歷史學家，顧先生對收集、整理史料的重視和網羅史料的能力，是學術界一致推崇的。在民俗學研究中，顧先生同樣重視資料的收集和整理，並且有其鮮明的特色在。

我國的歷史學，早已成熟，史料的積累，已經非常豐富。與之相比，民俗學還在草創階段，資料還很匱乏。因此，研究民俗學，必須先做好基礎工作，也就是收集整理足夠的研究資料。

1923 年，有個叫舒大楨讀者，寫信給《歌謠週刊》，讚揚顧先生他們收集歌謠，但是「以為各位負研究責任的先生們，對於研究的工夫，似乎稍遜一點。」顧先生在答覆舒大楨的信中說：「我們搜集的材料還不多，不足為比較研究之用。……若把全國各縣做一比較表，就立刻可以見出我們的材料其實是貧乏得厲害，所以我們現在應做的事情，還是在搜集材料上用力。」「歌謠以上有戲劇、樂歌、故事，歌謠以下有方音、方言、諺語、謎語；造成歌謠的背景的風俗、地文、生計、交通諸項。我們所有的材料。僅僅歌謠，尚是不全的，何況這許多項目？」〔註9〕其《福州歌謠甲集序》中也說：「在研究學問上，搜集材料是第一步，整理材料、求出系統是第二步。這雖說是兩步，其實距離遠

〔註 9〕顧頡剛《復舒大楨先生〈我對於歌謠的一點小小的意見〉書》，《顧頡剛文集》，中華書局，2010 年版，第 14 冊，第 336 到 338 頁。

得很。經沒有材料到材料完備，不知道要費多少力。」〔註10〕

顧先生作於 1927 年的《孟姜女故事研究》，利用大量的資料，分「歷史的系統」和「地域的系統」，對孟姜女故事的產生、流傳和種種變異，作了詳細的研究，資料之豐富，令人歎服。可是，顧先生還是以資料不足為遺憾：「讀者不要疑我為假謙虛，只要畫一張地圖，就立刻可以見出材料的貧乏，如安徽、江西、貴州、四川等省的材料便全沒有得到，就是得到的省份，每省也只有兩三縣，因為這兩三縣中有人高興和我通信。我想，如果把各處的材料都收集到，必可借了這一個故事，幫助我們把各地交通的路徑，文化遷流的系統，宗教的勢力，民眾的藝術……得到一個較清楚的瞭解。」〔註11〕1943 年，顧先生寫了《趕緊收羅風俗材料》，1957 年，他又發表《舊日民間文藝必須搶救》，呼籲繼續收集民間文化資料。

文獻資料，主要有三方面的來源。一是書本；二是考古資料的發掘；三是原生態的文化現象。人們稱之為「三重文獻」。第一重文獻，當然是主要的，傳統學術最為重視。第二重文獻，宋代以後，也逐漸為學術界重視，例如金石文獻等文物文獻就是，上個世紀學術界最具有突破性進展的兩大領域，甲骨文研究和敦煌學研究，都是建立在考古發掘的新資料的基礎之上的。至於第三重文獻，其使用其實是很早的，孔子也曾使用此類文獻。《論語‧八佾》中，孔子說：「夏禮吾能言之，杞不足徵也；殷禮吾能言之，宋不足徵也。文獻不足故也，足則吾能徵之矣。」〔註12〕孔子從書本上學到夏禮和殷禮，再到夏朝天子後代的封地杞國和商朝天子後代的封地宋國去考察其地當時的禮，想與書本上看到的相驗證，但驗證不了，因為那兩個地方的禮已經遠不是書本上所記載的了。又云：「禘自既灌而往者，吾不欲觀之矣。」禘是一種祭祀。灌，這種祭祀開始時，主持祭祀的人倒酒於地以迎接要祭祀的神。「既灌」，也就是迎神儀式以後。迎神儀式以後的儀式，孔子就不想看了，因為已不符合原來的禮了，所以他不要看了。《禮記‧雜記下》云：「子貢觀於蠟，孔子曰：『賜也樂乎？』對曰：『一國之人皆若狂，賜未知其樂也。』」〔註13〕蠟是古代在冬天的

〔註10〕顧頡剛《復舒大楨先生〈我對於歌謠的一點小小的意見〉書》，《顧頡剛文集》，第 369 頁。

〔註11〕顧頡剛《孟姜女故事研究》，陶瑋選編《名家談孟姜女哭長城》，文化藝術出版社，2006 年版，第 54～55 頁。

〔註12〕朱熹《四書集注》，中華書局，2012 年版，第 63 頁。

〔註13〕《十三經注疏》本，中華書局 1980 年版，1567 頁。

最後一個月舉行的一種祭祀活動，也是古代的狂歡節。可見孔子也多次實地考察活生生的文化現象，以之作為研究的文獻。但是，在古代，把此類活生生的原生態文化現象作為研究文獻的學者，是很少的。

在顧先生開始研究民俗學的時候，民俗學的資料建設，幾乎還是一片空白。民俗學研究的文獻資料，書本裏極少，考古發掘資料中也很少，而主要還在民間的汪洋大海中，還是以活生生的原生態活動存在著。因此，顧先生研究民俗學，主要精力還是在收集資料方面，且主要是實地考察，收集活生生的原生態民俗資料，成就斐然，且都是具有開創性意義的成就。早在 1918 年，顧先生就有意識地收集民歌，1925 年，出版了《吳歌》，後來又收集了吳地的許多民歌，另外編為一集。江蘇古籍出版社 1999 年出版的《吳歌·吳歌小史》，收錄了這兩個吳歌總集，分別作為《甲集》和《丁集》。1925 年，顧先生和同仁一起上妙峰山，考察民眾朝拜碧霞元君的狀況，收集了大量的第一手資料。

現在，在民俗文化資料的收集整理方面，已經取得了空前的成就，其中大多是從民間收集的活生生的原生態資料，而顧先生在八九十年前的提倡和首創之功，我們是不能忘記的。此外，民間文化資料，仍然是已經被收集的少、尚未被收集的多，且民間文化也是發展的，日新月異，那麼，收集活生生的原生態民間文化資料，是一個永恆的工作，因此，顧先生的提倡和所樹立的榜樣，對我們收集這些資料，有永恆的意義。

四、運用綜合研究的方法

任何一種文化現象，都不是孤立的存在，內涵很可能非常豐富，涉及到的其他現象，也可能會非常複雜。現代學科分類，對每一門學科的研究對象都有明確的規定，每一門學科的研究方法，也各有特點或者特色，這當然是學術專門化發展的結果，對學術的發展是有促進作用的。可是，這對於學術的發展，也存在著負面的作用，這就是每個學科，只關注自己的研究領域，只使用自己的研究方法，這就和研究對象自身的複雜性之間，很可能就不相符合，如此則研究的不徹底性，幾乎是不可避免的。這就要求人們在研究中，使用綜合的方法，以避免類似的不足。

在人文社會科學中，歷史學應該是綜合性最為強的學科之一。卓有建樹的歷史學家，大多注重使用綜合的研究方法。古代許多歷史學家是如此，顧先生也是如此。這已經在顧先生的歷史研究著作中體現了出來。

民俗學的研究對象是民間文化，是民間百科，因此，其綜合性，又明顯超過歷史學，在研究中，更為需要運用多學科相結合的綜合研究方法。顧先生倡導用這樣的方法來研究民間文化。他在《妙峰山進香專號引言》中說：「朝山進香的事，是民眾生活上的一件大事。他們儲蓄了一年的活動力，在春夏間作出半個月的宗教事業，發展他們的信仰、團結、社教、美術的各種能力，這真是宗教學、社會學、心理學、民俗學、美學、教育學等等的好材料，這真是一種活潑潑的新鮮材料！」〔註14〕顧先生的民俗學研究中，正是採取了這樣的研究方法，取得了卓越的成就。其作於 1924 年的《孟姜女故事的轉變》、作於 1927 年的《孟姜女故事研究》，引用經史子集各類古籍，以及被排斥在「四庫」之外的白話小說和戲曲，還有通過多種方式採集到的各地的寶卷、唱本，和採錄到的種種傳說、民歌民謠，甚至廟宇名稱等資料，從歷史、地理、文學、宗教、禮俗等等的角度，對孟姜女故事的起源、傳播和流變等等，作了系統的研究，成為傳說研究的典範之作。其《東嶽廟的七十二司》《泉州的土地神》《天后》等民俗學研究論文中，都運用了許多古籍資料，把古籍資料和收集到的活潑潑的原生態民間文化資料結合起來研究。《寫歌雜記》中，顧先生將《詩經》中的《野有死麕》《褰裳》《雄雉》等，和他收集到的吳地尚傳唱的民歌結合起來研究相互發明，一掃此前經學家們的謬說，此前的種種障礙也被解除了。

結語

總之，顧頡剛先生的中國民俗學研究，從研究宗旨、學術思想、研究方法、研究特色、研究成果等方面，都有明顯的開創性，都對此後我國民間文化的研究，有重大的影響，且對我們今天進行民間文化的研究，有重要的指導意義。

此文載蘇州市傳統文化研究會編《傳統文化研究》第 21 輯，
群言出版社，2014 年版，北京。

〔註14〕顧頡剛《妙峰山》，上海文藝出版社，1988 年 6 月影印國立中山大學語言歷史學研究所 1928 年 9 月版，第 9 頁。

論李興盛之流人學研究

　　李興盛先生在流人研究方面所取得的舉世矚目的成就，具有明顯的開創性。在李先生之前，國內只有謝國楨先生在這方面做過一些研究。套用錢仲聯先生論金天羽詩歌成就的詩句「人境陳勝王，公其赤帝子」來論李先生在流人研究方面的成就，那就是：「剛主陳勝王，公其赤帝子」。在詩界革命方面，黃遵憲開了個頭，而真正取得突出成就的，則是金天羽；在流人研究方面，謝國楨先生開了個頭，而取得突出成就的，則是李先生。作為李先生的學界晚輩，作為史學的門外漢，對李先生在流人研究方面的成就，我只能就我所見，發表一些心得，請李先生和各位專家指正。

一

　　我先談李先生選擇這一研究領域給我的啟示。在某一方面的研究告一段落後，如何確定自己以後若干年的研究領域，每個學者都會遇到這樣的問題，許多學者曾經為這樣的問題所困擾。原因有兩個。一是這個問題實在太重要了，對此後研究成就的大小有無，起著很大的作用。二是研究領域實在很難確定。我國文藝創作和學術研究中，常常發生「跟風」的現象，大家都往熱門的研究領域湧去，有些人還曾經因為「搶灘」的問題發生過論爭。《孟子·盡心上》中說：「待文王而後興者，凡民也。若夫豪傑之士，雖無文王猶興。」〔註1〕本來對某一領域沒有什麼研究，看到該領域成為顯學之後，爭先恐後地湊上去，就學術方面來說，這些人只是「凡民」，很難在該領域取得第一流的成就。李先生則不湊當時研究得紅紅火火的某些領域，選擇了沒有人注意的「冷門」

〔註1〕朱熹《四書集注》，中華書局，2012年版，第359頁。

流人研究作為自己的研究領域，並且取得了如此大的成就，完全能稱得上「雖無文王猶興」的「豪傑之士」。

那麼，李先生為什麼會選擇這個研究領域的呢？探討這個問題，我們可以得到如何選擇研究領域方面的啟發。竊以為，大致有這樣幾個方面的原因。首先是在這個方面，研究成果還很少，研究的人還極少，在處女地上耕作容易獲得豐收的道理，同樣適用於學術研究。清代乾嘉年間，經史之學，何等輝煌！可是，就史部而言，遼、金、元代史和與之相關的蒙古史的研究，還是比較薄弱的。儘管趙翼的《廿二史劄記》中，也包括《元史》的部分，錢大昕的《廿二史考異》中，蒙古世系還是個重點，但是，杭世駿的《諸史然疑》、洪頤煊的《諸史考異》、王鳴盛的《十七史商榷》，都不包括《遼史》、《金史》和《元史》在內。儘管從傳統的學術分類來說，地理也是屬於史部的，也有一些研究著作，例如清初人寫的《讀史方輿紀要》，乾嘉間洪亮吉寫的《十六國疆域志》等，但是，總的說來，地理研究還是比較薄弱的。晚清沈曾植在這些相對薄弱的領域下工夫，研究遼、金、元代史和與之相關的蒙古史的研究，研究邊疆地理，取得了很大成就。李先生的選擇，則又為我們作出了一個成功的榜樣。

必須找研究價值盡可能大的領域作研究。這與開礦是同樣的道理，誰都希望找到一個儲藏量大的礦藏開採。在研究之前，要知道該領域的研究價值，確實是需要眼光的，這取決於學者本人的識見、經驗和掌握的相關資料。事實證明，李先生在這方面，確實是超越常人的。

再就是研究的條件問題，也不能不考慮的。李先生所在的東北，在封建社會裏，特別是在清代，是流人最為集中的地域之一，這是研究這一領域一個非常有利的條件。我常對我的學生說，要學會充分利用不必與別人相爭的資源來實現自己的發展。李先生的成功，又給了我一個絕好的例證。

除了以上我臆測諸項外，李先生選擇這一研究領域，還有沒有更加深層次的原因呢？我想還是有的。李先生在他的研究著作裏，一再強調流人對文化、經濟、民族交流等所作出的巨大貢獻，但是，他們的事蹟，卻歷來是被忽視的。李先生在其《中國流人史》的前言中說：「研究帝王將相、社會名流的文獻數不勝數，可謂俯首即拾，而撰寫《流人史》卻是一項難度很大的工作，難度大的原因主要在於流人文獻的極端缺乏。……絕大多數流人，尤其是出身於普通勞動人民的流人史料，卻是為數甚少，且又極為分散，記載又多點滴、

零碎,很少有較長、較完整的記載。同時,這為數有限的史料,有關流人的記載,又僅詳於流人流放前的事蹟,而於其流放後的行實,不是語焉不詳,就是根本不載,而且以根本不載者為多。……基於此,絕大多數塞外流人的事蹟,甚至其生命,都湮沒在塞外的冰天雪地、蔓草荒煙之間。」〔註2〕李先生這段話的本意,是說研究這一領域時查找資料之難,但是,我們也可以從中窺見其歷史觀:歷史的創造者,不僅僅是那些帝王將相、社會名流,而是還有普通勞動人民,包括那些被歷代主流和非主流的歷史學家和其他學者文人所忽視的流人,因此,他們同樣值得我們研究。一個對象的研究價值,很大程度上取決於該對象對社會的作用,而非取決於其人的社會地位、名氣、身份等。名家名流的歷史功績,固然應該大書特書,但是,那些對歷史作過貢獻、其思想文化有價值的人,即使他們是被流放在極為艱苦環境中的奴隸和囚犯,我們也是不能忽視他們的。我一向持有強烈的非英雄史觀,也許正是如此,李先生對這一領域的研究,很容易引起我強烈的共鳴。竊以為,李先生在流人研究領域的成就,實在是非英雄史觀的又一大勝利。

二

竊以為,李先生的流人研究,已經形成了自己的體系。這個體系之中,有不同的層次,在每個層次上,李先生都作出了卓越的貢獻。

首先,最為基礎的,是文獻的層次。文獻是作研究最為基礎的工作。現在社會提倡學術創新,我認為,新材料的發掘和利用,不僅是獲得創新成果的一條途徑,而且,發掘出這些新材料,這本身也是成果,還可能也是創新性成果。上個世紀學術界取得輝煌成就的兩大新領域,甲骨文研究和敦煌研究,都是基於新材料的發現這樣的基礎之上的。現在,對我們這些普通的讀書人來說,發現甲骨鐘鼎、帛書竹簡之類,明顯是不可能的,飛越重洋到海外發掘新的材料,這樣的機會也不多。怎麼辦呢?李先生給我們樹立了榜樣:充分發掘現存的圖書資料。在我們這樣的信息時代,還有許多非常珍貴的圖書資料,沉睡在圖書館中,有的說不定還面臨種種危險!正因為如此,李先生那樣注重發掘和利用珍貴文獻資料,更加值得我們學習。李先生《流人史流人文化與旅遊文化》中《黑龍江第一部詩集搜尋記》云:「人們對於地下出土的文物往往很重視,可是對於成書三百三十餘年前的海內外孤本這部地方文獻,卻沒有給予

〔註 2〕李興盛《中國流人史》,黑龍江人民出版社,1996 年版,第 10 頁。

應有的重視，我很感遺憾！」〔註3〕其實，類似的情況，肯定還有不少。很難找到新材料的我們，最為可行的方法是像李先生那樣，先把圖書館裏此類冷門材料發掘一番，說不定也能像李先生那樣有重要的發現。

如上所云，李先生研究這一領域，查找文獻資料的難度是很大的。通過李先生這些著作的參考文獻目錄，我們可以知道，李先生為了研究這一領域，所看文獻資料面之廣、量之大，這些文獻資料，使李先生的研究，具有了雄厚的文獻基礎。同時，李先生的發掘和使用，也激活了這些沉睡幾百年的文獻，使研究相關領域的學者，也知道了這些文獻並加以利用，這樣，這些文獻就可能得到充分的利用。這也是李先生學術貢獻的一部分。

更加值得我們注意的是，李先生不僅發掘並在自己的論著中運用了這些資料，而且，他還將有關文獻整理出來，加以傳播。這些工作本身，也是李先生流人研究成果的一個部分，組成其流人研究的基礎部分。這些文獻，既有普及性的，也有供研究之用的。例如，方拱乾《何陋居集》、張縉彥《域外集》、程煐《龍沙劍傳奇》等，還有李先生所編《黑龍江旅遊詩選》《黑龍江歷代流寓人士山水勝蹟詩選》中的許多詩詞，也都是李先生艱辛地發掘、收集才得以免於以稀有古籍甚至孤本古籍繼續沉睡在圖書館而廣為流傳於世的。清代詩人袁枚說過，收集詩人的作品使之流佈，其功德「如收敗骨」。顧嗣立編《元詩選》，夜裏夢見許多人前來拜謝。流人們在飽受摧殘後，身處蔓草荒煙之中，寂寞痛苦，淒涼悲愴，連自由都被剝奪了，只有他們的文字，才是他們真正的自我。如果他們在這樣悲慘的情況下所作文字都沒有了，這是何等的殘酷！如果經歷了許多磨難保留下來的文字被湮滅了，那對他們而言，就更加殘酷，對社會而言，也是無法彌補的損失。李先生把這些文獻發掘出來，整理後流佈，實現了這些文獻的價值，也為這一領域的研究，提供了資料，可以促進這一領域甚至相關領域的研究和開發。這不論於那些詩文的作者還是於今天社會，這都是功德無量的事情。

第二個層次是流人個案研究。李先生的這些著作中，個案研究很多，例如，《黑龍江歷代旅遊詩選與客籍名人》一書中的第三編《客籍名人傳略》，就都是此類個案研究的成果。李先生流人研究中的個案研究，以其《吳兆騫研究系列》最為突出，包括《江南才子塞北名人吳兆騫傳》《江南才子塞北名

〔註3〕李興盛《流人史流人文化與旅遊文化》，黑龍江人民出版社，2008年版，第295頁。

人吳兆騫年譜》《江南才子塞北名人吳兆騫資料彙編》等三部沉甸甸的著作。
細細翻閱，我們就可以知道，這些著作，確實分量沉甸甸的。這套書最大的
特色，是資料齊全、豐富，識斷令人信服。吳兆騫的家世、親友、交遊，都
考證得明明白白。大家知道，清初文史方面的資料極多，極為複雜，不同、
甚至矛盾的記載很多，將資料收集齊全，固然不易，考證分辨，除了資料功
夫外，沒有足夠的識別、判斷能力，也無法完成。李先生是研究歷史出身，
歷史學家的淵博、嚴謹和犀利的目光，使他將吳兆騫研究這個大而且難的課
題，做得如此出色。可以這樣說，後人要從書籍中找到超越《吳兆騫研究系
列》的有關吳兆騫研究的材料，難度是極大的。後人如果研究吳兆騫，這套
系列著作，是無論如何也不能忽視的。李先生的《吳兆騫研究系列》，既是黑
龍江文化研究的一串碩果，也是吳文化研究的一串碩果。其中有關清初蘇州
地區名人和他們之間相互關係的記載，對我們全面瞭解當時蘇州的政治、文
化、社會風貌，都有很大的幫助。如果有一天，黑龍江和蘇州合拍以吳兆騫
經歷為題材的電視劇，歷史資料早已齊全而又豐富，有關史實早已考證清楚，
這就是《吳兆騫研究系列》！

　　第三個層次是群體流人研究。有些流人由於是同案，或者在同一個流放
地，關係密切，這就要把他們作為一個整體來研究，才能比較全面。在李先生
的流人研究中，屬於群體研究的，都非常細緻、全面。準之既有的史書體例，
則兼有合傳、附傳和紀事本末體之長處。李先生的這些群體研究，如《田玗黨
案中的流人李之翰等》《南山集文字獄案及桐城方氏向東北的遣戍》《三藩之亂
與陳夢雷、李棠之遣戍》等。

　　第四個層次是「流人史」的研究。李先生的著作中，有《中國流人史》和
《增訂東北流人史》兩種專著屬於此類研究。在此前的史書中，沒有「流人」
一類的。李先生的「流人史」的研究，確實是開創了史家前所未有的新體系。
此二書創造性地融會古代史書獨傳、合傳、志、表等方式，翔實、全面而又詳
略分明地敘述流人歷史，並作出公允的評價。書末分別附錄《中國流人大事
記》和《東北流人大事記》，則相當於編年體的流人史，此為經，前正文為緯，
二者結合，能使讀者能對流人史有立體的印象。二史書中對各個時期流人的概
況和基本特點的論述，都有高屋建瓴之佳。

　　第五個層次為理論研究。有了前面四個層次作為基礎，理論的創獲，也就
順理成章、水到渠成了。李先生流人研究中的理論部分，除了體現在流人史等

著作中的之外，比較集中地體現在他的《流人史流人文化與旅遊文化》一書中的前面三章和第七章《餘論》中，科學地解決了學術研究中的許多重要理論問題，例如流寓者及其分類、流寓文化、中國流人的分類、中國流人史的性質、流人文化的界定、流人文化的實質、流人文化的性質、流人文化的特點、研究流人文化的意義、戰俘究竟是不是流人等等。李先生提出這些理論的基礎，就是他的流人研究成就中的前面四個層次，可謂雄厚紮實，所以，這些理論，是經得起考驗的。反過來，這些理論，對指導今後學術界的流人研究，其指導意義是非常明顯的。

以上我粗略地描繪了李先生流人研究成就的結構，也就是從基礎到上層的五層構造。

此外，李先生流人研究成就的一大特點，是不得不說的，這就是：文心史筆，融化為一。清代史學名家，多為詩文名家，清初、清中葉固然舉不勝舉，就是晚清，沈曾植、王國維、羅振玉等，也都是如此。此後，學科分類漸細，文、史兼治者遂少，然陳寅恪仍以「以詩證史」著名，成就斐然，其自為舊體詩歌，也足以入名家之列。竊以為，在陳寅恪之後推一擅長「以詩證史」之史學名家，不能不推李先生。與陳寅恪相比，李先生在史學研究中運用詩歌等文學作品，面遠為廣，量遠為大，且不僅是「以詩證史」，也「以史證詩」，也就是「詩史互證」。他的兩部流人史中，引用、分析流人詩詞作品甚多。此外，他還有《黑龍江歷代旅遊詩選》等。翻開他寫的任何一部流人研究著作，總少不了對流人詩歌等作品的闡述。這些闡述，都能得其實，用以證史，得心應手。總之，李先生的流人研究中，「詩史互證」的色彩，比陳寅恪歷史研究中更為濃重，更為突出。

這大概有三個方面的原因，其一，宋代以後的流人中，多能詩詞者。詩詞短小，內容可以比較晦澀，與文章和著作相比，容易流傳，因此，在與流人有關的資料中，詩詞的比重還是可觀的，也是不可忽視的。其二，詩詞有含蓄的特點。一般來說，文章的內容，小說的內容，是自足的，詩詞的內容，則可以是不自足的，可以是片段化的，甚至是碎片化的，因此，可以是含蓄的甚至晦澀的。流人以帶罪之身寫作，有諸多忌諱，唯恐觸犯當局，因此，在文體的選擇上，詩詞具有優勢。因此，他們的詩詞，不僅數量較多，還往往具有真實且豐富的內容。其三，像陳寅恪先生一樣，李先生自己的古典詩歌修養很深，且擅長寫作舊體詩詞。其《塞月邊風錄》中第五編《雪鴻詩草》，乃其自作舊體

詩詞，雖然僅僅 100 多首，但其中佳作，觸目皆是，在當代人所作舊體詩詞中，也是不多的。

三

以下說李先生流人研究成就的意義。

首先，李先生的流人研究，對學術界研究相關領域，具有很大的促進作用。他關於流人研究的理論，對此後的相關研究，有重要的指導意義，被他發掘使用而激活的大量文獻資料，會在以後的相關研究中得到充分的使用，從而產生相應的成果。他著作中涉及到而尚未展開的部分，也為後人研究開啟了廣闊的空間。至於他對東北流人全面、細緻、翔實而又深刻的研究，則為其他地方性流人史研究樹立了榜樣。

其次，他在流人研究中所發掘、注重的人性光芒，會在社會中發生積極的作用。在極端困苦、險惡的環境中，流人之間的相濡以沫，家人骨肉之間的深情，親友之間的情誼，顯得更加珍貴和閃亮。這是李先生在流人研究中所著意突出的內容之一。除了在他兩部流人史中記載的之外，還有《繆士毅等與黑龍江流人有關之人》等文章，集中體現這些內容。這些，在人們感歎冷漠太多的社會，至少能使讀其著作的人，或多或少地得到陶冶，讓社會多些溫暖，少些冷漠。

再次，我國知識分子的傳統價值觀，在獨特的語境中得到了充分的顯示，這也具有補充社會在某些方面的缺失的意義。流人中的士人們在那樣的環境中，仍然堅持傳統文化中的精神品格和價值觀。他們中的絕大多數，用儒家思想的標準來衡量，都應該是合格的。《論語·里仁》中，孔子說：「君子無終食之間違仁，造次必於是，顛沛必於是。」〔註4〕《孟子·盡心上》云：「故士窮不失義，達不離道。窮不失義，故士得己焉；達不離道，故民不失望焉。古之人，得志，澤加於民；不得志，修身見於世。窮則獨善其身，達則兼善天下。」孟子又說：「人之有德慧術知者，恒存乎疢疾。獨孤臣孽子，其操心也危，其慮患也深，故達。」〔註5〕流放中的士人們仍然不屈不撓地實踐著先賢的名言，追求實現自身的社會價值，努力為社會作貢獻。流放地文化、經濟的發展，其中有他們的重要作用。這些，李先生在他的研究中，是一貫刻意突出的，至於

〔註4〕朱熹《四書集注》，中華書局，2012 年版，第 70 頁。
〔註5〕朱熹《四書集注》，中華書局，2012 年版，第 358 頁、361 頁。

其《中國流人史》第五編第三章《中國流人的貢獻與歷史作用》、其《增訂東北流人史》中第三編第三章《東北流人的貢獻與歷史作用》這兩章中，則尤為集中，李先生以濃墨重彩，突出了這些內容。流人中的士人們對精神境界的追求，也值得社會提倡。流人們在那樣的環境中，吟詠不輟，勤於讀書和著述。《中國流人史》附錄《中國歷代重要流人著述簡表》和《增訂東北流人史》附錄《東北歷代流人著述簡表》中所列，雖然這些著作並非都是他們在流放地所作，但是，其中不少肯定是在流放地所作的。在整個社會普遍以追求物質生活為目標的年代，讚頌對精神境界的追求，有補偏救弊之用。

再次，李先生的研究成就，對發展有關地區旅遊等相關產業，有重要的促進作用。「學」與「術」二者，既有區別，也有聯繫，因此，常常被聯繫在一起。《漢書‧霍光傳》有「不學無術」的說法，民國初年還有章太炎有學無術、袁世凱不學有術、某某人不學無術等的說法。缺「學」或缺「術」，對社會或者個人而言，都是遺憾。重學輕術、重術輕學，都是片面的。人們提倡「學以致用」，但「學」無「術」無以致用，當然，「術」無「學」則雖行不遠。由「學」生「術」，「術」根於「學」，方能致用且致遠。李先生的流人研究，是屬於「學」的範圍，但是，李先生能因「學」生「術」，以其學問為發展當地文化、經濟服務。其四大冊一套的《流人名人文化與旅遊文化》叢書，就是有這樣的特點。根據這些著作中所考證的資料，東北可以開發不少旅遊景點或者相關的旅遊產品，包括許多土產、特產和文化產品。其中《流人史流人文化與旅遊文化》一書中李先生因流人文化而作的大量關於利用流人文化發展旅遊業的論述和向政府所提的許多建議，則更是因「學」生「術」的典型。這些，對地方文化、經濟的發展，有直接的作用。在這個方面，李先生的研究，也為我們樹立了榜樣。當今社會，到處在說文化，除了旅遊文化之外，還有企業文化、電視文化、社區文化甚至茶文化、酒文化、魚文化、汽車文化、裝飾文化之類，五花八門，可謂空前繁榮，不過，我認為，其中絕大部分充其量也是「鱸魚文化」。為什麼？從這些文化的製作者、傳播者到接受者甚至研究者，大家興高采烈地沉浸在如此繁榮的文化中，殊不知，都像鱸魚處於水的表層一樣，處於文化的表層而不自知。別的不說，一個著名電視臺的一個著名的談話節目，嘉賓常常喜歡引用一些古語或者古典詩詞，同時出現在熒屏上的字幕，只能把這些內容略去，為什麼？主其事者根本就不明白這些對文化工作者來說是文化常識的古語或者古典詩詞！那個電視臺如此，其他也就可知了。在「鱸魚文

化」繁榮的環境下，李先生的因「學」生「術」，可以引導這些表層文化，向文化的深層發展。

結語

李先生在流人研究方面的成就，對我們選擇研究領域有很大的啟發；其成就已經形成了一個完整的流人研究體系，可以分五大層次，且有文史交融的總體特色。這些成就對社會有多方面的重要意義。

若干年前，社會上有這樣的說法：無農不穩，無工不富，無商不活。冰心老人知道了，說：「無士則如何？」作為一個讀書人，隨著社會的變遷，我越來越覺得冰心所言分量之沉重。我也想承擔起作為「士」的社會責任，但是，很多時候，不免迷惘。李先生則以其在流人研究方面的開創性的成就，發揮了作為「士」的社會作用，確實是我輩後學的榜樣。

筆者有《題李興盛先生流人研究諸大著》詩四首，錄於此，云：「蠻煙荒草日紛紛，雨打殘碑篆字存。卅載築成千仞塔，祥光普照到遊魂。」「銅鐵金銀一手熔，文心史識本相通。迅翁老眼分明在，絕唱《離騷》太史公。」「六合咸陽鎮上游，秦王一掃定神州。臨淄自古繁華地，霸業偏安局海陬。」「九派千源成一水，滔滔萬里起飛潮。書林漫步殷勤覓，何處崑崙第二條？」

此文載李興盛主編《流人學的腳步》，
黑龍江教育出版社 2009 年版，哈爾濱。

本書參考文獻

按：

1. 按書名漢語拼音字母順序排列；2. 本書有《姚燮著述考》，故所引姚燮著述，未列入《參考文獻》。

B

1.《白鶴山房詩鈔》，葉紹本著，《清代詩文集彙編》本，上海古籍出版社，2009 年。
2.《白華山人詩集》，厲志著，成都巴蜀書社，2008 年。
3.《白居易集箋校》，白居易著、朱金城箋校，上海古籍出版社，1988 年。
4.《柏梘山房詩文集》，梅曾亮著，彭國忠、胡曉明點校，上海古籍出版社，2012 年。

C

1.《程侍郎遺集》，程恩澤著，《清代詩文集彙編》本，上海古籍出版社，2009 年。
2.《赤堇遺稿》，葉元堦著，退一居，清道光間刊。
3.《春冰室野乘》，李孟符著，張繼紅點校，山西古籍出版社，1995 年。
4.《純常子枝語》，文廷式著，揚州廣陵古籍刻印社，1936 年。

D

1.《帶經堂詩話》，王士禎著，人民文學出版社，1982 年。
2.《道德經》，老聃著，王弼注，上海書店，1986 年。

3.《疊山集》，謝枋得著，《四部叢刊續編》本，上海書店，1985 年。

4.《東華續錄》，王先謙著，《續修四庫全書》本，上海古籍出版社，1995年。

5.《獨學廬稿》，石韞玉著，《清代詩文集彙編》本，上海古籍出版社，2009年。

F

1.《樊榭山房集》，厲鶚著，《清代詩文集彙編》本，上海古籍出版社，2009年。

2.《伏敔堂詩錄》，江湜著，上海古籍出版社，2008 年。

G

1.《高僧傳合集》，上海古籍出版社編，上海古籍出版社，1991 年。

2.《龔自珍全集》，龔自珍著，上海人民出版社，1975 年。

3.《骨董瑣記》，鄧之誠著，1933 年。

4.《古典戲曲存目匯考》，莊一拂著，上海古籍出版社，1982 年。

5.《古今圖書集成》，陳夢雷等編，中華書局，1984 年。

6.《顧頡剛文集》，顧頡剛著，中華書局，2010 年。

7.《顧亭林詩文集》，顧炎武著、華忱之點校，中華書局，1983 年。

8.《（光緒）順天府志》，張之洞等修，光緒二十年（1894）版。

9.《歸來草堂尺牘》，吳兆騫著，民國十四年（1925）石印本。

10.《歸莊集》，歸莊著，上海古籍出版社，2010 年。

11.《國朝三修諸暨縣志》，陳遹聲等修，清宣統三年（1911）版。

12.《國朝詩人徵略》，張維屏編，明文書局，1985 年影印本。

H

1.《漢書》，班固著，中華書局，1962 年。

2.《後漢書》，范曄著，太白文藝出版社，2006 年。

3.《觚賸》，鈕琇著，上海古籍出版社，1986 年。

4.《花宜館詩鈔》，吳振棫著，《清代詩文集彙編》本，上海古籍出版社，2009 年。

J

1.《戢思堂詩鈔》，李宏著，《清代詩文集彙編》本，上海古籍出版社，2009年。

2.《劍南詩稿校注》，陸游著，錢仲聯校注，上海古籍出版社，1985年。

3.《蛟川詩系續編》，范壽金編，民國甲寅（1914）三月活字版。

4.《京本通俗小說》，佚名著，上海古籍出版社，1988年。

5.《金峨山館文乙集》，郭傳璞著，清光緒間刊。

6.《經學博采錄》，桂文燦著，1941年排印本。

7.《舊五代史》，薛居正著，吉林人民出版社，1995年。

8.《覺悟月刊》，越南學術刊物，2015年。

L

1.《歷傳祖圖敘贊》，釋道忞等撰，清康熙間刊，越南佚名僧人增補，趙杏根藏複印本。

2.《兩浙輶軒續錄》，潘衍桐編，浙江書局，清光緒十七年（1891）版。

3.《了觀雜誌》，越南學術雜誌，2016年。

4.《流人史流人文化與旅遊文化》，李興盛著，黑龍江人民出版社，2008年。

5.《留溪外傳》，陳鼎著，《叢書集成續編》本，上海書店出版社，1994年。

M

1.《馬可波羅遊記》，馬可‧波羅口述，魯思梯謙筆錄，陳丹俊等譯，福建科學技術出版社，1981年。

2.《妙峰山》，顧頡剛編著，上海文藝出版社，1988年。

3.《民國象山縣志》，羅士筠修，民國十五年（1926）年刊。

4.《名家談孟姜女哭長城》，陶瑋選編，文化藝術出版社，2006年。

5.《明詩別裁集》，沈德潛、周准編，中華書局，1975年。

6.《明史》，張廷玉等修，鼎文書局，1982年。

7.《明史》，張廷玉等修，商務印書館1936年影印《百衲本二十四史》本。

8.《明夷待訪錄》，黃宗羲著，梁溪圖書館，1925年。

N

1.《南詞敘錄》，徐渭著，中國戲劇出版社，1959年。

2. 《南齊書》，蕭子顯著，嶽麓書社，1998 年。

O

1. 《鷗陂漁話》，葉廷琯著，新文化書社，1934 年。

P

1. 《曝書亭集》，朱彝尊，陶氏寒梅館清光緒十五年（1889）刊。

Q

1. 《琴操兩種》，蔡邕著，吉聯抗輯，人民音樂出版社，1990 年。

2. 《清朝續文獻通考》，劉錦藻著，民國間影印《十通》本。

3. 《清代碑傳全集》，上海古籍出版社，1987 年。

4. 《清史列傳》，中華書局，1987 年。

5. 《秋笳集》，吳兆騫著，《清代詩文集彙編》本，上海古籍出版社，2009 年。

6. 《秋水閣詩文集》，許兆椿著，《清代詩文集彙編》本，上海古籍出版社，2009 年。

7. 《全元曲》，張月中、王綱主編，中州古籍出版社，1996 年。

8. 《全元戲曲》，王季思主編，人民文學出版社，1999 年。

S

1. 《三國志》，陳壽著，崇文書局，2009 年。

2. 《十三經注疏》，中華書局，1980 年。

3. 《史記》，司馬遷著，中華書局，1982 年。

4. 《四明清詩略》，董沛編，中華書局，1930 年。

5. 《四明清詩略續稿》，忻江明編，中華書局，1930 年。

6. 《四書集注》，朱熹著，中華書局，2012 年。

7. 《宋元戲曲考》，王國維著，朝華出版社，2018 年。

8. 《隨園詩話》，袁枚著，人民文學出版社，1982 年。

T

1. 《太和正音譜》，朱權著，中國戲劇出版社，1959 年。

2. 《泰雲堂集》，孫爾準著，《清代詩文集彙編》本，上海古籍出版社，2009 年。

3.《唐摭言》，王定保著，上海古籍出版社，1978 年。

4.《（同治）蘇州府志》，馮桂芬等修，清光緒九年（1883）刊。

W

1.《晚晴簃詩匯》，徐世昌等編，中國書店，1988 年。

2.《文選李善注》，蕭統選，李善注，上海會文堂書局，1911 年。

3.《問己齋詩集》，張培基著，清光緒二年（1876）年刊。

4.《吳歌·吳歌小史》，顧頡剛著，江蘇古籍出版社，1999 年。

5.《五燈會元》，釋普濟撰，蘇淵雷點校，中華書局，1984 年。

X

1.《惜抱選詩文集》，姚鼐著，上海古籍出版社，1992 年。

2.《西京雜記校注》，劉歆著，葛洪集，向新陽等校注，上海古籍出版社，
1991 年。

3.《香蘇山館詩集》，吳嵩梁著，《清代詩文集彙編》本，上海古籍出版社，
2009 年。

4.《嘯古堂文集》，蔣敦復著，上海道署，清同治七年（1868）刊。

5.《新五代史》，歐陽修等修，吉林人民出版社，1995 年。

6.《新續高僧傳》，喻謙著，上海古籍出版社，1991 年。

Y

1.《煙嶼樓集》，徐時棟著，清同治、光緒間刊本。

2.《鄞縣志》，張恕等修，光緒三年（1877）刊。

3.《瀛壖雜誌》，王韜著，上海古籍出版社，1989 年。

4.《瀛舟筆談》，阮亨著，清嘉慶二十五年（1820）年刊。

5.《愚庵小集》，朱鶴齡著，上海古籍出版社，1979 年影印清康熙間刊本。

6.《元史》，宋濂等修，中華書局，1976 年。

Z

1.《增修雲林寺志》，厲鶚修，《叢書集成續編》本，上海書店出版社，1994
年。

2.《張蒼水集》，張煌言著，上海古籍出版社，1985 年。

3. 《鎮海縣志》，洪錫藩、王榮商修，1931 年鉛印本。

4. 《正誼堂文集》，董沛著，清光緒二十七年（1901）年刊。

5. 《鄭思肖集》，鄭思肖著，陳福康校點，上海古籍出版社，1991 年。

6. 《中國近代史》，范文瀾著，上海書店，1949 年。

7. 《中國近世戲曲史》，青木正兒著，王古魯譯，作家出版社，1958 年。

8. 《中國歷代文學作品選》，朱東潤主編，上海古籍出版社，1980 年。

9. 《中國流人史》，李興盛著，黑龍江人民出版社，1996 年。

10. 《中國十大古典悲劇集》，王季思主編，上海文藝出版社，1982 年。

11. 《中國十大古典喜劇集》，王季思主編，上海文藝出版社，1982 年。

12. 《忠經》，馬融著，《百子全書》本，影印清光緒間湖北崇文書局本，古今
    文化出版社，1963 年。

附錄：趙杏根著述目錄

1. 《論語新解》，合肥：安徽大學出版社，1999 年。

2. 《孟子講讀》，上海：華東師範大學出版社，2008 年。

3. 《孟子教讀》，南京：東南大學出版社，2016 年。

4. 《老子教讀》，南京：東南大學出版社，2016 年。

5. 《中國古代生態思想史》，南京：東南大學出版社，2014 年。

6. 《佛教與文學的交會》，臺北：學生書局，2004 年。

7. 《乾嘉代表詩人研究》，（韓國）首爾：新星出版社，2001 年。

8. 《清代詩文本事發微》，將刊。

9. 《沈德潛研究》，將刊。

10. 《詩學霸才錢仲聯》，北京：北京大學出版社，2009 年。

11. 《實用絕句作法》，海口：南海出版公司，1997 年。

12. 《趙杏根學術文選》，新北：花木蘭文化出版社，2023 年。

13. 《歷代風俗詩選》，長沙：嶽麓書社，1990 年。

14. 《中國百神全書》，海口：南海出版社，1995 年。

15. 《中華節日風俗全書》，合肥：黃山書社，1996 年。

16. 《八仙故事源流考》，北京：宗教文化出版社，2002 年。

17. 《實用中國民俗學》，南京：東南大學出版社，2005 年。

18. 《江蘇民間故事研究》，新北市：花木蘭文化出版社，2019 年。

19. 《白鶴寺志》，待刊。

20. 《老莊經典百句》，合肥：黃山書社，2009 年。

21.《徐霞客遊記選注》，上海：上海教育出版社，將刊。

22.《國學讀本》（三卷本），未刊。

23.《趙杏根博客文集》，未刊。

24.《欅木村人詩鈔》，未刊。

25.《恬致堂集》（校點），上海：上海古籍出版社出版，2012 年。

26.《湖海詩傳》（校點），南京：鳳凰古籍出版社出版，2018 年。